KB036260

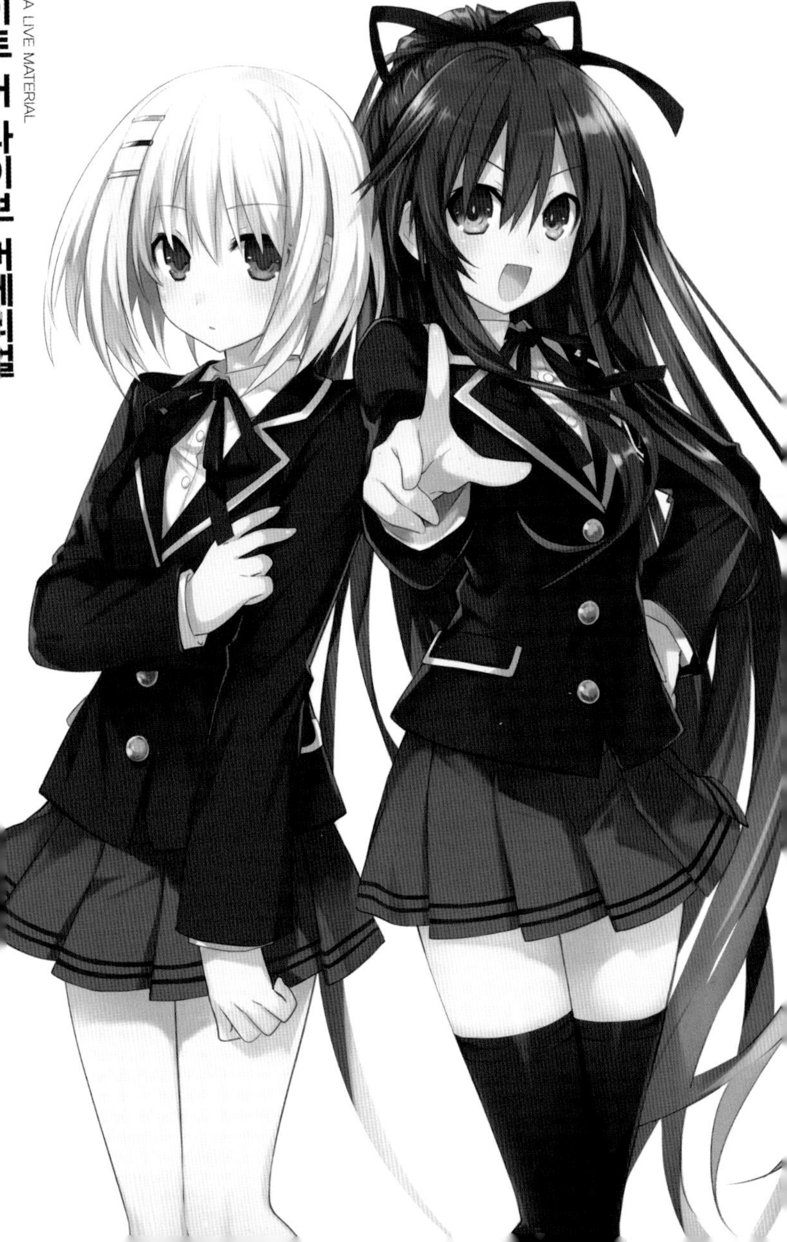

DATE MATERIAL   Character rough

T O H K A

Character rough

OHKA Character rough

Finished

DATE MATERIAL   Character rough

AND MOR

Character rough

ITSUKA SHIDO

ITSUKA
KOTORI

TOBIICHI ORIG.

MURASAME
REINE

대충 틀어 올린 후,
헤어클립으로
억지로
고정시켰을 뿐

라타토스크 근무(일반)
다란취색

KANNAZUKI
KYOUHEI

회사 업계에서는
포상입니다!

생나는군요...

KUSAKABE
RYOUKO

TONOMACHI
HIROTO

OKAMINE
TAMAE

FRAXINUS

FRAXINUS DESIGN BY EBIKAWA KANETAKE

DATE
데이트

A
어

LIVE
라이브

MATERIAL
머테리얼

글 : **타치바나 코우시**
그림 : **츠나코**
옮긴이 : **이승원**

THE SPIRIT

정령(精靈)

│계(隣界)에 존재하는 특수 재해 지정 생명체. 발생 요인, 존재 이유 둘 다 불명.
│쪽 세계에 모습을 드러낼 때, 공간진(空間震)을 발생시켜 주위에 심각한 피해를 끼친다.
│한. 엄청난 전투 능력을 보유하고 있음.

AYS OF COPING1

│처법1

│력을 통한 섬멸.
. 위에서 말했듯 매우 강대한 전투 능력을 보유하고 있기 때문에 달성 가능성이 극도로 낮음.

AYS OF COPING2

│처법2

─데이트를 해서, 반하게 만든다.

데이트 어 라이브
머테리얼

DATE A LIVE MATERIAL

SpiritNo.10
AstralDress—PrincessType Weapon—ThroneType[Sandalphon]

DATE A CHARACTER
데이트 어 캐릭터
013

DATE A INTERVIEW
데이트 어 인터뷰

KOUSHI TACHIBANA×TSUNAKO
타치바나 코우시 × 츠나코
073

TSUYOSHI KUSANO
쿠사노 츠요시
107

DATE A NOVEL
데이트 어 노벨

April9
4월 9일
125

NURSE A LIVE
너스 어 라이브
185

Bathtime RINNE
린네 배스타임
215

Conference SPIRIT
정령 컨퍼런스
271

CONTENTS
DATE A LIVE MATERIAL

데이트 어 캐릭터

DATE A CHARACTER

A CHAR

야토가미 토카

TOHKA YATOGAMI

식별명 〈프린세스〉

"—너도 날 죽이러 온 거지?"

SpiritNo.10
AstralDress-PrincessType
Weapon-ThroneType[Sanda

종합 위험도	
공간진 규모	
영장	
천사	
STR	(힘)
CON	(내구력)
SPI	(영력)
AGI	(민첩성)
INT	(지력)

4월 10일에 시도가 만난 정령. 이름이 없었기 때문에 시도가 지어줬다. 이름의 유래는 두 사람이 만난 날이 10일이었기 때문이다[#1]. 이쪽 세계에 나타날 때마다 AST의 공격을 받은 탓에 모든 인간이 적이라는 인식을 가지고 있었다. 자신을 거절하는 세계에 절망한 와중, 시도가 처음으로 그녀라는 존재를 긍정해준 덕분에 마음을 열게 되었고, 결국 봉인에 성공한다.

영장
Astral Dress

신위영장 10번(아도나이 멜렉)

견고한 갑옷과 빛의 막으로 구성된 공주형 영장. 인간이 사용할 수 있는 대부분의 물리적 폭력으로는 이 갑옷을 찢는 것은 불가능하다.

천사
Weapon-ThroneType

오살공(鏖殺公) (산달폰)

거대한 옥좌, 그리고 그 옥좌의 등받이에 꽂힌 검으로 구성된 천사. 옥좌를 칼날과 합체시킨【최후의 검(할반 헤레브)】은 일격에 대지를 양단한다.

#1 일본어로 '토카'는 10일과 동음이의어.

TOP SECRET

"또……나와 데이트 해주겠느냐……?"

좋아하는 것=콩고물빵
싫어하는 것=주사

Height—155cm
Bust—84/Waist—58/Hip—83

시도가 정말 좋아

지금까지 인간에게 강한 불신감을 가지고 있었던 토카에게, 처음으로 자신을 긍정해준 인간인 시도는 특별한 존재. 자신에게 이름을 지어준 사람이기도 한 시도에게 그녀는 적극적으로 호의를 드러낸다. 하지만 그것이 『사랑』이라 불리는 감정인지는 본인조차도 알지 못하며, 굳이 따지자면 강아지가 주인을 따르면서 느끼는 감정에 가까울지도 모른다.

순진무구

『금전(돈)』이나 [오찬(점심 식사)] 같은 어려운 말을 쓰는 반면, 브래지어 착용이나 수영복 같은 이 세계의 상식에 어두우며, 시도에게 영력을 봉인당한 후부터는 인간을 그다지 의심하지 않게 되었다. 그 탓에 오리가미나 아이, 마이, 미이에게서 괴상야릇한 정보를 입수하게 되었고, 결과적으로 시도를 곤란하게 만드는 일이 늘었다.

때로는 마음의 버팀목

평소 시도에게 어리광만 부리는 토카. 하지만 시도가 침울해하거나 고민에 빠졌다는 사실을 재빨리 감지하며, 항상 자기 일처럼 걱정한다. 처음에는 시도가 다른 정령을 신경 쓰는 것만으로도 난색을 표했지만, 정령을 구하고 싶어 하는 시도의 마음을 알고 나서는 그에게 협력하게 되었다. 그리고 시도가 위기에 처하면 누구보다 먼저 달려간다.

타치바나 코우시

최초의 히로인, 즉 1권 표지를 장식한 캐릭터입니다. 시리즈가 인기를 끌지 말지는 토카에게 달려 있었다고 해도 과언이 아니죠. 그래서 디자인에 가장 시간이 걸린 캐릭터입니다. 츠나코 씨가 그려주신 디자인도 실은 열 개나 됩니다. 토카라는 이름에 걸맞게요!

츠나코

가장 먼저 등장하는 정령이기에, 이 캐릭터를 만들면서 빛으로 된 프릴 같은 정령 전체의 방향성을 결정했습니다. 「프린세스」의 이미지, 그리고 강렬한 분위기를 공존시키고 싶어 여러모로 고생했습니다. 일상 파트에서는 꽤나 쾌활해졌습니다만, 전투 시에는 늠름한 분위기를 되살려 내려고 신경 쓰고 있습니다.

SPIRI

YOSHINO

요시노

식별명 《허밋》

"아픈 건…… 싫어요……"

SpiritNo.4
AstralDress-HermitType
Weapon-PuppetType[Zadkiel]

종합 위험도	
공간진 규모	
영장	
천사	
STR (힘)	
CON (내구력)	
SPI (영력)	
AGI (민첩성)	
INT (지력)	

> 5월의 어느 비 오는 날, 시도가 만난 정령. 겁이 많지만 상냥하다. 타인을 상처
> 입히지 않기 위해, 왼손에 낀 퍼핏 인형에 『요시농』이라는 자신과 정반대되는 밝
> 은 성격을 지닌 별개의 인격을 만들었다. 마음의 버팀목인 『요시농』을 잃고 폭주
> 하지만, 시도가 자신의 목숨을 아끼지 않으며 『요시농』을 그녀에게 전달해준 덕
> 분에 봉인에 성공한다.

영장
Astral Dress

신위영장 4번(엘)

진녹색 외투를 연상케 하는 은둔자형 영장. 물리
공격에 의해 파괴되지는 않지만, 충격과 진동을
완전히 막아내지는 못한다.

천사
Weapon-PuppetType

빙결괴뢰(氷結傀儡)(자드키엘)

거대한 꼭두각시 인형 같은 형태를 지닌, 물과
냉기를 조종하는 천사. 그 숨결은 비를 부르고,
그 포효는 모든 것을 얼어 붙인다.

마음의 오아시스

적극적이고 활동적인 정령, 그리고 개성적인 클래스메이트에게 둘러싸여 끊임없이 트러블에 휘말리는 시도. 마음 고생이 끊이지 않는 그에게 있어 얌전하고 상냥한 요시노는 마음의 오아시스다. 『요시농』만 잃어버리지 않는다면, 그녀와 함께 있는 시간은 시도에게 있어 릴렉스 타임. 그것은 요시노에게 있어서도 마찬가지인지, 그녀 또한 빈번하게 시도를 만나러 간다.

노력가

요시노는 원래 겁이 많고 낯을 많이 가렸지만, 시도와 만난 다음부터는 그 성격을 바꾸기 위해 노력 중. 예전의 그녀는 『요시농』을 통해 자신의 생각을 전했지만 지금은 자신의 입으로 남들 앞에서 이야기할 수 있게 되었고, 수많은 사람들이 모이는 장소에도 갈 수 있게 되었다. 단, 시도에게 자신의 진심 어린 호의를 전할 때만큼은 『요시농』에게 의지하곤 한다.

사실은 육식계?

부끄럼쟁이에 사소한 일에도 얼굴을 붉히는 요시노와는 정반대되는 인격인 『요시농』. 남성의 마음을 휘어잡는 제안을 하거나, 꾸중이라는 명목으로 시도에게 요시노의 엉덩이를 때리게 하는 등, 다소 과격한 짓도 서슴없이 실행에 옮긴다. 그런 『요시농』이 요시노의 숨겨진 일면이라는 점을 생각하니 가슴의 두근거림이 가라앉지를 않는다.

타치바나 코우시

우리의 오아시스. 디자인은 초고 단계부터 지금과 비슷했습니다만, 컬러링 때문에 담당 편집자와 의견 충돌을 벌였습니다. 녹색이 뭡니까. 2권이라고요. 그런 인기 없는 컬러는 작품이 안정적인 궤도에 들어선 후에 써도 되지 않습…… 어? 이거 꽤 귀엽잖아요. 역시 녹색이 정답이었군요. 저도 녹색이 딱이라고 생각했어요.

츠나코

토끼 귀 후드와 요시농의 실루엣만으로도 충분히 독특한 캐릭터입니다. 「허밋(은둔자)」이니 너무 팬시하지 않은 쪽이 좋을 것 같은데, 코트를 녹색으로 하면 어떻겠냐는 제안을 받았습니다. 저는 생각도 못 한 색상이며, 캐릭터에게 딱 들어맞는다고 생각합니다.

SPIRI

KURUMI TOKISAKI

토키사키 쿠루미

KURUMI TOKISAKI

식별명 《나이트메어》

"저는, 정령이에요."

SpiritNo.3
AstralDress-NightmareType
Weapon-ClockType[Zafkiel]

종합 위험도	S
공간진 규모	C
영장	C
천사	S
STR (힘)	1
CON (내구력)	C
SPI (영력)	2
AGI (민첩성)	1
INT (지력)	2

6월 5일, 시도의 반으로 전학 온 정령. 자신의 손으로 1만 명 이상의 사람을 죽였기에 최악의 정령으로서 경계의 대상이 되고 있다. 다른 정령과 달리 명확한 목적을 지녔다. 그 목적은 30년 전으로 거슬러 올라가 최초의 정령을 죽여 이 세상을 바꾸는 것. 시도의 필사적인 설득도 실패로 돌아가 아직 봉인에 성공하지는 못했지만, 그를 특별한 남성으로서 의식하고 있는 듯하다.

영장
Astral Dress

신위영장 3번(엘로힘)

피를 연상케 하는 적색과 그림자를 연상케 하는 흑색으로 구성된 영력 드레스. 불길하면서도 우아한 그 모습은 몽마의 감미로운 유혹을 연상케 한다.

천사
Weapon-ClockType

각각제(刻刻帝)(자프키엘)

거대한 시계, 그리고 그 시계의 바늘인 두 자루의 총으로 구성된 천사. I부터 XII까지의 문자판에 각기 다른 능력이 부여되어 있다. 시간을 조종하는 강력하기 그지없는 천사지만, 그 능력을 발현시키는 대가로 사용자『시간』을 소비한다.

TOP SECRET

"시도 씨, 저는…… 정말—."

좋아하는 것=동물
싫어하는 것=인간

Height–157cm
Bust–85/Waist–59/Hip–87

남자들을 유혹하는 매력

쿠루미는 최악의 정령이라 불리지만 의외로 사교성이 좋고, 데이트를 하면서도 시도를 놀리는 여유를 보여 그를 동요하게 만들었다. 또한 부끄러워하면서도 노출도가 높은 속옷을 골라 입어 색기를 어필하거나, 살짝 억지를 부리며 어리광을 부리는 등, 남자의 마음을 흔드는 테크닉을 숙지하고 있다.

형형색색의 나

쿠루미는 천사의 힘으로 분신체를 만들 수 있으며, 다른 시간축의 쿠루미가 몇 명이나 존재한다. 분신체는 각자가 자립된 의지를 지녔으며, 때로는 본체와 다른 의견을 주장하기도 한다. 복장 또한 의료용 안대를 차고 있거나, 온몸을 붕대로 감고 있거나, 아마로리 등 각양각색이다. 하지만 쿠루미 본인은 그 시절의 자신과 만나고 싶어 하지 않는 듯하다.

세계의 운명과 싸우는 소녀

7월 7일, 쿠루미는 시도에게 데이트 신청을 했고, 연인처럼 어리광을 부렸다. 플라네타륨, 웨딩드레스 차림으로 했던 기념 촬영, 그리고 칠석날 빈 소원―. 분신체가 제멋대로 한 행동이라고 쿠루미 본인은 딱 잘라 말했다. 하지만 어쩌면 그것은 홀로 이 세상을 바꾸려 하는 쿠루미라는 소녀의 본성일지도 모른다.

타치바나 코우시

역사의 결정체. 고스로리 좌우 비대칭 트윈 테일 왼쪽 눈이 시계인 캐릭터를 떠올린 당시의 제 (고 텐션은 엄청났습니다. 너무 끝내줘서 코피가 날 만 같았죠. 하지만 거대한 시계의 바늘이 구식 총 (이)라는 것은 이 이야기에 맞춰 만든 설정입니다. 긴 늘과 짧은바늘을 무기 삼아 각 문자판에 깃든 능(을) 사용한다니, 너무 멋져서 피를 토할 것만 같습(니다.)

츠나코

설정 및 지정이 꽤나 상세하고 재미있었기 때문에 디자인에도 기합이 들어갔습니다. 쿠루미들이 잔뜩 나오는 장면은 고생이기는 하지만, 여러 가지 포즈를 취하게 할 수 있어서 즐겁습니다. 캐릭터 본인의 이미지 컬러는 검정입니다만, 영장은 피를 뒤집어쓴 느낌이 들게 새빨간 색으로 해봤습니다.

K O T O R I   I T S U K A

이츠카 코토리

식별명 〈이프리트〉

"자아——우리의 전쟁을 시작하자구"

SpiritNo.5
AstralDress-EfreetType
Weapon-HalberdType[Cama

종합 위험도	
공간진 규모	
영장	
천사	
STR (힘)	
CON (내구력)	
SPI (영력)	
AGI (민첩성)	
INT (지력)	

시도의 의붓여동생, 중학교 2학년, 〈라타토스크〉 사령관이며, 〈프락시너스〉 함
장. 5년 전, 〈팬텀〉에게 힘을 받고 정령이 되었다. 정령이 된 직후 시도에 의해
영력이 봉인되었지만, 쿠루미의 악행을 막기 위해 시도에게서 힘을 돌려받아 다
시 정령화. 시도는 호감도를 높이기 위해 그녀와 데이트를 한 후, 봉인에 성공한
다. 하지만, 실은 처음부터 호감도는 MAX 상태였다.

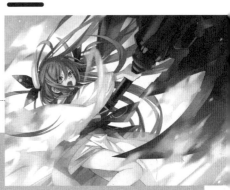

영장
Astral Dress

신위영장 5번
(엘로힘 기보르)

농밀한 영력으로 짠 기모노와 비슷한 형
태의 영장. 강도 자체는 크게 뛰어나지 않
지만, 몇 번을 파괴되어도 불꽃과 함께
부활한다.

천사
Weapon-HalberdType

작란섬귀(灼爛殲鬼)(카마엘)

날 부분이 불꽃으로 된 도끼형 천
사. 거대한 포문으로 변형된【포
(砲)(메기도)】에서 발사되는 화염 포
격은 직선상에 존재하는 모든 것을
불태워 잿더미로 만든다.

TOP SECRET

"좋아해! 나도 좋아한다구! 오빠, 사랑해!"

세상 누구보다도 오빠를 사랑해!"

좋아하는 것=막대 사탕
싫어하는 것=무서운 이야기

Height—145cm
Bust—72/Waist—53/Hip—74

여왕님이자 순진무구한 여동생

검은 리본을 맸을 때는 독설을 연발하는 사디스틱한 성격이 되고, 하얀 리본을 맸을 때는 같은 또래 여자애들처럼 어리광쟁이가 되는 코토리. 5년 전, 겁이 많고 울보였던 코토리는 시도에게 생일 선물로 검은색 리본을 받았다. 그 리본을 매고 있을 때만큼은 강한 아이가 되기로 약속을 했으며, 그 약속을 지키다 보니 두 가지 성격을 지니게 되었다.

THE 여동생

시도의 여동생이라는 것에 자긍심을 가지고 있는 코토리는 여동생 포지션을 지키기 위해 침대 위에서의 팬티 노출, 자택 욕실에서 함께 목욕하기 같은 짓을 서슴없이 하고 있다. 여동생 자리를 위협하는 시도의 친여동생 마나, 그리고 여동생 격 존재인 요시노에게 시도의 여동생은 자신이라고 강하게 주장하기도 했다. 그렇게 여동생의 자리를 그 누구에게도 양보하지 않는가 싶더니, 자신은 시도와 결혼할 수 있다는 발언을 은근슬쩍 하기도 한다.

오빠를 좋아하는 여동생

정령을 공략할 때는 〈라타토스크〉 사령관으로서 한심하기 그지없는 시도에게 인정사정없이 독설을 퍼부으며, 목적을 위해서라면 오빠조차 도구로 삼으려는 듯한 태도를 취한다. 하지만 항상 시도를 걱정하고 있으며, 자신의 명령을 무시하고 상처투성이가 되어 돌아온 시도를 꼭 끌어안으며 눈물을 흘리기도 한다. 그녀는 항상 위태위태한 시도를 지키기 위해 마음을 굳세게 먹고 약한 자신과 싸우고 있는 것이다.

타치바나 코우시

군복을 어깨에 걸치고, 담배 대신 막대 사탕을 물고 있는 스타일은 구상 당시의 제가 『멋지다고 생각하는 모습』이었습니다. 영장은 갑옷 느낌으로 할 생각이었지만, 담당 편집자님이 귀엽지 않다고 해서 기모노로 바꿨습니다. 무슨 소리를 하는 거예요. 이건 처음부터 갑옷으로 하려고 생각…… 우와, 귀엽잖아요. 역시 기모노가 정답이네요. 저도 기모노가 좋다고(이하 생략).

츠나코

사령관복의 가슴 포인트인 펜은 청설모=위그드라실에 있는 라타토스크입니다. 영장은 캐릭터 중 유일하게 일본풍이며, 머리카락을 늘어뜨리면 이미지가 확 변합니다만, 뿔과 리본으로 코토리다움을 연출했습니다. 날개옷은 높은 온도의 불꽃이 푸르게 빛나는 이미지를 살려 악센트 컬러 느낌으로 사용해봤습니다.

"요청. 골라주세요, 시도."

"자아―우리 중 한 사람을."

KAGUYA YAMAI

YUZURU YAMAI

야마이 카구야

야마이 유즈루

야마이

식별명 〈베르세르크〉

Spirit No.8
AstralDress-BerserkType
Weapon-BowType[Raphael]

종합 위험도		AAA	종합 위험도		
공간진 규모		AA	공간진 규모		
영장		B	영장		
천사		AA	천사		
STR	(힘)	180	STR	(힘)	
CON	(내구력)	140	CON	(내구력)	
SPI	(영력)	179	SPI	(영력)	
AGI	(민첩성)	240	AGI	(민첩성)	
INT	(지력)	069	INT	(지력)	

7월 17일, 라이젠 고교의 수학여행지인 아루비 섬에서 시도가 만난 정령. 원래 한 명의 정령이었지만, 현계를 반복하는 과정에서 두 명으로 분열됐다. 어느 쪽이 진정한 야마이인지 정하기 위해 승부를 해왔지만 아직도 결판은 나지 않았으며, 100번째로 「시도를 『매력』으로 꼬시기」 승부를 하기로 한 두 사람은 그를 심판으로 임명했다. 결국 시도가 두 사람이 함께 살아남을 수 있는 수단을 제안했고, 그 결과 봉인에 성공한다.

영장(카구야)
Astral Dress

신위영장 8번
(엘로힘 차바오트)

신체를 옭아매는 구속구 같은 영장. 방어력 자체는 정령치고는 낮다. 하지만 항상 바람을 두른 채 고속으로 이동하고 있기 때문에 공격 자체가 닿지 않는다.

영장(유즈루)
Astral Dress

신위영장 8번
(엘로힘 차바오트)

신체를 옭아매는 구속구 같은 영장. 목과 손목에 자물쇠가 달려 있어, 마치 두 사람의 힘을 억누르고 있는 것만 같다. 카구야와 영장과는 미묘하게 형태가 다르다.

천사(카구야)
Weapon-BowType

천사(유즈루)
Weapon-BowType

구풍기사(颶風騎士)(라파엘)

바람을 조종하는 천사. 카구야가 지닌 것은 한쪽 날개와 오른손 수갑, 거대한 돌격창으로 이뤄진 【꿰뚫는 자(엘 레엠)】. 유즈루의 천사와 합쳐 거대한 화살 【하늘을 달리는 자(엘 카나프)】가 된다.

구풍기사(颶風騎士)(라파엘)

바람을 조종하는 천사. 유즈루가 지닌 것은 한쪽 날개와 왼손 수갑, 거대한 펜듈럼으로 이뤄진 【옭아매는 자(엘 나하쉬)】. 카구야의 천사와 합쳐 거대한 화살 【하늘을 달리는 자(엘 카나프)】가 된다.

TOP SECRET

"동의! 그렇게 되었어요. 마음껏 사랑해줄게요."

"시도여, 너를 나와 유즈루의 공유 재산으로 삼기로 결정했다."

[카구야]
좋아하는 것=멋진 것
싫어하는 것=공부

Height-157cm
Bust-79/Waist-56/Hip-81

[유즈루]
좋아하는 것=정크푸드
싫어하는 것=소음

Height-155cm
Bust-90/Waist-61/Hip-86

사이좋은 자매

어느 쪽이 진정한 야마이로서 살아남을지 결투로 정하려 했던 카구야와 유즈루. 서로를 살리려 했던 것은 그만큼 서로를 좋아하고, 서로가 사라지지 않기를 바랐기 때문이다. 한쪽이 사라질 필요가 없어진 후 두 사람의 사이는 한도 끝도 없이 좋아졌으며, 서로를 향한 애정표현 또한 끊임없이 해댄다. 유즈루가 카구야를 놀리는 것은 그녀가 놀림 받을수록 더욱 빛난다는 사실을 알기 때문일까, 아니면 카구야를 괴롭히는 것을 좋아해서일까.

승부 애호가

지금까지 아흔아홉 번이나 결투를 했던 카구야와 유즈루. 전적은 25승 25패 49무승부로 동점. 결투 방법은 단순한 체력 대결부터 드럼 대결 같은 특기 승부, 그리고 괴식 대결, 옷 벗기 가위바위보 같은 카오스한 것까지 각양각색이었다. 서로를 살리려는 의도도 있었겠지만 비치발리볼이나 매점 빵 쟁탈전 같은 것을 볼 때, 두 사람 다 지는 걸 싫어하고 승부 자체를 좋아하는 것은 틀림없다.

애정은 2인분

두 사람은 시도를 자신들의 공유 재산이라고 주장하고 있으며, 봉인당한 후에도 카구야는 유즈루가, 유즈루는 카구야가 시도에게 선택받기를 바라고 있다. 하지만 시도가 자신을 선택해주기를 바라는 마음도 서서히 싹트기 시작하는데……. 결판이 나지 않았던 「매력」 승부를 재개하는 날은 과연 올 것인가.

타치바나 코우시

노출도 넘버원 정령 자매. 끊어진 쇠사슬과 한쪽 손발에만 달린 자물쇠는 두 사람이 원래 하나였다는 것을 뜻합니다. 본디지+구속구라는 이미지에 도달하기까지 꽤 많은 우여곡절이 있었습니다. 처음에는 엘프나 도적 같은 느낌으로 해볼까도 생각했었죠. 천사의 프로토타입 중에는 말과 차륜(車輪)이 합쳐져 전차(채리엇) 형태가 되는 버전도 있었습니다.

츠나코

실은 헤어스타일뿐만 아니라 머릿결도 약간 차이가 납니다. 카구야는 약간 뾰족하고, 유즈루는 약간 부드럽죠. 신캐릭터로 등장시켰을 때, 차별화를 위해 교복 복장도 기존의 히로인과 다르게 해봤습니다.

이자요이 미쿠

MIKU IZAYOI

식별명 〈디바〉

당신이 이 세상에 존재한다는 사실 자체가 불쾌하단 말이에요~.,,

"한시라도 빨리 사라져주지 않겠어요?"

Spirit No.9
AstralDress-DivaType
Weapon-OrganType[Gabriel]

종합 위험도	A
공간진 규모	B
영장	C
천사	A
STR (힘)	C
CON (내구력)	C
SPI (영력)	1
AGI (민첩성)	C
INT (지력)	C

9월 8일, 텐구 아레나에서 시도와 만난 정령. 원래는 평범한 인간이자 아이돌이었다. 과도한 스트레스에서 기인한 심인성(心因性) 실어증에 걸려 절망하고 있을 때, 〈팬텀〉의 힘으로 정령이 되었다. 여성을 좋아하고, 남성을 극도로 싫어한다. 정령의 힘을 잃어 자신이 무가치한 존재가 되는 것을 두려워했지만 그 공포를 시도가 불식시켜준 결과, 봉인에 성공한다.

영장
Astral Dress

신위영장 9번
(샤다이 엘 카이)

선명한 빛을 뿜는 가희형 영장. 그 눈부시게 아름다운 모습은 보는 이들의 시선을 사로잡는다.

천사
Weapon-OrganType

파군가희(破軍歌姬)
(가브리엘)

소리를 조종하는 파이프 오르간 형태의 천사. 이 천사가 자아내는 최고의 연주를 들은 이는 순식간에 미쿠에게 심취하게 되어 몸과 마음 모두 그녀에게 바친다. 또한, 곡조에 변화를 줘서 듣는 이의 힘을 끌어올리거나, 음압(音壓)으로 적을 공격하는 것도 가능하다.

T O P   S E C R E T

"고마……워요, 달링…… 사랑해요……!"

좋아하는 것=노래
싫어하는 것=남자

Height−165cm
Bust−94/Waist−63/Hip−88

아이돌

자신의 노래에 절대적인 자신감을 가지고 있으며, 아름다운 용모와 뛰어난 라이브 퍼포먼스를 지녔기에 팬이 많다. 국민적 아이돌이 될 스펙을 지녔는데도 불구하고 그렇게 되지 못한 것은 기본적으로 사람들 앞에 서지 않는데다, 여성 한정 라이브 같은 것만 했기 때문이다. 정령이 되기 전에는 요이마치 츠키노라는 이름으로 아이돌 활동을 했었다.

여성을 엄청 좋아하는 백합 속성

정령이 된 후로는 마음에 드는 여자애를 수단과 방법을 가리지 않고 자신의 것으로 만들어왔다. 봉인 후 다소 수그러들기는 했지만 시도의 주위에 있는 정령들을 꼭 끌어안거나 냄새를 맡는 등의 과격한 스킨십을 해댄다. 여자애끼리 뒤엉켜 있는 것도 좋아해서, 그런 현장을 목격하면「끝내주네요~」하고 외쳐대며 침을 질질 흘릴 만큼 흥분한다.

달링은 특별

과거의 트라우마 때문에 극도로 남성을 혐오하게 된 미쿠. 남성과 닿는 것은 고사하고 이야기를 나누는 것도 싫어하며, 시도와 처음 만났을 때는 그가 말을 건 것만으로 호감도가 바퀴벌레 이하 수준으로 내려갔다. 하지만 영력이 봉인된 후부터 시도는 예외가 되었다.「달링」이라고 부르며 시도를 끌어안거나 가슴을 그의 몸에 밀착시키는 등, 그를 향한 애정을 서슴없이 어필하며 어리광을 부리게 되었다.

타치바나 코우시

아이돌 캐릭터라서 그런지 영장이나 천사의 이미지는 비교적 초기에 완성했습니다만, 본편이 6권에 접어들면서 생각지도 못한 문제가 발생했습니다. 바로 헤어스타일의 베리에이션이 다 떨어진 겁니다. 결국 공주컷으로 해달라고만 요청했습니다만, 츠나코 씨가 멋지게 어레인지해주셨습니다. 머리카락의 양사이드가 뒤쪽으로 흘러 넘어가는 느낌이 정말 마음에 듭니다.

츠나코

연상 캐릭터입니다만 아이돌이기 때문에 너무 어른스럽게 보이지 않도록 신경 썼습니다. 아이돌 의상 같은 느낌인 그녀의 영장은 달과 백합이 모티프이며, 밤하늘에서 어슴푸레하게 빛나는 이미지입니다. 교복은 아가씨 학교 느낌이 물씬 나는 세일러 교복입니다.

SPIRI

N A T S U M I

나츠미

식별명 〈위치〉

"……봤지? 네 인생을 완전히 박살 내버릴 거야……"

SpiritNo.7
AstralDress-WitchType
Weapon-BroomType[Ha

종합 위험도	
공간진 규모	
영장	
천사	
STR (힘)	
CON (내구력)	
SPI (영력)	
AGI (민첩성)	
INT (지력)	

10월 15일, 폐쇄된 유원지에서 시도가 만난 정령. 어른 모습으로 변하는 것은 원래 모습으로 이쪽 세계에 나타났을 때 아무도 그녀에게 관심을 가지지 않은 것이 원인. 자신이 생각하는 이상적인 모습으로 변해 있어야만 남들이 자신을 인정해준다고 생각하고 있지만, 실은 꾸미지 않은 자신의 모습을 인정받고 싶다는 강한 욕구를 지녔다. 시도는 원래의 그녀를 인정해줬고, 그 결과 봉인에 성공한다.

영장
Astral Dress

신위영장 7번
(아도나이 차바오트)

곳곳에 장식이 달린 마녀형 영장. 하지만 나츠미의 능력에 의해 용모뿐만 아니라 영장의 형태도 변화하기 때문에 그녀의 진짜 영장을 본 이는 많지 않다.

천사
Weapon-BroomType

위조마녀(하니엘)

안쪽에 거울이 달린 빗자루형 천사. 대상을 자신이 원하는 형태로 변화시킬 수 있다. 또한, 【천변만화경(千變萬化鏡)(칼리도스쿠페)】이 되면 다른 천사의 형태로 변해, 그 힘을 발휘하는 것도 가능.

NATSUMI

TOP SECRET

"저 녀석을 괴롭혀도 되는 건—

나뿐이란 말이야아아아아아아아앗!"

좋아하는 것=방구석
싫어하는 것=집단행동

Height—144cm
Bust—69/Waist—55/Hip—70

[어른 ver.]
Height—170cm
Bust—94/Waist—62/Hip—90

섹시한 누님

나츠미가 변신했을 때의 용모는, 그녀 본인이 생각하는 이상적인 여성 그 자체. 나올 곳은 나오고 들어갈 곳은 들어간 이상적인 체형과 어른스러운 미모. 콤플렉스인 곱슬머리도 살랑살랑 스트레이트 헤어로 변한다. 연상에 포용력 있으면서, 귀여운 구석도 있는 퍼펙트 누님. 이 모습일 때의 나츠미는 대담한 성격으로 변한다.

네거티브

어질어질하다→네 못난 얼굴을 보니 거북하다고, 나이스 보디→장기가 비싸게 팔릴 것 같군, 같은 평범한 사람은 이해할 수 없을 정도의 슈퍼 네거티브 사고방식을 지닌 나츠미. 그 어떤 일에도 마이너스 측면과 위험 부담, 자신에게 닥칠 불행만 생각하며, 항상 그런 생각만 한다는 사실 때문에 자기혐오에 빠지고 마는 마이너스 스파이럴의 소유자.

갈고닦으면 빛나는 원석

다른 정령들에게 협력을 받으며, 여장을 통해 쌓은 경험을 총동원해 시도가 꾸며준 나츠미는 그녀 본인조차 감동할 정도로 예뻤다. 천사의 힘을 쓰지 않고도 이렇게 변신할 수 있으니, 자신만의 가치관에 틀어박히지 말고 노력한다면 어른 나츠미에게 지지 않는 미인이 되는 것도 꿈은 아닐지도 모른다.

타치바나 코우시

어른 버전은 정령 중에서 가장 노출도가 적은데도 왠지 에로틱한, 그야말로 끝내주는 디자인입니다. 하지만 저는 진(眞) 나츠미도 좋아합니다. 최대한 『귀엽다』, 『아름답다』 계열의 묘사를 억제한 캐릭터인 만큼 디자인이 어려울 거라고 생각했습니다만, 역시 츠나코 씨는 대단하십니다. 절묘한 도끼눈을 그려주셨죠. 귀엽지 않지만 귀여운, 모순적인 캐릭터입니다.

츠나코

어른 버전은 이상적인 형태이기 때문에, 수수한 느낌이 들지 않도록 신경 썼습니다. 머리 색상은 내추럴한 느낌이 들지 않는 청록색이며, 윤기가 넘치게 해봤습니다. 모자의 에메랄드가 조그마할 때는 원석, 변신 후에는 갈고닦은 장식품이 되며 머리 색상 및 머릿결과 링크됩니다.

토비이치 오리가미

ORIGAMI TOBIICHI

식별명 〈엔젤〉

"나는— 정령을 죽이기 위해 이 힘을 쓰겠어;;

SpiritNo.1
AstralDress-AngelType
Weapon-CrownType[Metatron]

종합 위험도		A
공간진 규모		A
영장		A
천사		A
STR	(힘)	1
CON	(내구력)	1
SPI	(영력)	2
AGI	(민첩성)	1
INT	(지력)	2

라이젠 고교 2학년. 5년 전, 자신의 눈앞에서 부모님을 살해한 정령에게 복수하기 위해 AST에 입대한다. 삶의 목적은 이 세상에 존재하는 모든 정령을 섬멸하는 것. 하지만 완전 영장 상태인 토카에게 이기지 못한 그녀는 더욱 힘을 갈구했고, 그 결과 〈팬텀〉으로부터 힘을 받아 정령화한다. 세계를 바꾸는 데 성공한 시도의 필사적인 설득에 의해, 봉인에 성공한다.

영장
Astral Dress

신위영장 1번(에흐예)

웨딩드레스를 연상케 하는 순백색 영장. 아무것도 모르는 사람의 눈에는 그 모습이 천사로 보이리라.

천사
Weapon-CrownType

절멸천사(絶滅天使)(메타트론)

다수의 [깃털]이 연결되어 왕관 형태를 취한 천사. 그 [깃털]은 하나하나가 필살의 위력을 지닌 포문이자 검이다. 처절한 빛의 비가 내린 후, 지상에는 아무것도 남지 않는다.

TOP SECRET

"진정한 사랑은 이제부터 시작할 거야."

좋아하는 것=칼로리메이트
싫어하는 것=정령

Height–152cm
Bust–75/Waist–55/Hip–79

일편단심

남들 눈을 신경 쓰지 않으며 시도를 향한 호의를 숨김없이 드러내는 오리가미. 그 호의는 무시무시할 정도이며, 학교는 물론이고 자택이나 여행지 같은 사적인 공간에서도 철저하게 정보를 수집해 시도에 관한 것이라면 뭐든 알아내려 할 정도다. 그리고 정보 수집은 미약한 전파를 뿜는 여자의 감을 통해서 하는 것 같다. 시도의 체육복 냄새를 맡은 적도 있다고 한다.

한계치를 돌파한 호감도

시도가 훈련 삼아 했던 고백을 받아들인 오리가미는 그의 연인이 되었다. 난처해진 시도는 그녀와 헤어지기 위해 괴상한 성적 취향을 가지고 있다, 연인이 여럿이다 같은 말을 했지만, 오리가미는 동요하는 기색조차 보이지 않았다. 게다가 학교 수영복에 강아지 귀&꼬리 차림을 강요해도 즉시 실행에 옮겨, 그 어떤 짓을 해도 그녀에게 미움받는 것이 불가능하다는 사실을 증명했다.

숨겨져 있던 히로인력(力)

안색 하나 바꾸지 않고 모든 수단을 동원해 시도에게 대시하던 육식계를 초월한 육식계. 그런 와중, 역사가 바뀐 세계의 오리가미가 나타난다. 시도를 좋아하면서도 그 마음을 솔직하게 밝히지 못해 얼굴을 새빨갛게 붉히는 오리가미의 히로인력은 상상을 초월할 정도. 그것은 의존이 아니라 진정한 사랑에 눈뜬 오리가미의 새로운 무기가 될지도 모른다.

타치바나 코우시

처음에는 긴 머리카락으로 설정하려 했지만, 히로인들의 밸런스를 맞추기 위해 단발로 만든 캐릭터입니다. 그렇다. 오리가미는 희생되었던 것이다. 하지만 11권에서 장발 설정이 부활했습니다. 영장이 천사 이미지인 것은 처음부터 정해졌던 것입니다만, 거기에 웨딩드레스의 에센스가 가미된 것은 10권을 쓰기 직전입니다. 이건 오리가미의 집념이 분명합니다. 정말 무시무시하군요.

츠나코

AST는 자위대이기 때문에 장비도 너무 화려하지는 않게 했습니다. 영장은 타치바나 선생님의 설정 러프를 그대로 재현한 웨딩드레스 타입이며, 왼손 약지에 빛나는 뭔가가…… 갑옷은 「토카의 라이벌」이라는 점을 의식해서, 색상도 대조적으로 해봤습니다.

야토가미 토카 (반전)

TOHKA YATOGAMI

식별명 ＜??＞

"인간이 말이다……!"

나를 현혹하는 간악무도한

드디어― 사라졌구나.

"사라졌다. 사라졌어."

SpiritNo.10i
AstralDress-PrincessType
Weapon-ThroneType[Nahemah]

종합 위험도
공간진 규모
영장
천사
STR   (힘)
CON   (내구력)
SPI   (영력)
AGI   (민첩성)
INT   (지력)

자신의 눈앞에서 시도가 살해당하려 하는 상황에서 토카가 천사 이외의 힘을 갈구한 결과, 반전한 형태. 〈라타토스크〉에서는 이 현상을 『영결정(세피라)의 반전』이라 부르며 두려워하지만, 웨스트코트는 [마왕의 개선(凱旋)]이라 표현하며 환영했다. 아직 상세한 것은 밝혀지지 않았다. 밝혀진 점은 반전했을 때 폭력성이 강한 별개의 인격이 표출된다는 점이다.

영장
Astral Dress

???

어둠에 물든 공주형 영장. 〈신위영장 10번〉과 대칭을 이루는 존재. 상세한 것은 수수께끼에 휩싸여 있다.

천사
Weapon-ThroneType
포학공(暴虐公)(나헤마)

거대한 옥좌와 외날 검으로 이루어진, 강대한 힘을 자랑하는 [마왕]. 〈산달폰〉과 대칭을 이루는 존재. 【종언의 검(메이바쉬 헤레브)】가 한 번 휘둘러지면, 참격의 연장선상에 존재하는 모든 것이 소멸한다.

토비이치 오리가미 (반전)

ORIGAMI TOBIICHI

SPIRIT

"……〈구세마왕(救世魔王)〉……"

식별명 〈데빌〉

SpiritNo.1i
AstralDress-DevilType
Weapon-CrownType[Satan]

종합 위험도		SS
공간진 규모		A
영장		A
천사		A
STR	(힘)	19
CON	(내구력)	20
SP	(영력)	24
AGI	(민첩성)	12
INT	(지력)	23

정령의 힘을 얻은 오리가미. 그녀가 과거로 가서 부모님을 죽인 범인을 알고 절
망한 나머지 반전한 모습. 자신에게 있어 최악의 세계를 부숴버리기 위해 모든
것을 파괴하려 했다. 역사가 바뀐 세계에서도 정령의 존재를 인식하는 것이 스위
치가 되어 현현했지만, 시도의 혼이 담긴 외침 덕분에, 결국 봉인에 성공한다.

??

영장
Astral Dress

???

어둠에 물든 천사형 영장. 상복을 걸
친 듯한 그 모습은 그야말로 타천사를
연상케 한다.

천사
Weapon-CrownType

구세마왕(救世魔王)(사탄)

〈메타트론〉과 대칭을 이루는 『마왕』이
자 숙주를 지키기 위해 전개되는 수많
은 『깃털』. 하늘을 집어삼키는 어둠.
형태를 지닌 절망. 흉흉한 그 모습은
숙주의 심상풍경을 그대로 구현한 것
만 같다.

이츠카 시도

RATATOSKR

"나는— 너를 부정하지 않아,,

좋아하는 것=요리
싫어하는 것=자신의 흑역사

Height—170cm
Bust—82.2/Waist—70.3/Hip—87.6(조사 : 오리가미)

라이젠 고교 2학년, 17세. 평범한 일상을 살고 있었지만, 정령과 만나면서 그의 운명은 크게 변하고 만다. 〈라타토스크〉의 협력을 받으며 목숨을 걸고 정령과 데이트를 해서, 상대를 자신에게 반하게 만들어야 하는데?! 과거에 친어머니에게 버려진 경험이 있으며, 그 탓인지 타인의 절망에 민감하다. 타인을 구하기 위해서라면 자신의 생명을 도외시하는 행동을 취할 때도 많아, 코토리를 비롯한 주위 사람들에게 걱정을 사고 있다.

정령을 봉인할 수 있는 유일한 존재

〈라타토스크〉 사령관, 코토리에게 정령과의 대화 담당으로 임명된 시도. 그는 정령의 호감도를 일정 수치 이상으로 올린 후 키스를 하면 그 정령의 영력을 봉인할 수 있다. 그리고 봉인한 영력을 현현시키는 것도 가능한 특별한 존재였다.

이츠카 시오리

〈자를 혐오하는 정령, 미쿠에게 다가가기 위해 여장을 한 시〉. 〈라타토스크〉의 전면적인 서포트 덕분에 평범한 인간에게 들키지 않을 만큼 그 여장은 완벽했다. 그리고 이츠카 가(家) 집안일을 담당하고 있기에, 어설픈 여자애들은 범접도 하지 할 수준의 여자력을 갖추고 있다.

타치바나 코우시

시도는 눈에 띄는 특색이 없었습니다만, 츠나코 씨가 헤어스타일과 교복 등을 여러 패턴 준비해주셨습니다. 교복 베리에이션을 선정할 때 조금 고민을 했습니다만, 결국 넥타이는 꽉 죄고, 상의 단추를 푼 후, 셔츠는 밖으로 꺼내는 쪽으로 결정했습니다. 교복을 좀 와일드한 느낌으로 입고 싶지만, 넥타이를 느슨하게 맬 각오는 차마 하지 못하는 시도를 상상하니 왠지 입가에 미소가 절로 맺히는군요.

츠나코

그저 우연히 사건에 휘말리고 만 평범한 고교생 주인공으로 등장해, 주부(主夫) 같은 생활 탓에 멋도 제대로 못 내고, 삽화에서도 「얼굴은 안 나와도 됩니다.」, 「구도 밖에 있는 걸로 해도 돼요.」 같은 지정이 많은 시도 군. 하지만 전투 수단을 얻은 다음부터는 멋진 장면이 늘어났습니다. 당사자에게도 수수께끼가 많기 때문에, 앞으로의 전개가 정말 기대됩니다!

RATATOSK

타카미야 마나

M A N A   T A K A M I Y A

"실은— 나, 어릴 적 기억이 없어요 ;"

좋아하는 것=모의전
싫어하는 것=근성 없는

Height-147cm
Bust-74/Waist-56/Hip-

시도의 친여동생이자, 예전에는 DEM사에 소속되어 있었던 마술사. 콜 사인은
아뎁투스2. AST에 파견되었을 적의 계급은 소위. 최악의 정령, 쿠루미에게 중
상을 입은 후 〈라타토스크〉 측의 보호를 받게 되었다. 〈라타토스크〉가 위기에
처했을 때는 〈바나르간드〉를 장비하고 나서서 위기에서 구했다.

시도의 친여동생

독특한 존댓말을 사용하며, 눈물점과 포니테일이 인상적. 시도
는 친여동생이 있다는 것을 기억하지 못하고, 마나 본인 또한
옛날 기억이 없지만, 오빠가 존재했다는 사실만은 어째선지 기
억하고 있었다. 코토리와 친여동생, 의붓여동생 중 어느 쪽이
더 강한지를 두고 말다툼을 벌인 적이 있다. 그 일 때문인지 머
리 모양을 트윈 테일로 하는 것을 여동생 서열에서 우러난 자존
심이 허락하지 않는 것 같았다.

표적은 쿠루미

현현장치를 다루는 데 있어서는 전 세계에서 다섯 손가락 안에
들어가며, AST 대원 열 명이 한꺼번에 덤벼도 상대가 되지 않
을 만큼 뛰어난 실력을 지녔지만, 그 실력은 DEM에 의해 온몸
에 마력 처리를 받은 것에서 기인한다. 그런 힘을 얻은 대가로
앞으로 10년밖에 살지 못하는 몸이 되었다. 코토리는 전문 기
관에서 연명 치료를 받을 것을 권했지만, 그 제안을 거절한 그
녀는 표적인 쿠루미의 행방을 쫓으며 단독 행동 중이다.

DATE MATERIAL   MANA TAKAMIYA

무라사메 레이네

REINE MURASAME

RATATOSK

"정령과 데이트를 하기 위해, 연애 시뮬레이션 게임으로 특훈을 하는 거야."

좋아하는 것=단것
싫어하는 것=자극적인 것

Height-164cm
Bust-95/Waist-63/Hip-89

〈라타토스크〉의 해석관이자, 코토리의 부하, 그리고 시도가 소속된 반인 2학년 4반의 부담임(물리 담당). 본인 말에 따르면 불면증이라서 30년 동안 잠을 자지 않았고, 눈 밑에 두꺼운 다크서클이 존재하며, 상처투성이 곰 봉제 인형을 항상 가지고 다닌다. 처음에는 시도를 「신타로」라고 불렀고, 그 후에도 「신」이라고 계속 부르고 있으며, 약통 안에 든 수면제를 전부 입안에 탈탈 털어 넣어가며 과다 복용하는 등, 수수께끼가 많은 여성이다.

〈라타토스크〉의 해석관

해석관의 주된 임무는 〈프락시너스〉에 탑재된 해석용 현현장치를 조작해 시도의 데이트를 지원하는 것과 현현한 정령의 조사 및 해석이다. 폭주할 때가 많은 다른 〈프락시너스〉 승무원과는 달리 상식적인 사람이기 때문에 그녀에 대한 코토리의 신뢰도 두텁다. 면허는 없지만 간단한 간호 정도는 할 수 있다.

수수께끼가 많은 여성

언제나 냉정 침착하고 무슨 일에도 임기응변으로 적절하게 대응하는 믿음직한 여성이지만, 수수께끼도 많다. 겉보기에는 20대로 보이지만 실제 연령은 밝혀지지 않았다. 항상 무표정하고, 감정에 기복이 없으며, 시도 앞에서 속옷을 벗으면서도 부끄러워하지 않았다. 또한 단것을 너무 좋아해 시도가 걱정할 정도로 음료에 각설탕을 집어넣은 적도 있다. 그 외에도 마이너한 언어를 쓸 줄 알고, 바이올린 실력은 프로급이며, 그 외에도 여러 가지 특기를 지닌 듯하다.

DATE MATERIAL   REINE MURASAME

RATATOSKR

라타토스크 기관
RATATOSKR

대화를 통해 정령을 죽이지 않고 공략전을 닦기
위해 결성되었다. 코토리의 말에 따르면 시도에
게 정령과의 교섭 역할을 맡겨 정령 문제를 해결
한다는, 즉 시도를 위해 만들어진 조직. 대화란
바로— 데이트해서, 반하게 만드는 것.

칸나즈키 쿄헤이 KANNAZUKI KYOUHEI

"우리가 경배해 마지않는 여신님께서 위기에 처했다!"

〈라타토스크〉 부사령관 겸, 공중함 〈프락시너스〉 부함장. 28세. 용모 단정한 장신의 청년. 태도와 말투도 신사적이지만, 여장 취미를 지녔으며, 마조히스트에다가 코토리에게 괴롭힘당하는 것을 무한한 기쁨으로 여긴다. 정령 공략을 위한 데이트에서는 거의 도움이 되지 않으나 〈프락시너스〉를 이용한 전투 및 지휘 능력은 뛰어나다. 현현장치를 매우 잘 다루며, 병기 제어를 단독으로 할 수도 있다. 과거에 어딘가의 군대에 소속되어 있었던 것 같지만 자세한 것은 비밀에 휩싸여 있다.

카와고에 쿄지 KAWAGOE KYOUJI

"죄, 죄송합니다. 딱히 좋은 이름이 생각나지 않아서……."

〈프락시너스〉 승무원. 45세. 통칭 〈빨리도 찾아온 권태기(배드 매리지)〉. 지금까지 다섯 번의 결혼과 이혼을 경험한 연애 마스터. 이성에게 인기는 많지만 같이 살기 시작하면 바로 정나미가 떨어지는 것 같다. 다섯 번의 이혼에 따른 위자료와 양육비를 지금도 내고 있기 때문에 어쩔 수 없이 검소한 생활을 하고 있는 듯하다. 참고로 첫 번째 아내의 이름은 미사코.

미키모토 마사오미 MIKIMOTO MASAOMI

"괘, 괜찮아요! 요즘 애들 이름은 거기서 거기니까요!"

〈프락시너스〉 승무원. 42세. 통칭 〈사장 오빠(CEO)〉. 오늘 번 돈은 오늘 다 쓰는 타입이며, 씀씀이가 헤프기 때문에 유흥업소에서 절대적인 인기를 자랑한다. 참고로 〈라타토스크〉에 들어오기 전에는 중소기업의 과장이었다. 사장은 아니었다. 아이가 셋 있으며, 첫째가 뷰티클, 둘째가 풀몬티, 셋째가 세라핌.

시이자키 히나코 SHIIZAKI HINAKO

"패턴 블루! 기분이 나빠졌습니다!"

〈프락시너스〉 승무원. 24세. 스리 사이즈는 B82/W60/H84. 통칭 〈짚인형(네일 노커)〉. 조용한 분위기의 여성이지만 실은 질투심이 강하며, 자신이 마음에 두고 있는 남성에게 접근하는 여자에게는 인정사정 봐주지 않는다. 각종 저주에 정통하며, 수제 짚인형에 대못을 박으면 상대에게 불행이 줄지어 찾아온다. 참고로 남성도 그런 그녀를 불길하게 여기며 피하기 때문에 지금까지 교제 경험이 없다.

나카츠가와 무네치카 NAKATSUGAWA MUNECHIKA

"그야 그러하옵겠죠."

〈프락시너스〉 승무원. 30세. 통칭 〈차원을 넘나드는 자(디멘션 브레이커)〉. 중증 오타쿠이며, 마누라가 백 명이나 된다(하지만 전부 2차원). 원래 명가의 자제였지만, 2차원 취미에 너무 빠져들어 취직할 기회를 날려버린 바람에 대학을 졸업하고 바로 백수 생활에 돌입했다. 아버지에게 「그 취미를 버릴지, 의절당할지 하나를 고르라.」는 말을 듣고, 마누라들을 배신할 수 없다면서 망설임 없이 집에서 나왔다.

미노와 코즈에 MINOWA KOZUE

"시도 군은 의외로 모성 본능을 자극하는 타입이에요!"

〈프락시너스〉 승무원. 28세. 스리사이즈는 B80/W65/H87. 통칭 〈보호 관찰 처분(딥 러브)〉. 평소에 소탈하지만, 남성과 교제할 때는 너무 헌신하는 타입. 애인이 헤어지자고 말했을 때 그걸 받아들이지 못한 나머지 그대로 스토커로 변해버리는 바람에 경찰 소동이 발생했다. 현재 법률로 사랑하는 그 남자의 반경 500미터 안에는 들어갈 수 없게 되었다.

엘리엇 볼드윈 우드먼 ELLIOTT BALDWIN WOODMAN

"그렇게는 안 돼. 그걸 막는 것이 〈라타토스크〉의 존재 이유니까 말이야."

〈라타토스크〉의 창시자이자, 최고 의사 결정 기관 『원탁회의(라운즈)』의장. 영국인. 휠체어를 타고 있다. DEM사 창업 멤버 중 한 명이며 웨스트코트와는 동료였던 것 같지만, 지금은 적대 관계다.

카렌 N 메이저스 KAREN NORA MATHERS

"문제없습니다."

우드먼의 비서인 여성. 과거 DEM사의 기술 개발부 부장이었지만 우드먼과 함께 퇴사. 엘렌의 여동생이지만, 마술사로서의 실력은 미지수.

린도 RINDOU

〈프락시너스〉의 의무관. 그가 건강상에 문제가 있다고 판단할 경우, 지휘권을 박탈할 수 있다.

아와시마 후미오, 테시로기 요시하루, 카와니시 타카시
AWASHIMA FUMIO, TESHIROGI YOSHIHARU, KAWANISHI TAKASHI

"안녕, 예쁜이들~. 어디서 왔어?"
"여자들끼리 온 거야? 아깝네~."
"혹시 괜찮으면 우리와 같이 놀지 않을래?"

〈라타토스크〉 기관원. 계급은 3등관. 오션파크에서 변장을 하고 토카 일행을 꼬시려고 했지만, 코토리에게 바로 들켰다.

타케하라, 사이토, 칸바야시, 키자키, 카시와다, 하마키, 우라타, 카사이, 이시다
TAKEHARA, SAITO, KANBAYASHI, KIZAKI, KASHIWADA, HAMAKI, URATA, KASAI, ISHIDA

전세식 해변 여관 『펜살리르』를 지키던 경비원들. 여자의 감으로 시도의 위치를 읽은 오리가미에게 차례차례 격파당했다.

프락시너스

〈FRAXINUS〉 ASS-004

〈라타토스크〉가 보유한 거대 공중함. 전장(全長)은 252m(〈세계수의 잎(위그드 폴리움)〉 제외). 대형 기초 현현장치(베이식 리얼라이저) AR-008을 10기 탑재. 함체 주위에 항상 임의 영역(퍼머넌트 테러터리)을 전개하며, 그것을 통해 불가시미채(인비지블)와 자동 회피(어보이드)가 상시 가동되고 있다.

주요 무장
집속마력포 〈미스틸테인〉
정령영력포 〈궁니르〉
요격용 미사일 〈브류나크〉
범용독립유닛 〈세계수의 잎(위그드 폴리움)〉
그 외

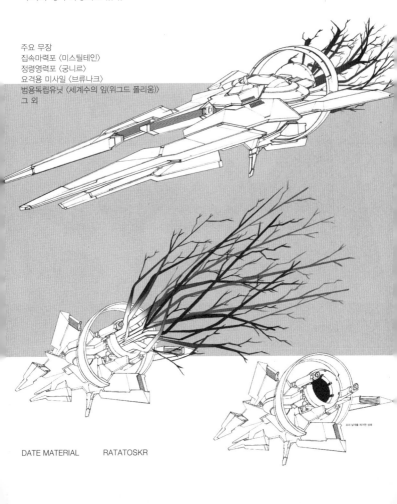

DATE MATERIAL   RATATOSKR

KUSAKABE
RYOUKO

AST

ANTI SPIRIT TEAM

안티 스피릿 팀

ANTI SPIRIT TEAM

육상 자위대 대(對) 정령 부대. 일반인에
공개되지 않은 부대이기 때문에 존재
를 아는 이가 매우 적다. AST의 주된
적은 통상 부대는 달성하기 힘든 작전
수행. 그리고 공간진의 원인인 정령을
하는 것이다.

A S

AST 장비의 일부

CR-유닛

전술 현현장치 탑재(컴뱃 리얼라이저) 유
닛. 컴퓨터 상의 연산 결과를 현실에 재현
하는 장치, 현현장치(리얼라이저)를 전술
적으로 운용하기 위한 장치의 총칭. 착용
형 접속 장치(와이어링 슈트)에 탑재된 기
초현현장치(베이식 리얼라이저)는 발동과
동시에 사용자의 주위에 임의 영역(테리토
리)을 전개한다.

〈No pain〉

AST 대원의 기본 무장인 레이저 블레이
드. 현현장치로 출력된 마력을 칼날 형태
로 고정시킨 후, 검처럼 휘두를 수 있도록
한 근접 장비. 기본 무장이라고는 해도 이
것을 사용하기 위해서는 높은 기술이 필요
하며, 처음에는 마력을 칼날 형태로 유지
하는 것조차 어렵다. 이것을 다룰 수 있게
되어야 비로소 AST 대원으로서 전장에
서는 것이 허락된다.

쿠사카베 료코 KUSAKABE RYOUKO

"토비이치, 넌 너무 무모해. ─그렇게 죽고 싶어?"

27세, AST 대장. 계급은 대위. 방위 대학 졸업 후, 회계과에 배속될 예정이었지만, 반강제적으로 받은 적성 검사의 결과에 따라 마술사가 되었다. 오리가미의 좋은 이해자이지만, 독단 행동이 많은 점, 그리고 장비를 아낄 줄 모르는 점은 고쳤으면 좋겠다고 생각하고 있다. 실전에는 참가하지 않으면서 불만만 쏟아내는 상층부, 그리고 빨리 그녀의 아이를 보고 싶어 하는 가족들의 압박 때문에 스트레스가 쌓이고 있다.

오카미네 미키에 OKAMINE MIKIE

"오리가미 씨이이이이잇!"

15세, AST에 소속된 마술사. 계급은 일병. 오리가미에게 목숨을 구원받은 것을 계기로 AST 대원이 되었다. 오리가미를 매우 따르지만, 오리가미의 태도는 여전히 퉁명하다. 실은 오카미네 중공업의 영애이며, 오카미네 타마에와는 친척 사이.

밀드레드 F 후지무라 MILDRED F FUJIMURA

"밀리의 두뇌는 인류의 보물이라구요~!"

14세, AST의 정비사. 주로 현현장치의 정비를 담당한다. 계급은 중사. 일단은 DEM사의 파견 사원. 남들 연애사에 엄청 관심이 많고, 연애 경험은 없지만 관련 지식만 많다. 오리가미의 왜곡된 연애관 중 몇 퍼센트는 그녀가 원인. 미키에와 사이가 좋다.

키리타니 KIRITANI

"지금은 사문회 중이니 아무도 들이지 말라고─."

중장(中將), 〈화이트 리코리스〉무단 사용 사문회에서 오리가미에게 징계 처분을 내리지만, 사에키 방위 대신의 말을 듣고 2개월간의 근신 처분으로 변경한다.

츠카모토 TSUKAMOTO

"무, 무슨 소리지……?"

계급은 소령. DEM 대원 열 명을 보충 요원으로 받아들여, 료코에게 짜증 섞인 말을 듣는다.

〈Cry Cry Cry〉

대(對) 정령 라이플. 통칭 〈CCC〉. 사용자가 비명을 지르고, 탄도가 삐걱거리며, 목표가 단말마를 지른다는 의미에서 붙은 이름이다. 임의 영역을 전개하지 않는다면 반동으로 사용자의 팔뼈가 부러진다는 말이 있을 만큼 엄청난 위력을 지닌 스나이퍼 라이플.

〈화이트 리코리스〉

DEM사가 제조한 실험기. 주된 무장은 〈클리브리프〉두 자루, 50.5cm 마력포〈블래스터크〉두 개, 대용량 웨폰박스 컨테이너 〈루트 박스〉여덟 개. 단독으로 정령을 토벌하는 것을 목적으로 제조되었지만, 사용자에게 주는 부담이 너무 커서 쓸 수 있는 사람이 거의 없는 『최강의 결함기』다.

SPECIAL SORCERY SERVICE

LEONORA
SEARS

SSS

CECILE O'BRIEN

ASHLEY
SINCLAIR

스페셜 소서리 서비스
SPECIAL SORCERY SERVICE

영국 육군 소속 대 정령 부
영국에 본거지를 둔 DEM인더
트리와 밀접한 관계이기 때문
범용화되지 않는 유닛 등을 시
적으로 운용하는 경우도 많다

애슐리 싱클레어
ASHLEY SINCLAIR

"사적인 원한은 없지만 사냥해주겠어."

외전 코믹 「데이트 어 스트라이크」에 등장. 15세. 성질이 급하고 사고방식이 단순하다. SSS의 대원. 임의 영역을 극한까지 압축해 벌이는 근접 전투가 특기인 프런트 어태커. 작전을 위해 라이젠 고교로 전학한 적이 있다.

레오노라 시어스
LEONORA SEARS

"……휴우…… 정말 할 거야?"

19세. 장신에 날카로운 현빛의 소유자. 사나운 눈매와 달리 성격은 소심한 편이며, 타인의 눈을 보면서 이야기 나누는 것이 서툴다. 귀여운 것을 좋아한다. SSS의 대원. 총기 취급이 능숙한 저격수.

세실 오브라이언
CECILE O'BRIEN

"단숨에 결판을 내겠어……!!"

17세. 과거에 공간진 때문에 시력과 다리의 감각을 상실했기 때문에 평소에는 휠체어를 타고 있다. 온화하고 차분한 태도를 지녔지만, 실은 음흉하기 그지없는 아가씨. SSS 대원. 현현장치를 발동시켜 임의 영역을 펼쳤을 때만 시력을 지닌다. 뛰어난 동체 시력과 발기술이 주체인 격투 기술을 지녔다.

아르테미시아 벨 애시크로프트
ARTEMISIA BELL ASHCROFT

"다들…… 어서 와……."

18세. 세계 최고봉 마술사 중 한 명. SSS의 톱 에이스. 상냥하고 누구에게나 사랑받는 우등생이며, 낙오자인 애슐리, 레오, 세실을 가르쳤다. DEM에 의해 뇌 내 정보를 빼앗기고, 신형 현현장치 〈애시크로프트〉 시리즈의 코어가 되었다. 뇌사 상태였지만, 미키에와 오리가미의 활약으로 의식을 되찾았다.

〈애시크로프트〉 시리즈란

DEM사가 개발한 신형 현현장치(리얼라이저). SSS의 천재 마술사(위저드), 아르테미시아 벨 애시크로프트의 뇌 내 정보를 베이스로 만들어졌으며, 사용자는 아르테미시아에게 버금가는 힘을 얻는 것이 가능하다. 전용 CR-유닛 〈앨리스〉, 〈재버워크〉, 〈레온〉, 〈유니콘〉, 〈체셔 캣〉, 이 다섯 기에 탑재되어 있다.

DE

ELLEN MIRA MATHERS

엘렌 M 메이저스

"물론이죠. 상대가 누구라 할지라도 저는 지지 않습니다."

좋아하는 것=최강
싫어하는 것=최약

Height-160cm
Bust-86/Waist-60/Hip-87

DEM사 제2집행부 부장이자, 유구(悠久)의 메이저스라고 불리는 세계 최강의 마술사. 겉보기에는 10대로 보이지만 실제 연령은 불명. 웨스트코트의 검으로서 그의 앞길을 막는 것들을 최강의 힘으로 배제한다. 전투 상황에는 전용 CR-유닛 〈펜드래건〉을 장비한다.

최강의 마술사

인류 최강의 마술사라 불리는 만큼 와이어링 슈트 없이도 장시간 동안 임의 영역을 전개할 수 있다. 〈펜드래건〉을 장비하면 정령과도 대등하게 싸울 수 있을 정도의 힘을 발휘한다. 자신이 최강이라는 것에 강하게 집착하고 있다. 그런 그녀도 아이, 마이, 미이와는 극도로 상성이 좋지 않다.

최강의 휴일

휴일에도 그녀는 최강을 고집한다. 횡단보도의 하얀 부분을 [승리의 증표]로 여기며 그것만 밟으면서 건넌다든가, 쇼트케이크의 딸기를 마지막에 먹기도 한다. 헬스장에서는 파트너인 킥판 〈프루드웬〉과 함께 25미터를 수영했다. 하지만 사실 그녀는 현현장치를 사용하지 않으면 일반인보다 신체 능력이 낮다. 50미터 달리기의 타임은 21.5초. 최강의 비밀이다.

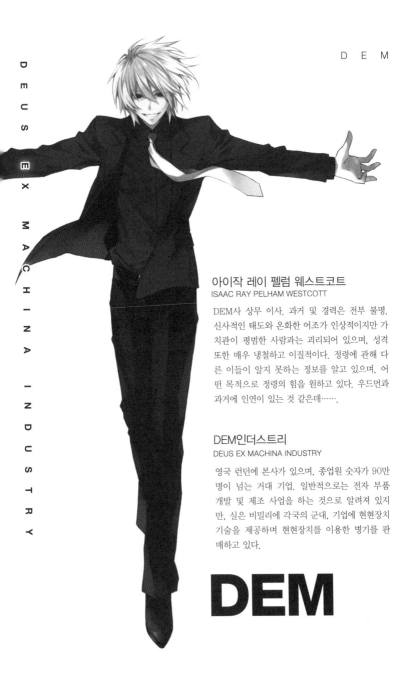

아이작 레이 펠럼 웨스트코트
ISAAC RAY PELHAM WESTCOTT

DEM사 상무 이사. 과거 및 경력은 전부 불명. 신사적인 태도와 온화한 어조가 인상적이지만 가치관이 평범한 사람과는 괴리되어 있으며, 성격 또한 매우 냉철하고 이질적이다. 정령에 관해 다른 이들이 알지 못하는 정보를 알고 있으며, 어떤 목적으로 정령의 힘을 원하고 있다. 우드먼과 과거에 인연이 있는 것 같은데······.

DEM인더스트리
DEUS EX MACHINA INDUSTRY

영국 런던에 본사가 있으며, 종업원 숫자가 90만 명이 넘는 거대 기업. 일반적으로는 전자 부품 개발 및 제조 사업을 하는 것으로 알려져 있지만, 실은 비밀리에 각국의 군대, 기업에 현현장치 기술을 제공하며 현현장치를 이용한 병기를 판매하고 있다.

DEM

제임스 A 패딩튼 JAMES A PADDINGTON

"솔직히 김새는군. 이 소녀, 진짜로 정령 맞나?"

DEM사에서 만든 500미터 급 공중함 〈아르바텔〉 함장. DEM인더스트리 제2집행부의 대령 상당관. 전직 영국 해군 대령. 5년 전에 이혼한 아내와의 사이에 딸이 둘 있으며, 위자료와 양육비를 계속 내고 있다.

제시카 베일리 JESSICA BAILEY

"이제, 누구에게도 지지 않아아앗!"

DEM사 제3전투분대의 대장. 콜 사인은 아뎀투스3. 마나의 예전 동료. 질투심이 강하고, 지는 걸 싫어하며, 자존심이 강하다. 또한 웨스트코트에게 깊이 심취되었으며, 그의 명령에는 절대적으로 복종한다. 마나에게 진 후, 뇌에 마력 처리를 받은 그녀는 〈화이트 리코리스〉의 자매기인 〈스칼렛 리코리스〉를 몰고 재도전하지만, 결국 패배해 목숨을 잃고 만다.

앤드류 ANDREW

"이 빌딩의 경비를 담당하고 있는 앤드류 커시 던스턴 프란시스 바르비롤리―."

엘렌의 명령으로 DEM 일본 지사, 제1사옥을 지키고 있었지만, 기나긴 이름을 끝까지 밝히기도 전에 미쿠와 시도에게 당하고 만다.

미네르바 리델 MINERVA RIDDELL

"내 목적은 단 하나…… 아르테미시아가 되는 것……."

19세. 원래 SSS의 넘버2였으며, 현재 DEM사 제1집행부 소속 마술사. 콜 사인은 티오리쿠스12(트웰브). 마술사로서의 실력은 일류지만, 아르테미시아에게 강렬한 콤플렉스를 느끼고 있었다. 아르테미시아를 신형 현현장치의 소체로 삼게 꾸민 장본인.

로저 머독 ROGER MURDOCH

"실패……했다고?!"

DEM사 이사 중 한 명. 웨스트코트를 상무 이사 자리에서 해임시키려고 획책했지만 실패했다. 인공위성을 텐구 시에 떨어뜨려 웨스트코트를 죽이려 했지만, 시도 일행에게 저지당했고, 최후의 발악 또한 오리가미에 의해 실패로 끝났다.

러셀 RUSSELL

"……괜찮겠습니까? 미스터."

DEM사 이사 중 한 명. 이사회의 의장을 맡고 있다.

심슨 SIMPSON

"대가……라."

DEM사 이사 중 한 명. 반(反) 웨스트코트 파이며, 머독의 계획에 찬동한다.

에드거 F 캐럴 EDGAR F CAROL

"애시크로프트의 비밀을 아는 자는 전부 없애야만 해!!"

DEM 전무 이사(executive director). DEM사 현현장치 개발부의 통괄 책임자이자 애시크로프트 계획의 제창자. 교활한 모사꾼, 유능하지만 웨스트코트를 향한 충성심은 허울뿐이며, 사장 자리를 호시탐탐 노리지만 엘렌에게 숙청당한다.

〈밴더스내치〉 BANDERSNATCH

DEM사가 개발한 인형 병기. 〈애시크로프트〉를 베이스로 만든 신형 현현장치 〈애시크로프트-β〉를 탑재했기 때문에 인간의 뇌가 직접 접속되어 있지 않아도 원격 조작이 가능하다. 개별적인 성능은 마술사에게 뒤지지만, 귀중한 마술사를 위험에 처하게 하지 않고 운용할 수 있기 때문에 DEM의 주력이 되어가고 있다.

RAIZEN HIGH SCHOOL

도립 라이젠 고교
RIZEN HIGH SCHOOL

일반고. 편차치 60. 학생수 992명. 30년 전에 일어난 남(南) 간토 대공재 후, 재개발된 텐구 시에 신설된 고등학교. 최신기술의 테스트 도시라는 측면을 지닌 텐구 시의 고등학교인 만큼 도립 고교답지 않게 각양각색의 설비가 충실하다. 특히, 공간진 피해 지역에 세운 학교이기에 셸터 등의 피난 설비는 전국에서도 톱클래스에 들어간다.

오카미네 타마에 OKAMINE TAMAE
"고등학교를 졸업하자마자 저희 가문을 이어받아 줄 거죠?"

시도의 반인 2학년 4반의 여성 담임. 29세. 학생들과 같은 또래로 보일 정도의 동안에 조그마한 체구, 느긋한 성격 때문에 타마 선생님이라고 불리며, 학생들 사이에 절대적인 인기를 구가하고 있다. 결혼 욕구가 강하고, 시도의 고백(훈련)을 받은 후로는 혼인 신고서를 가지고 다니게 되었으며, 맞선 파티에도 나가고 있다고 한다.

야마부키 아이 YAMABUKI AI
"무슨 일이야, 토카!"

시도의 클래스메이트. 마이, 미이와는 이름이 비슷한 것을 인연으로 사이가 좋으며, 학교에서는 셋이서 함께 행동할 때가 많다. 다른 클래스의 키시와다 군(문계열 안경남)을 짝사랑하고 있으며 계속 대시하고 있지만, 상대가 초식남인 탓에 사랑이 이뤄지지 못하고 있다. 믿음직한 누님 타입. 아버지는 흑마술 결사의 간부.

하자쿠라 마이 HAZAKURA MAI
"설마 다른 애들에게 해코지라도 당한 거야?!"

세 명 중 가장 몰개성. 들러리 중의 들러리(들러리 오브 들러리즈). 때때로 머리 모양을 바꾸거나 기발한 캐릭터성을 시도하고 있지만 다른 사람들이 눈치채지 못한다. 어머니는 SM클럽의 여왕님. 아버지는 그런 어머니의 예전 손님. 오빠는 인형 애중(피그말리온 콤플렉스)이며, 여동생은 시체 애호가(네크로필리아). 자신만 취미이 평범하다는 사실 때문에 가족 안에서도 고뇌하고 있다.

후지바카마 미이 FUJIBAKAMA MII
"누가 우리 토카를 건드렸어?! 빨랑 안 튀어나와?!"

검은 테 안경 때문에 문학소녀 같은 이미지가 있지만, 보는 책이라고는 만화책 만족 담당. 3인조 안에서 가장 정체불명이다. 집에 있는 창고에 삼각 목마와 아이언메이든이 있으며, 삼촌이 외국에서 킬러로 활동하고 있다.

토노마치 히로토 TONOMACHI HIROTO
"어이, 시도. 사랑이란 건…… 정말 좋은 거네."

시도의 친구. 왁스로 세운 머리카락이 특징적. 교실 안의 정보통이지만 애인은 없다. 『애인 삼고 싶은 남자애 랭킹』에서는 358명 중 358위를 했지만, 『부녀자(腐女子)』가 뽑은 교내 베스트 커플』에서는 시도와 세트로 당당히 2위에 랭크 인 했다.

쵸소카베 쇼이치 CHOSOKABE SHOICHI

라이젠 고교의 선량하고 눈에 띠지 않는 초로의 물리 교사. 통칭 내추럴 본 투명 인간. 물리 준비실이 화장실 외에 유일하게 마음 편히 있을 수 있는 공간.

와시타니 슌스케 WASHITANI SHUNSUKE

"홋…… 좋아, 가르쳐주지!"

키가 크고 닭 볏 같은 머리스타일의 남자. 교복 상의의 소매를 어깻죽지 근처에서 찢고, 양손에 붕대를 감았다. 체조부에서 단련한 강인한 각력과 유연한 몸놀림을 지닌 라이젠 고교 매점 사천왕 중 한 명. 통칭 〈불면 날아간다(에어리얼)〉. 최고의 일품은 야키소바빵.

키리사키 KIRISAKI

라이젠 고교 학생회장. 천왕제 실행 위원이었지만, 스트레스와 과로로 다운.

카라스마 케이지 KARASUMA KEIJI

"쿠키키…… 뭐, 그래도 환영해주자고"

흰색 가운을 걸치고 안경을 낀 남자. 과학부 예산을 남용해 특수 조합한 방향제로 식욕을 빼앗는 라이젠 고교 매점 사천왕 중 한 명. 통칭 〈악취 소동(프로페서)〉. 최고의 일품은 햄달걀 샌드위치!

사기누마 아유미 SAGINUMA AYUMI

"꺄하하, 나를 얕보지 말라구."

커다란 비닐봉지를 짊어진 여자. 귀여운 외모로 상대를 방심시킨 후, 재빨리 빵을 훔치는(단, 빵값을 상대의 호주머니에 넣어둔다) 라이젠 고교 매점 사천왕 중 한 명. 통칭 〈아, 미안(빅 포켓)〉. 최고의 일품은 남한테서 훔친 빵.

OTHERS

리리코 RIRIKO

"이딴 짓 좀 하지 말아줄래? 역겹단 말이야."

〈라타토스크〉에서 총 감수를 한 연애 시뮬레이션 게임 「사랑해줘 마이 리틀 시도」에 등장하는 여동생 히로인. 팬티를 훤히 드러낸 채 주인공을 깨우러 오지만, 사랑을 고백하면 역겨워하는 리얼 설정. 아킬레스 홀드를 걸려고 하면 도리어 숙녀의 소양인 전갈 꺾기를 주인공에게 건다.

고쇼가와라 치마츠리 GOSHOGAWARA CHIMATSURI

"……꺄, 꺄아아앗! 무슨 짓을 하는 거야?! 변태! 치한!"

〈라타토스크〉에서 총 감수를 한 연애 시뮬레이션 게임 「사랑해줘 마이 리틀 시도」에 등장하는 히로인 중 한 명. 여자 유도부 고문. 유도 기술을 걸어서 유도 대결을 벌이고 있다고 생각하게 만드는 게 공략의 열쇠.

사오토메 카나 SAOTOME KANA

코토리의 학교 친구. 병에 걸린 어머니 때문에 돈이 필요해 코토리가 핸드폰 돼지 육성 게임에 빠져들었다는 정보를 나카츠가와에게 판 후, 밤마다 후회의 눈물로 베개를 적시고 있다.

사에키 SAEKI

방위 대신. 오리가미의 사문회 때 웨스트코트와 전화로 이야기를 나눈 후, 키리타니에게 오리가미의 처분을 가볍게 하라는 지시를 내린다.

스즈모토 나오코 SZUMOTO NAOKO

"가족들이랑 같이 먹으렴."

과거에 시도의 이웃사촌이었던 여성. 시골에서 보내온 채소를 자주 시도네 집에 나눠주곤 했다.

오카미네 코타로 OKAMINE KOTARO

"그렇다면…… 더는 아무 말도 하지 않겠다……."

오카미네 중공업 대표 이사 사장. 경제계에 널리 이름이 알려진 엘리트 일족인 오카미네의 이름에 걸맞은 존재가 되기 위해 노력해왔고, 사장 자리에까지 올랐다. 미키에가 그런 인생을 살지 않기를 바라기에, 일부러 차갑게 대했다.

코모다 슈헤이 KOMODA SYUHEI
"저 애가 남자라면 정말 좋았을 텐데 말이야."

새하얀 치아를 드러내며 짓는 상큼한 미소가 인상적인 에이부니시 고교 3학년이자 학생회장 겸 유도부 주장. 어째서인지 그의 팬클럽에는 여자보다 남자가 많다. 여자보다 남자에 더 관심이 있으면서도, 천앙제 미스 콘테스트의 심사 위원을 맡았다.

이쥬인 사쿠라코 IJUIN SAKURAKO
"부정을 저지를 수는 없어요."

요조숙녀라는 말이 너무나도 잘 어울리는 조신한 여학생. 센죠 대학 부속 고교 3학년이자 선도 위원장 겸 다도부 부장. 다도의 명가에서 태어나, 어릴 적부터 엄격한 교육을 받아왔기 때문에 여자애가 살갗을 과도하게 드러내는 것을 싫어하지만, 그럼에도 불구하고 천앙제 미스 콘테스트의 심사 위원을 맡았다.

아야노코지 카린 AYANOKOJI KARIN
"잘 봐둬. —바로 나, 아야노코지 카린이 화려하게 만점을 받는 모습을 말이야!"

린도지 여학원 2학년. 긴 머리카락을 세로 롤 모양으로 아름답게 말고 있는 드센 소녀. 여자애 두 명이 항상 들러리처럼 따라다닌다. 천앙제 미스 콘테스트에서 우승하기 위해 심사 위원을 매수하려 했고, 다른 참가자의 의상을 훼손하려 했지만, 전부 실패로 돌아간다. 무대 위에서 만점을 받으려다 결국 10점이라는 최저 점수를 받지만, 어찌 된 영문인지 미스 콘테스트에서 우승한다.

스가와라 마사에 SUGAWARA MASAE

겐토 고교 2학년, 눈부신 드레스를 입고 천앙제 미스 콘테스트에 번호 1번으로 참가. 유창한 영어 실력으로 어필해서 23점을 획득한다.

우메미야 유키코 UMEMIYA YUKIKO

천앙제 미스 콘테스트에 참가한 참가 번호 19번, 린도지 여학원의 학생. 아름다운 기모노 차림으로 우아한 일본 무용을 선보였으며, 20명의 심사가 끝난 단계에서 24점을 획득해 잠정 1위가 된다.

쿠레바야시 스바루 KUREBAYASHI SUBARU
"미쿠를 도와줘."

미쿠가 소속된 미소라 프로덕션의 매니저. 미쿠의 성격을 알면서도, 그녀를 더욱 빛나게 하기 위해서라면 뭐든 하려 하는 매니저의 귀감. 시오리가 남자인 줄 모르고 스카우트하려고 한다.

아사쿠라 히요리 ASAKURA HIYORI
"당신, 아이돌이라는 직업을 너무 얕보고 있잖아요!"

요이마치 츠키노를 동경해 아이돌이 된 소녀. 빈틈없는 완벽한 아이돌을 목표로 했으며, 그런 것과는 완벽하게 정반대인 미쿠를 싫어했지만, 츠키노와 동일 인물이라는 사실을 알고 화해.

쿠류 KURYU
"……역시 당신의 행실에는 문제가 있습니다."

텐구 시 교육 위원회의 교육장. 엄격한 성격이며, 문제가 있다고 판단된 학교에는 특별 갱생 위원을 파견한다. 또한, 교사에게 특별 강습을 받게 할 수도 있는 높은 사람.

소노가미 린네 SONOGAMI RINNE

"안녕, 시도. ……나, 쭉 기다리고 있었어."

게임 [린네 유토피아]에 등장하는 오리지널 캐릭터. 정체불
명의 결계에 둘러싸인 텐구 시 안에서, 시도의 소꿉친구로
서 등장한 소녀.

아루스 마리나 ARUSU MARINA

"정말 유감이에요~. 이츠카 시도!
너의 눈부신 공적은 이걸로 끝~."

게임 「아루스 인스톨」에 등장하는 오리지널 캐릭터. 전뇌세
계에 나타난 마리아와 별개의 존재인 또 하나의 아루스.

아루스 마리아 ARUSU MARIA

"당신에게 묻겠습니다.
—사랑이란, 뭐죠?"

게임 [아루스 인스톨]에 등장하는 오리지
널 캐릭터. 〈라타토스크〉가 개발한 슈퍼
시뮬레이티드 리얼리티의 세계에 나타난
인공 정령.

〈팬텀〉 PHANTOM

【……〈팬텀〉……. 나한테 그런 이름이 붙었구나.】

해석 영상에서는 거친 노이즈로만 나타나기에 「무언가」로 표현할 수밖에 없는 존재. 정체는 불명. 〈
팬텀〉이라는 이름은 〈라타토스크〉가 편의상 붙인 명칭이다. 대상자에게 정령의 힘을 부여할 수 있
는 듯하지만, 목적이나 대상자의 선정 이유 등은 전부 수수께끼에 휩싸여 있다. 판명된 것만 해도 이
츠카 코토리, 이자요이 미쿠, 토비이치 오리가미가 〈팬텀〉에 의해 정령이 되었다.

데이트 어 인터뷰

DATE A INTERVIEW

타치바나 코우시 × 츠나코

KOUSHI TACHIBANA×TSUNAKO

INTERV

KOUSHI TACHIBANA×TSUNAKO

데이트 어 라이브
타치바나 코우시 × 츠나코 대담(對談)

● 「기획」의 시작

——우선 『데이트 어 라이브』 기획을 스타트한 계기에 관해 가르쳐주시겠습니까?

타치바나 : 기획 자체는 제 데뷔작인 『창궁의 카르마』 3권을 낼 때부터 시작됐습니다. 착상의 키워드가 된 것은 모 애니메이션 작품의 사도, 그리고 특촬에 나오는 괴수 같은 수수께끼의 적이죠. 그런 정체불명의 적들이 현대 지구에 나타나고, 그들을 무력으로 어떻게 하는 것은 무리이기에 대화로 어떻게 하려 한다는 세계관을 베이스로 잡은 후, 그 적들을 여자애로 하는 것은 어떨까 하고 생각했습니다.

담당 : 제 쪽에서는 여자애를 어떻게 할 것인가, 라는 큰 틀 안에 학원 요소와 메커닉 요소를 잔뜩 넣어보자는 제안을 했습니다. 『카르마』에서도 그랬습니다만, 타치바나 씨는 작품의 착지점을 잡으면서 각양각색의 요소를 그 안에 넣는 것이 특기이기 때문에, 여러 요소를 잔뜩 집어넣어 잡탕으로 만드는 편이 좋을 것 같다고 생각했죠.

—— 미소녀 게임 요소는 어쩌다 탄생한 겁니까?

타치바나 : 첫 착상과 같이 탄생했습니다. 대화로 적을 공략할 것인지를 생각해보니, 데이트해서 주인공에게 반하게 만들기로 한 거죠(웃음). 그 모습을 비밀 조직의 멤버들이 보면서 시시콜콜 참견을 합니다. 1권 후기에서도 썼습니다만, 비밀 조직의 멤버가 진지하게 미소녀 게임을 한다면 재미있을 것 같다고 생각했죠.

담당 : 제가 놀랐던 건 타치바나 씨가 미소녀 게임을 거의 플레이해보지 않았다는 거죠. 하지만 그 후로 열심히 미소녀 게임을 공부해주셨습니다.

—— 츠나코 씨는 삽화 의뢰를 받았을 때의 심경을 기억하고 계십니까?

츠나코 : 『데이트』는 제가 처음으로 삽화를 맡은 라이트노벨이기 때문에 의뢰를 받고 기뻤어요. 역시 라이트노벨은 일러스트레이터가 동경하는 일거리 중 하나죠. 저도 전부터 해보고 싶었기에, 의뢰를 받고 「만세!」 하고 외쳤습니다.

타치바나 : 하지만 저희가 부탁드리지 않았더라도 츠나코 씨는 언젠가 라이트노벨의 삽화를 담당하게 되셨을 거라고 생각해요.

츠나코 : 그럴지도 모르지만, 정말 감사한 제안이었어요…….

담당 : 타치바나 씨는 캐릭터에 독극물이라도 집어넣은 것처럼 독특한 캐릭터를 만들어내실 때가 많아요. 단순히

귀여운 여자애가 교복을 입고 있는 게 아니라, 헤어스타일, 눈, 복장, 그런 각종 부분에 오리지널리티가 듬뿍 들어 있죠. 그런 점을 폭넓은 패턴을 통해 살려줄 수 있는 분에게 삽화를 부탁드리고 싶었습니다.

타치바나 : 그리고 저희 둘 다 남성이라는 것도 츠나코 씨에게 의뢰를 드린 이유 중 하나죠.

담당 : 그래요. 일러스트레이터의 성별을 따진 건 아니지만, 여자애의 사복을 제대로 그릴 수 있을 만큼 여성적인 감성을 지닌 분이 아니면 여러모로 어려울 것 같았죠. 영장을 멋지게 그리는 것도 중요하지만, 그에 버금갈 만큼 데이트복의 디자인도 중요하다고 생각했습니다.

──츠나코 씨의 일러스트를 접한 계기를 말씀해주시겠습니까?

담당 : 게임 잡지를 통해 츠나코 씨의 일러스트를 처음으로 봤습니다. 그 후, 인터넷 사이트에서 다른 일러스트를 보게 되었죠. 저희가 찾던 귀여움과 멋짐이 공존하는 일러스트였기에 바로 타치바나 씨에게 제안했습니다.

타치바나 : 실은 츠나코 씨가 옛날에 운영하셨던 일러스트 사이트를 대학 시절에 즐겨찾기로 등록해뒀답니다. 그리고 실제 일러스트를 보니, 정말 엄청나더군요. 뭐, 판단 자료 자체는 적었지만요(웃음).

츠나코 : 맞아요! 당시에는 게임 회사의 사원으로서 게임

일러스트를 그리고 있었기 때문에, 컬러 일러스트만 잔뜩 그렸어요. 그래서 판단 자료나 참고가 될 만한 흑백 일러스트가 없었죠. 정확하게 말하자면 흑백 일러스트를 그릴 기회조차도 없었어요.

타치바나 : 하지만 이분의 일러스트라면…… 같은 확신은 있었습니다.

담당 : 귀여울 뿐만 아니라 캐릭터들의 눈빛이 살아 있다는 이야기를 했었죠.

타치바나 : 좀 있다 이야기할 겁니다만, 실제로 그려주신 흑백 삽화도 정말 좋았습니다. 보자마자 「끝내주네!」 하고 생각했습니다.

● 『데이트 어 라이브』 시동

——1권 일러스트가 어떻게 탄생됐는지, 그 경위를 가르쳐주시겠습니까?

츠나코 : 원고를 받기 전에 겉모습과 말투 같은 것이 적힌 캐릭터 설정을 받아서 캐릭터 디자인을 시작했습니다. 의식했던 것은 식별명의 인상이죠. 토카라면 〈프린세스〉겠군요. 다른 캐릭터도 그렇지만, 식별명의 인상은 디자인 과정에서 살리고 있습니다. 하지만 토카는 현재 〈프린세스〉라는 식별명이 지닌 늠름한 분위기와는 꽤 동떨어져 있군요(웃음).

타치바나 : 저도 처음에는 늠름한 여자애로 그려나갈 생각이었습니다. 그런데 어쩌다 이렇게 된 걸까요(웃음). 영력과 함께 지능 지수까지 봉인되어버린 걸지도 몰라요…….

츠나코 : 하지만 잡지 표지 같은 데서 영장을 입었을 때는 또 늠름하죠.

타치바나 : 어깨 근처에 보조 뇌가 달린 게 분명해요(웃음).

——토카의 캐릭터 디자인은 쉽게 완성됐습니까?

츠나코 : 처음이라 그런지 꽤 시간이 걸렸어요.

담당 : 토카는 1권에 등장하는 최초의 정령이기 때문에 정령이라는 존재의 디자인 방향성을 정하는 베이스이기도 했습니다. 그리고 그녀는 적으로서, 그리고 히로인으로서 매 권마다 등장하는 여자애라 신경을 썼습니다.

츠나코 : 영장의 디자인 방향성도 정해야만 했죠.

타치바나 : 저희에게 명확한 비전이 있지는 않았기 때문에 의견을 조율하면서 조금씩 맞춰나갈 수밖에 없었습니다. 하지만 처음부터 완성도가 높았어요. 결과적으로 몇 번이나 수정을 부탁드리기는 했지만 꽝이라고 할 만한 건 하나도 없었죠. 솔직히 말해 어느 디자인이나 다 좋았습니다. 하지만 가장 마지막에 주신 게 정말 끝내줬죠. 지금까지 받은 건 「이거라면 괜찮겠네」라는 느낌이었는데, 그 디자인을 본 순간, 「바로 이거야」 하고 생각했습니다. 압도적일 정도로 히로인 느낌이 물씬 나는 디자인이었어요.

담당 : 그리고 인간 외의 존재라는 느낌을 주는 요소를 어느 정도 넣을지에 관해서도 몇 번 상의했습니다.

──예를 들자면 이마에 보석을 단다든가 같은 것 말인가요?

타치바나 : 예. 그런 디자인도 받았었죠. 결국 그런 요소 중 지금까지 남아 있는 것이 바로 영력의 빛으로 된 레이스 부분입니다.

츠나코 : 모든 영장의 공통점이죠.

담당 : 이 세계에 존재하는 소재가 아닌 걸로 만들어진 무언가를 입었다, 는 설정을 넣고 싶다는 생각에서 비롯된 아이디어죠.

타치바나 : 하지만~, 반하게 만들면 영장이 사라진다는 설정을 생각해낸 사람은 담당 편집자님이잖아요. 제가 뭐 좀 사러 나왔을 때, 전화상으로 저한테 「좋은 생각이 났어요! 반하게 만들면 옷이 사라지는 거예요!!」 하고 말했죠(웃음). 저도 오호라! 하고 생각했습니다.

담당 : 캐릭터 디자인을 츠나코 씨에게 부탁했기 때문에 탄생한 설정이죠!

츠나코 : 영장과 빛으로 된 레이스가 사라진다는 설정은 영장의 베리에이션을 넓히는 계기가 되었어요. 나츠미의 영장이 가장 변화구스럽죠. 스타킹에 새겨진 별무늬가 레이스와 같은 소재로 되어 있고, 이 부분이 사라지면 찢어진

스타킹 상태가 된다는 설정이에요.

타치바나 : 나츠미는 노출도가 낮지만, 옷을 많이 남겨서 거꾸로 섹시한 느낌이 나게 되었죠.

┌─────────────────────────────────────┐
● 소설 1권의 발매
└─────────────────────────────────────┘

──각양각색의 논의 끝에 1권이 발매되었을 때의 심경은 어떠했습니까?

타치바나 : 솔직히 말해 불안해 죽을 것만 같았어요! 지금도 신간이 발매될 때마다 불안하지만, 신작 1권 때는 정말 불안밖에 느껴지지 않습니다. TV 광고까지 했는데 팔리지 않으면 어떻게 하지, 하고 생각하면서요(웃음).

담당 : 하지만 『데이트』는 제작 초기 단계부터 대부분의 출판사 사원들로부터 「이거라면 팔릴 거다.」라는 말을 들었어요.

타치바나 : 그 말을 듣고 저는 또 불안을 느꼈어요. 완전 민감해져서, 커버 레이아웃 하나를 볼 때도 「정말 이걸로 괜찮을까요?」 하고 몇 번이나 확인을 했었습니다. 바꼈으면 좋겠다는 게 아니라, 세세한 부분 하나하나까지 신경 쓰였던 거예요.

담당 : 특히 커버는 엄청 공격적이었으니까요. 히로인이 혼자 서 있는 그림이 커버 일러스트가 되는 경우는 드뭅니

I N T E R V I E W

다. 보통은 멀뚱히 서 있는 게 아니라 검을 들고 있거나, 멋진 포즈를 취하게 하죠. 물론 그런 일러스트도 받기는 했지만, 고민 끝에 역시 캐릭터 디자인 자체가 좋으니 그걸 그대로 독자 여러분에게 보여드리자고 생각했습니다.

츠나코 : 1권 커버 일러스트의 포즈는 캐릭터 디자인용 최종 원고의 포즈와 거의 똑같더군요.

타치바나 : 백지의 가운데 부분에만 가로로 배경을 넣는 방식도 신선했어요.

담당 : 토카는 갑옷을 입고 있기 때문에 캐릭터만으로는 현대물인지 판타지물인지 알 수 없을 것 같더군요. 그래서 배경에 현대의 마을 풍경을 그려 넣어달라고 부탁드렸습니다.

타치바나 : 당시에는 학원 러브 코미디가 전성기여서, 백지에 여자애만 있는 커버 포맷이 많았습니다. 저도 백지에 캐릭터만 싣는 것은 피하고 싶었던지라, 이 디자인이 딱 좋다고 생각했어요.

──츠나코 씨는 1권 발매 당시 어떤 심정이셨습니까?

츠나코 : 제가 처음으로 삽화를 담당한 라이트노벨이었기에 서점에 놓여 있는 것만 봐도 텐션이 올라갔어요! 그리고 저 때문에 안 팔리는 건 아닐까 같은 생각이 들면서 불안해졌어요…….

담당 : 하지만 두 분의 불안과는 달리 발매 후 날개 돋친 듯 팔렸습니다. 그래서 처음에 찍어낸 양의 절반에 달하는

양을 증쇄했죠.

츠나코 : 내용은 물론이고 커버 디자인도 좋았으니까요. 실은 쿠사노 씨(쿠사노 츠요시 디자인 사무소)와 다른 일을 같이 한 적이 있는데, 이번에도 쿠사노 씨와 같이 일해서 다행이라고 생각해요. 하지만 흑백 삽화는 처음이라「책에 실리면 이런 느낌이 나는구나.」같은 여러 새로운 사실과 반성해야 할 점을 발견했어요. 개선할 수 있는 부분은 앞으로 개선해나가자고 생각했죠.

타치바나 : 발매 시기도 좋았다고 생각해요. 좀 전에도 말했다시피 학원 러브 코미디가 피크를 맞이한 시기였기 때문에 슬슬 다른 장르로 넘어가려는 분위기가 있었죠.

——그리고 1권에서 바로 2권이 발매된다는 게 발표되었죠.

타치바나 : 이 작품은 기본적으로 발표가 빨라요! 코믹스화 결정이나 TV애니메이션화 결정도「이렇게 빨리?!」하고 생각할 정도로 빨랐죠.

담당 : 저도 너무 빠른 거 아냐?! 하고 생각했지만 놀라울 정도로 잘 팔렸기 때문에 편집부도 추진력을 얻었습니다.

츠나코 : 하지만 작품이 계속된다는 게 진심으로 기뻤어요. 한 시리즈가 계속되는 건 라이트노벨뿐만 아니라 게임에서도 어려운 일이기 때문에, 속편이 나온다는 게 정말 즐거웠어요. 당시에 10권까지의 구상을 들었기 때문에 더 그랬던 거겠죠. 꼭 속편이 나왔으면 좋겠다고 생각했어요.

타치바나 : 오리가미의 스토리는 처음부터 생각하고 있었던 이야기이기 때문에 저도 꼭 쓰고 싶다고 생각했습니다.

● 그리고 대망의 애니메이션화

──애니메이션화에 관한 이야기가 나왔으니 말인데, 애니메이션화가 결정됐을 때의 여러분의 심경, 상황에 관해 말씀해주시지 않겠습니까?

타치바나 : 실은 별일 아니라는 투로 그 이야기를 해주시더군요. 너무 말투가 가벼워서 그 말을 들은 순간에는 실감이 나지 않았습니다. 딱히 볼일이 있는 것도 아닌데 회사로 부르기에 무슨 일이지? 하고 생각하면서 이야기를 하고 있을 때, 담당 편집자님이 「참, 『데이트』 말인데 애니메이션화 돼요.」하고 말했죠. 저는 「으음, 한 번 더 말씀해주시겠어요?」하고 되묻고 말았습니다(웃음).

담당 : 작가님이 너무 기대하지 않게 하기 위한 배려였어요! 애니메이션화는 목표 중 하나이기는 하지만, 그게 전부는 아니니까요.

타치바나 : 맞는 말입니다. 하지만 그 후 2, 3일에 걸쳐 서서히 실감이 나더니, 결과적으로는 흥분할 대로 흥분했습니다! ……하지만 그 후, 또 제 특유의 불안감이 엄습했지만요. 정말 괜찮을까…… 하는 생각이 들었거든요. 뭐, 그래도 결

국 각오를 다진 후 잘 부탁드린다고 말씀드렸지만요.

츠나코 : 저도 애니메이션화가 목표 중 하나였기 때문에 당연히 기뻤지만, 발표가 너무 빨라 깜짝 놀랐습니다. 게다가 대부분의 캐릭터가 애니메이션화를 고려하지 않은 디자인이었기 때문에 애니메이터 분들에게 폐를 끼치는 것은 아닐까 하고 불안하더군요. 그런데 디자인을 그대로 살려 영상으로 만들어주셔서 감격했습니다. 책 첫머리에 싣는 그림 하나 그리는 데도 그렇게 고생하는데, 영상을 만들다니 정말 대단하세요.

——**두 분도 애니메이션화를 고대하셨던 만큼, 1화가 방송될 때는 텐션이 올라가셨나요?**

타치바나 : 니코니코 생방송의 선행 방송과 TV 방송 양쪽을 다 봤습니다만, 여전히 불안이 앞섰죠……. 하지만 선행 방송을 보면서 토카, 코토리 둘 다 귀엽다고 생각했습니다.

담당 : TV 방송은 가족과 함께 보셨죠?

타치바나 : 예. 가족들이 TV 앞에 정좌하고 앉아서 저를 기다리고 있더라고요! 부끄러워서 죽을 뻔했어요!!

츠나코 : 그런 상황에서 코토리의 팬티가 노출되는 장면을 봤을 테니까요.

타치바나 : 예. 그것도 애니메이션이 시작되자마자 나왔죠 (웃음). 뒤쪽에 앉아 있던 저는 가족들의 얼굴을 보고 싶지 않아서 수건을 뒤집어쓰고 컴퓨터로 실황 중계를 하면서 봤

습니다…….

츠나코 : 저도 선행 방송과 TV 방송, 양쪽 다 본방으로 봤어요. 관계자용 샘플은 받았지만, 니코니코 생방송과 TV로 실제 영상이 나오는 걸 보니 텐션이 올라가더라고요.

타치바나 : 자신이 만든 작품이 텔레비전에 나왔다고요! 텐션이 오르지 않는 게 이상하겠죠.

츠나코 : 라이트노벨과 애니메이션, 양쪽 다 제 목표였는데 『데이트』로 둘 다 이뤄졌죠. 정말 좋은 작품을 맡게 되었다고 생각했어요.

● 좋아하는 캐릭터

──캐릭터에 관해 질문을 드리고 싶습니다. 시리즈 전체를 통틀어 가장 마음이 쓰이는 캐릭터는 누구인가요?

타치바나 : 모든 캐릭터가 다 마음이 쓰입니다만, 그중에서 특히 애착이 가는 캐릭터는 쿠루미죠. 여러 곳에서 말했습니다만, 쿠루미는 설정이 가장 오래된 캐릭터입니다. 리얼 고2병 발병 중일 때 만든 캐릭터거든요.

츠나코 : 노트 안에 존재했다는 바로 그거군요.

타치바나 : 그렇습니다. 고스로리에 트윈 테일, 게다가 좌우 비대칭이며, 왼쪽 눈이 시계……. 「기다려! 내가 반드시 이 세상에 내놔 줄게!!」 하고 생각하면서 만들었습니다(웃

음), 10년이나 걸렸지만 이렇게 내놓는 데 성공해 정말 다행입니다. 그녀는 제 중2병, 아니 고2병 요소를 응축시켜놓은 캐릭터예요.

——그럼 캐릭터 디자인을 의뢰할 때도 신경을 많이 썼겠군요.

타치바나 : 가장 주문이 많았다고 생각합니다.

츠나코 : 세세한 부분까지 주문한 캐릭터가 쿠루미였기에, 이 아이는 각별히 귀엽게 그려야겠다고 생각했어요(웃음).

타치바나 : 그래서 쿠루미는 만반의 준비가 끝난 후에 등장시키고 싶었습니다. 저의 개인적인 지론이지만, 시리즈물에서 이야기가 처음으로 크게 끓어오르는 것은 3권이라고 생각해요. 3권 정도에서 캐릭터들의 관계성도 깊어지고, 복선이 서서히 회수되는 등, 서장부터 쌓아왔던 것들을 처음으로 활용할 수 있는 가장 좋은 타이밍이죠. 『데이트』에서도 1권에서 메인 히로인을 내고, 2권에서 정령들 중에도 귀여운 애가 있다는 걸 보여준 후, 3권에서는 나쁜 정령이 이야기를 진행시킨다는 전개를 생각해뒀었습니다.

츠나코 : 그래서 쿠루미를 소환한 거군요.

타치바나 : 제 노트를 펼쳐봤어요. 「네 차례다. 자아, 깨어나거라.」 하고 말하면서요(웃음). 당시의 쿠루미는 이름이 『狂美』였죠. 이름에 숫자를 넣기 위해 『美』를 『三』으로 바꿨습니다. 하지만 그때, 담당 편집자님이 『狂』이라는 글자를

쓰는 건 좀 그럴 것 같다는 의견을 내놓으셨죠. 어쩔 수 없이 다른 이름을 생각해봤지만 그 무엇도 『狂三』라는 이름보다 임팩트가 있지는 않기에, 결국 끝까지 밀어붙였습니다.

담당 : 편집부에서도 처음에는 「쿄조!#2」라고 읽으면서 꽤 화제가 됐죠(웃음).

──츠나코 씨는 어떠신가요?

츠나코 : 타치바나 씨에게 영향을 받아서 그런지 쿠루미가 가장 마음에 들었네요. 무엇보다 멋진 장면을 차지할 때가 많죠! 삽화로 만들면 끝내줄 듯한 구도가 많기 때문에 그녀를 그릴 때는 기분이 좋아져요. 그리고 저는 악당 얼굴을 그리는 걸 좋아하거든요.

담당 : 쿠루미는 조커 같은 행동을 할 때가 많죠. 그런 의미에서 본다면 약았어요.

츠나코 : 개인적으로 밀어주는 캐릭터는 요시노와 요시농이네요. 기특한 구석이 있는 데다, 성격이 정반대인 두 사람이 번갈아 말하는 모습이 정말 귀여워요. 제가 애들이 입을 법한 옷을 그리는 걸 좋아하는 것도 이유 중 하나일지도 모르겠네요. 요즘은 요시농에게 이런저런 옷을 입힐 때가 많아서 요시노와 요시농의 옷을 같이 구상하는데, 정말 즐거워요.

타치바나 : 그러고 보니 영장 디자인이 가장 스무스하게

#2 **쿄조!** 狂三의 일본식 한자 독음.

된 캐릭터가 요시노였죠. 처음부터 이미지가 굳어 있었던 것 같은 느낌이 들어요.

츠나코 : 1권 마지막에 실루엣이 실렸는데, 그건 거의 최초 디자인이었어요. 하지만 최종 디자인도 크게 달라지지 않았죠. 처음에는 핑크색 옷도 생각했지만, 담당 편집자님의 제안에 따라 녹색 옷으로 정해졌습니다.

담당 : 식별명인 〈허밋〉은 숲에 있는 듯한 느낌이 있기 때문에, 녹색은 어떻겠냐는 제안을 했죠.

타치바나 : 그 말을 듣고 저는 녹색으로 정말 괜찮을지 불안해졌지만, 완성된 요시노는 정말 최고였어요.

츠나코 : 저도 녹색으로 칠해보고서야 그 색깔이 어울린다고 생각했어요.

——편집자 입장에서 애착이 가는 캐릭터는 있습니까?

담당 : 제 입장에서 본다면 토카가 가장 애착이 간다고나 할까, 여러모로 써먹기 좋다고 생각합니다. 예를 들어 잡지 표지나 선전용 일러스트로『데이트』가 쓰이게 된다면, 역시 토카를 싣게 되죠.

츠나코 :『데이트』를 상징하는 캐릭터이기도 하니, 마스코트라고 할 수도 있겠죠.

타치바나 : 보통 표지로는 토카, 혹은 토카와 누군가가 실리는 패턴이 많은 것 같네요.

담당 : 여러 매체와의 기획에 따라 귀여운 표정이나 늠름

한 표정도 짓게 할 수 있으니 『데이트』의 광고 담당으로서도 우수해요(웃음).

츠나코 : 그러고 보니 「드래곤매거진」의 표지로도 몇 번이나 쓰였기 때문에, 고안해둔 포즈가 바닥을 보이고 있지만요……(웃음). 많은 베리에이션을 구상하기 위해 분투 중입니다!!

● 자신과 닮은 캐릭터

——자신과 닮았다고 생각하는 캐릭터는 있습니까?

타치바나 : 저를 참고해서 만든 캐릭터는 없습니다만, 굳이 뽑자면 나츠미겠군요. 변신하지 않은 나츠미 쪽이에요. 그녀 시점에서 글을 쓸 때는 정말 막힘없이 술술 써집니다.

츠나코&담당 : 아하～.

담당 : 확실히 부정적인 부분이……. 이건 작가님을 여체화한 건가요?

타치바나 : 아뇨아뇨아뇨아뇨. 단순히 네거티브 캐릭터를 좋아할 뿐이에요.

담당 : 사실 네거티브 캐릭터가 인기를 얻을지에 대해 저는 반신반의했습니다. 타치바나 씨가 괜찮다고 단언하시기에 한번 도박을 해봤습니다만, 진짜로 인기가 있더군요.

츠나코 : 부정적이지만 그 방향성 자체는 재미있어요. 인

터넷 거대 게시판에다가 시도가 한 짓을 올리겠다고 외친 것도 재밌었죠.

타치바나 : 「바보 취급하지 마!」라는 대사는 어떤 작품의 오마주입니다(웃음).

담당 : 비주얼로서도 누님 캐릭터는 흔치 않죠.

타치바나 : 그래요. 지금까지 없었던 방향성을 주고 싶었고, 결과적으로 누님 나츠미 팬도 잔뜩 생겨서 다행이라고 생각해요.

──츠나코 씨는 어떠신가요?

츠나코 : 저도 나츠미가 가장 공감되는 캐릭터예요. 사실 저는 곱슬머리가 콤플렉스여서 십여 년 동안 과학의 힘을 빌려 올곧게 만들어왔죠(웃음). 폭탄 머리는 정돈하는 게 정말 어려워요! 기계에 의존하는 데도 기술이 필요하고, 과학의 힘을 빌리는 데는 돈이 들죠. 그래서 나츠미를 변신시키는 장면은 잔뜩 감정 이입하면서 그렸습니다.

타치바나 : 그러셨군요!

츠나코 : 곱슬머리로 고민하고 있기 때문에 깊이 공감할 수 있었어요. 그리고 그녀의 겉모습은 10대니까요. 그 나이 또래 여자애가 얼마나 높은 이상을 마음속에 품고 있는지도 잘 알고 있습니다. 비슷한 또래의 아이돌을 보고 저 만큼 귀여워지지 못한다면 죽어버리겠어, 하고 생각하는 애도 있으니까요(웃음).

——나츠미 에피소드는 그야말로 그런 콤플렉스에 맞서는 이야기였습니다.

츠나코 : 변신했을 때는 제멋대로지만, 원래 모습으로 돌아오면 엄청 어두워지는 것도 재미있다고 생각했어요.

——참고로 나츠미의 캐릭터 디자인을 츠나코 씨는 어떻게 생각하시는지요?

츠나코 : 애착이 있는 만큼 조형 또한 마음에 들어요. 하지만 나츠미가 모두의 힘을 빌려 귀엽게 변신하는 장면을 일러스트로 그릴 때는 조금 고민했습니다. 묘사적으로는 컷과 스타일링만이었기에 그녀가 동경하는 찰랑찰랑 스트레이트가 될 수 없거든요. 그래서 어떻게 할지 고민했습니다.

타치바나 : 저도 나츠미에게 스트레이트파마를 해줄지 말지 고민했었죠.

츠나코 : 뛰어난 기술력을 이용하면 머리카락을 살랑거리게 만들 수 있을 거라고 생각해, 곱슬머리를 살린 헤어스타일로 했습니다. 다른 삽화에서는 직접 머리카락을 세팅했기 때문에 그때처럼 매끈하지는 않습니다.

타치바나 : 그러고 보니 나츠미의 망상 속에 존재하는 그녀는 항상 스트레이트 헤어군요.

츠나코 : 제가 살랑살랑 스트레이트를 동경하거든요!

타치바나 : 하지만 나츠미의 폭탄 맞은 듯한 헤어스타일은 정말 좋다고 생각합니다. 눈매도 적절하게 처리해주서서

제 마음에 쏙 들었죠. 너무 미소녀틱하지 않은 점이 매력이라고 생각해요.

담당 : 타치바나 씨는 도끼눈이라든가 눈 밑의 다크서클 같은 걸 좋아하시는군요······.

타치바나 : 제 마음대로 해도 된다면, 나츠미 같은 애를 메인 히로인으로 삼았을 거예요!

● 만들면서 고생한 장면, 캐릭터

——그런데, 만들면서 고생한 캐릭터나 장면은 있으셨습니까?

타치바나 : 고생에도 몇 가지 패턴이 있죠. 단순히 문장을 쓰기 힘든 건 야마이 자매입니다. 대사를 쓰는 게 정말 고생인 데다, 그런 녀석이 둘이나 되니까요.

츠나코 : 유즈루는 처음 두 단어를 항상 생각해야만 하죠?

타치바나 : 첫 원고에서는 「○○」하고 공백으로 남겨두는 경우가 꽤 있습니다. 전개 면에서 고생하는 건 요시노죠. 그녀는 착한 아이라서 어리광을 부리지 않기 때문에, 그녀가 상황을 주체적으로 흐트러뜨리는 쪽의 이야기를 전개하는 것이 어렵습니다. 계속 남들이 일으킨 소동에 휘말리는 처지가 되고 말죠. 본인의 의지가 상황에 개입되지 않는 패턴

이 많은 걸지도 모릅니다. 다른 애들은 직접 문제를 일으키죠. 뭐, 요시노는 오아시스니 어쩔 수 없겠죠.

츠나코 : 그런 만큼 요시농이 캐릭터들을 휘둘러대는 부분을 좋아해요.

타치바나 : 하지만 난처해지면 무조건 요시농에게 울면서 매달리는 패턴을 연발하게 될 수 있기 때문에, 가능한 한 그 점을 주의하고 싶습니다(웃음).

──츠나코 씨가 만들면서 고생한 캐릭터나 일러스트는 있습니까?

츠나코 : 원래 메커닉을 많이 접하지 않았기 때문에 메커닉 일러스트 때는 항상 고생합니다. 여성 사복을 그릴 때와는 정반대죠. 삽화 안에 메커닉이 있으면 평소의 두세 배 가까운 시간이 걸립니다. 그러니 애니메이션에서 메커닉이 멋지게 움직이는 것을 보고 여러모로 공부가 되었습니다.

──그럼 무기의 구조 같은 것도…….

츠나코 : 정말 힘들었어요. 처음에는 무기가 어떤 식으로 움직이는지도 몰랐거든요. 독자적으로 공부를 하고, 게임 같은 것도 해봤죠(웃음). 그러고서야 겨우 어떤 식으로 움직이는지 이해했습니다.

타치바나 : 하지만 츠나코 씨의 메커닉은 정말 멋져요! 특히 마나의 〈바나르간드〉와 엘렌의 〈펜드래건〉은 투 탑이죠. 컬러로 그려진 두 메커닉을 보고 텐션이 한껏 올라갔습

니다.

츠나코 : 그건 타치바나 씨가 그 두 메커닉의 설정을 잡아주신 덕분이에요! 「강함」이라고 적힌 러프가 있었기 때문에 그런 디자인이 완성될 수 있었던 거죠.

──「강함」이라뇨?

츠나코 : 타치바나 씨가 설정화를 그려주셨어요. 거기에 「강함」이라고 적혀 있었죠.

타치바나 : 기믹이나 구조가 복잡할 때는 제가 직접 간단하게 그린 후, 그걸 츠나코 씨에게 개선 해달라고 합니다. 그리고 무심코 「강함」이라고 적어버렸죠(웃음).

츠나코 : 「여기가 이런 식으로 열린다」 같은 느낌으로 러프를 그려주세요. 오리가미의 영장도, 타치바나 씨가 그려주신 러프를 베이스 삼아 실루엣을 거의 그대로 살려 완성했죠.

타치바나 : 그러고 보니 〈바나르간드〉의 디자인을 정할 때는 담당 편집자님과 의견 충돌이 일어났었습니다. 허벅지 디자인을 어떻게 할 것인지를 두고요. 담당 편집자님은 깔끔한 편이 좋다는 의견이었는데, 저는 약간 두툼한 편이 멋지니 그렇게 해달라고 했죠. 그 절충안이 두꺼운 파츠를 남겨두면서, 허벅지 부분이 노출되게 한 겁니다.

담당 : 결과적으로는 잘된 거죠.

타치바나 : 허벅지를 내놓는 지금 디자인은 정말 엄청나다고 생각합니다.

──담당 편집자님은 고생하신 적이 없습니까?

담당 : 데이트 시추에이션을 생각하는 것이 권수가 늘어남에 따라 어려워지고 있네요. 다음은 어떤 데이트를 할까, 선택지는 뭐가 좋을까 같은 걸 상담할 때가 많습니다.

타치바나 : 권수가 늘어날수록 저희가 준비한 선택지가 점점 줄어들고 있으니까요. 하지만 11권의 오리가미가 예전 세계의 기억에 휘둘리며 데이트하는 모습은 꽤 신선했다고 생각합니다. 「오리가미는 정말 최강이네.」하고 생각할 정도로요.

츠나코 : 그건 정말 재미있었어요! 오리가미가 도중에 「몸이 멋대로……!」하고 외치기도 했죠(웃음).

타치바나 : 지금까지 썼던 부분 중 가장 재미있었을지도 몰라요.

담당 : 그래요! 또 고생한 부분은……. 오리가미 파트는 글이 쭉쭉 써지고 캐릭터도 생동감이 있지만, 그녀의 행동은 좀 지나칠 때가 있어요. 특히 초반에는 너무 지나쳤죠. 이런 여자애는 싫다는 생각이 들어서 잘라낸 컷도 좀 있습니다.

타치바나 : 잘라낸 손톱을 모은다는 폐기된 설정도 있었죠. 그것도 자기 손톱이 아니라 시도의 손톱을요.

담당 : 「그녀의 방에 간 시도가 자기 손톱을 발견하는 거예요.」라고 했던가요. 그건 진짜로 싫다고요!(웃음).

타치바나 : 확실히 저도 말하고 보니 담당 편집자님과 마찬가지로 좀 싫다는 느낌이 들었어요.

● 마음에 드는 장면

──그럼 마음에 드는 장면에 관해서도 말씀해주시죠.

타치바나 : 쓰면서 가장 재미있었던 장면은 1권에서 토카가 분노하는 장면과 6권의 끝 부분입니다. 토카가 납치당하고, 모든 정령을 미쿠에게 빼앗긴 바람에 혼자가 된 시도 앞에 쿠루미가 웃음을 흘리며 나타났죠! 「오예!! 이걸 쓰고 싶었다고!」 하고 생각했어요.

츠나코 : 어쩌면 아군이 될지도 모른다는 생각이 드는 장면이라서, 저도 보면서 몰입됐어요.

타치바나 : 하나를 더 뽑자면 10권에서 풀 영장 상태의 토카가 오리가미와 싸우는 부분이죠.

담당 : 저는 그 부분의 대사를 정말 좋아합니다. 「지금의 이 『싫어한다』는, 옛날의 『싫어한다』와 아마 약간은 다른 것 같다.」. 토카가 오리가미를 어떻게 생각해왔는지 알 수 있는 대사죠.

타치바나 : 1권 후반부의 분위기죠. 드디어 당시의 토카가 돌아온 것 같은 느낌이 들었어요.

츠나코 : 저는 두 개예요. 하나는 1권에서 시도 군이 토카

를 봉인한 후 둘이서 천천히 낙하하는 장면. 석양빛을 받아 빛나고 있는 두 사람의 모습이 눈앞에 어른거리는 것만 같았어요. 다른 하나는 7권에서 쿠루미가 시도 군을 안고 전장을 내달리는 장면이에요. 쿠루미가 동료일 때 얼마나 믿음직한지를 알 수 있는 데다, 시도 군이 그녀에게 휘둘리는 장면이 정말 좋았죠. 기회가 된다면 삽화로 그려보고 싶은 장면이기도 해요.

타치바나 : 그 부분을 쓰면서 인해전술이 최강이라는 걸 다시 한 번 실감했습니다.

담당 : 쿠루미는 능력을 열두 개나 가졌잖아요. 정말 약았어요. 솔직히 말해 너무 강해요.

타치바나 : 예. 쿠루미는 약았어요. 게다가 그 능력도 반 정도만 공개됐죠.

——마음에 드는 일러스트는 있으신가요?

타치바나 : 세 개 정도 있습니다. 우선 천사가 된 오리가미를 올려다보는 토카가 그려진 10권의 컬러 일러스트죠. 라스트 보스가 등장한 느낌이 물씬 나서 정말 끝내줬어요! 토카와 멋지게 대비를 이루는 점도 좋았죠.

츠나코 : 신성한 느낌을 주기 위해 평소에는 잘 쓰지 않는 발광(發光) 레이어를 써봤어요. 색깔을 밝게 해서 빛나는 분위기를 내는 기능인데, 너무 많이 쓰면 CG 같은 느낌이 나서 봉인해뒀죠. 하지만 이때만큼은 신성함을 자아내

기 위해 봉인을 풀고 마구 써댔습니다.

타치바나 : 두 번째는 7권의 엘렌이죠. 그 악당 같은 표정도 정말 좋아요.

츠나코 : 저도 악당 같은 표정을 그리면서 즐거웠어요!

타치바나 : 평소의 유감스러움이 전혀 느껴지지 않는 데다 정말 멋졌죠. 그리고 마지막 하나는 바로 11권의 안대 쿠루미입니다.

——쿠루미는 역시 빠지지 않는군요. 그럼 츠나코 씨가 그리기를 잘했다고 생각하는 일러스트를 가르쳐주시죠.

츠나코 : 물론 11권의 안대 쿠루미예요! 그건 컬러 일러스트로도, 삽화로도 꼭 그리고 싶은 장면이었어요. 역시 쿠루미에게는 저녁노을이 잘 어울린다니까요~. 어둑어둑하면서도 붉은색이 드리워져 있는 부분이 저도 마음에 쏙 들었어요.

담당 : 쿠루미는 악당 표정을 짓고 있어도 귀엽죠. 악당 표정을 짓고 있어도 용서가 된다고 할까요.

츠나코 : 왠지 귀여워 보이는 건 프릴과 트윈 테일 덕분일까요?

타치바나 : 기본적으로 착한 애가 대부분인 가운데, 트릭스터적인 역할을 맡을 수 있는 점이 적절한 악센트가 된다고 생각합니다.

츠나코 : 그리고 7권의 시도 군 일러스트도 그리길 잘했다고 생각해요. 장면 밖이나 구석으로 밀려날 때가 많은 그에

게 드디어 주인공다운 일러스트를 그려줬다고 생각했죠.

● 이상적인 데이트 외

——다음은 자잘한 질문을 드릴까 합니다. 우선 화이트 코토리와 블랙 코토리 중 한 명을 여동생으로 삼는다면 어느 쪽을 선택하겠습니까?!

타치바나 : 어려운 질문이군요. 흑백 전부 코토리니까요. 양쪽 다 장단점이 있어요. 단순히 귀여운 건 화이트 코토리지만, 성능은 블랙 코토리가 좋죠. ……하지만 실제로 한 명을 여동생으로 삼아야 한다면 화이트 코토리를 선택하겠어요. 블랙 코토리가 여동생이면 좀 무서울 것 같거든요.

츠나코 : 저도 화이트 코토리예요. 블랙 코토리가 여동생이면 자매 관계가 성립하지 않을 것 같거든요. 블랙 코토리는 스펙이 너무 높아서 언니인 제 체면이 말이 아닐 것 같아요. 100% 연상의 위엄이 박살 날 거라고요!

——그럼 두 분이 생각하는 이상적인 데이트를 가르쳐주세요!

타치바나 : 토카와 시도의 데이트겠죠. 토카만큼 많이 먹지는 못하지만, 맛있는 것을 먹을 수 있다면 그걸로 충분해요.

츠나코 : 저는 언덕 위의 공원 같은 약속된 장소를 동경

해요! 현실에는 거의 없거든요~.

　타치바나 : 약속된 장소라는 말을 들으면 단순한 약속 장소라고 생각해버리기 십상이죠.

　츠나코 : 맞아요. 그리고 아름다운 장소에서 약속 같은 걸 하는 경우도 거의 없다고 생각해요…….

　타치바나 : 확실히 그건 픽션 안에만 존재할지도 모르겠군요.

　츠나코 : 그래서 그런지, 시도 군과 토카가 추억이 어린 그곳에 또 데이트를 하러 가는 것도 멋지겠다고 생각했어요.

　——그럼 두 분이 데이트해보고 싶은 캐릭터는 있습니까?

　츠나코 : 오리가미와는 하고 싶지 않네요(웃음). 저를 어디로 데려가려고 할지 상상만 해도 불안해져요!

　타치바나 : 아마 각양각색의 지식을 쌓을 수 있을 거라고 생각해요~. 오리가미와 데이트한다면 그녀가 하자는 대로 할 수밖에 없겠죠.

　츠나코 : 데리고 돌아다녀 보고 싶은 캐릭터라면 블랙 토카네요. 뭐, 선량한 마음을 가지고 있다는 가정하에서요.

　타치바나 : 으음…… 그런 의미에서 본다면 저는 유즈루겠군요. 상대를 끌고 다니려 하는 캐릭터가 많은 와중에, 유즈루는 적당히 순종적인 느낌이니까요. 8권에서 정령들과 다시 데이트하는 장면을 썼습니다만, 그때 카구야와 유즈루를 처음으로 따로따로 다뤘죠. 그때의 유즈루에 반해버린

것 같습니다.

츠나코 : 확실히 가장 정통파 히로인에 가까울지도 몰라요!

타치바나 : 따로 행동한 순간 느낄 수 있는 매력이라고나 할까요. 하지만 마스터 오리가미의 교육이……. 오리가미에게 너무 물들지 않은 유즈루가 좋아요.

츠나코 : 요즘 들어 이상한 지식을 너무 쌓았어요.

타치바나 : 분명 유즈루가 데이트하는 모습을 오리가미가 몰래 지켜보면서 「성장했구나.」 하고 생각하고 있겠죠.

——마지막으로, 친구로서는 누구와 가까워질 수 있을 것 같습니까?

타치바나&츠나코 : 나츠미요!

츠나코 : 죽이 잘 맞을 것 같아요!

타치바나 : 방에서 같이 게임을 해도 좋을 것 같군요(웃음).

츠나코 : 그리고 같이 화장품을 사러 가자고 하면 투덜대면서도 따라올 것 같아요.

담당 : 이런저런 변명을 하면서 따라오겠죠.

——대답해주셔서 감사합니다. 그건 그렇고 지금까지 미쿠는 거의 거론되지 않은 것 같은데…….

타치바나 : 그야 미쿠는 방향성이 다르니까요!

츠나코 : 어찌 보면 이미 완성된 캐릭터라고나 할까요……

(웃음).

타치바나 : 최강 캐릭터예요. 누구라도 얽힐 수 있는 최종 병기 같은 존재죠.

츠나코 : 제 발로 누구와도 얽히려 하는 타입이거든요. 전 원이 타깃이라고나 할까요.

타치바나 : 그야말로 잡식계예요. 요즘 글을 쓰면서 오리 가미보다 미쿠가 더 무서워지는 순간이 있어요.

담당 : 오리가미는 대(對) 시도 특화형이니까요.

타치바나 : 반면 미쿠는 전방위 폭격형이에요(웃음).

● 마지막으로

──이제까지의 이야기를 듣고, 『데이트』에는 많은 요소가 들어 있다는 걸 실감했습니다.

츠나코 : 저도 처음 접하는 요소가 많아서 여러모로 공부 가 되었어요.

담당 : 좀 전에도 말했다시피 타치바나 씨는 잡탕이 특기 니까요.

타치바나 : 잡탕인가요. 일러스트를 그리는 것도, 애니메 이션화도 정말 힘드셨을 거라고 다시 한 번 생각합니다. 판 타지 요소와 메커닉 요소, 현대 요소를 전부 다뤄야만 하니 까요. 아무리 감사해도 모자랄 지경이에요.

담당 : 타치바나 씨의 작품은 사치가 심하다고요. 모처럼 디자인해주신 영장도 봉인되어버려서 다음 권부터는 나오지 않잖아요. 그리고 다들 사복이나 교복 차림이 되어버려요.

타치바나 : 그리고 사복이나 교복 차림으로 한정된 영장을 꺼낸다는 일러스트레이터에게 상냥하지 않은 설정도 존재하죠.

츠나코 : 하지만 옷에 따라 한정된 영장의 형태가 달라지는 건 개인적으로 재미있어요!

타치바나 : 그렇게 생각해주신다니 감사합니다. 하지만 제 입장에서 대단하다고 생각하는 건 이렇게 권수가 늘어났는데도 같은 사복이 하나도 없는 부분이에요. 매 권마다 사복이 다르잖아요. 그 점을 애니메이션에도 반영해주시다니, 정말 기뻐요.

담당 : 사복이라는 말을 듣고 생각났어요. 사복 하면……

타치바나 : ……역시 카구야 양이겠죠.

츠나코 : 여러분, 주위를 너무 둘러보시는 거 아니에요?! 범인 수색이 시작됐어요!!

타치바나 : 뭐, 제가 카구야의 사복을 그런 형태로 해달라고 부탁드렸죠. 츠나코 씨가 그려주신 걸 보고 웃음이 터졌어요.

츠나코 : 정체불명의 문자가 프린트되어 있던 그거 말이군요!

타치바나 : 진짜로 「우와아……」 하고 탄성을 터뜨렸어요. 사태가 더 악화된 느낌이었달까요. 천이 직접 주절대는 느낌이었어요.

츠나코 : 손이 닿는 범위 안에서의 중2병 장비죠.

담당 : 지급된 옷은 버리고, 분명 직접 사러 간 거겠죠.

──그럼 마지막으로 『데이트』 팬 여러분에게 한 말씀 부탁드립니다!

타치바나 : 『데이트』는 스타트 단계에서 스토리가 고조되는 부분을 설정해뒀고, 지금 그곳에 도달했습니다. 앞으로도 커다란 클라이맥스가 존재한다는 점을 약속드립니다. 이미 발간된 책에서는 오리가미가 클라이맥스를 맞이했습니다만, 그것을 뛰어넘는 클라이맥스를 준비해뒀으니 기대해 주신다면 감사하겠습니다. 지금까지 그려지지 않았던 히로인들 간의 커플링도 써나갈 예정이니, 앞으로도 많은 기대 부탁드립니다.

츠나코 : 개인적으로는 아직 등장하지 않은 정령이 정말 신경 쓰입니다. 그 정령이 등장했을 때는 부디 그 애의 디자인도 즐겨주셨으면 합니다. 그리고 이벤트의 분위기를 띄워주시고, 감상을 보내주시고, 「드래곤 매거진」 등에 일러스트를 보내주신 팬 여러분, 정말 감사합니다! 여러분의 응원이 큰 힘이 되고 있습니다.

담당 : 이 이야기가 어떤 식으로 마무리될지, 저 자신도

기대하고 있습니다. 그리고 매 권마다 토픽이나 화제성을 지닐 수 있도록 타치바나 씨, 츠나코 씨와 함께 최선을 다 할 생각입니다. 앞으로의 『데이트』도 즐거운 마음으로 기다 려주시면 정말 감사하겠습니다.

　　──감사합니다.

타치바나 코우시

제20회 판타지아 장편 소설 대상 준입선작 『창궁의 카르마』로 데뷔. 그리고 제2시리즈 『데이트 어 라이브』는 2015년 3월 현재 장편 11권, 단편 3권 간행 중.

츠나코

아이디어 팩토리 소속 일러스트레이터. 주요 작품은 『초차원 게임 넵튠』 시리즈 등. 『데이트 어 라이브』로 라이트노벨 삽화 데뷔.

데이트 어 인터뷰

DATE A INTERVIEW

쿠사노 츠요시

TSUYOSHI KUSANO

A INTER

데이트 어 라이브
쿠사노 츠요시(디자이너) 인터뷰

● 첫 라이트노벨 디자인

──쿠사노 씨는 만화 커버 디자인이나 애니메이션 패키지 같은 각종 작품의 디자인을 담당하셨습니다만, 라이트노벨은 이 작품이 처음인 것으로 알고 있습니다.

쿠사노 : 예. 원래 라이트노벨 자체를 거의 읽지 않죠. 초등학교 6학년 때『로도스도 전기』를 읽은 게 다니까요. 제 세대는 만화만 잔뜩 봤습니다. 그래서 라이트노벨을 이해하지를 못했어요. 그림이 보고 싶으면 만화를, 문장이 읽고 싶으면 일반 소설을 보면 된다고 생각했죠. 하지만『데이트』를 계기로 라이트노벨을 접하게 된 후, 라이트노벨은 만화나 일반 소설과 전혀 다르다고 생각하게 되었습니다.

──어떤 식으로 다르다고 생각하시죠?

쿠사노 : 상황을 그림으로 보여줄 수 있는 매체이면서도, 소설처럼 독자의 상상력에 맡기는 부분이 존재하죠. 그래서 만화, 그리고 일반 소설과 다르다고 느꼈습니다.『데이트』덕분에 드디어 그 사실을 깨달았다고나 할까요.

　——담당 편집자님에게 질문이 있습니다. 쿠사노 씨에게 디자인을 부탁하게 된 계기를 가르쳐주시겠습니까?

　담당 : 『데이트』가 세상에 나올 즈음, 라이트노벨의 커버라는 포맷은 이미 완성되어 있었습니다. 뛰어난 일러스트레이터 분들이 그린 일러스트는 잔뜩 있지만, 본 적이 없는 일러스트는 존재하지 않았죠. 그렇다면 어떻게 다른 작품과 차별화를 도모할지 고민하다, 방법은 디자인뿐이라고 생각했어요. 그래서 라이트노벨 디자인을 주로 하지 않는 분에게 부탁하자고 생각했습니다.

　——**쿠사노 씨에게 부탁하게 된 결정적 계기는 무엇인가요?**

　담당 : 『교향시편 에우레카 세븐』의 포스터 디자인을 본 순간, 사용된 색채가 적은데 대체 어떻게 이렇게 문자를 눈에 띄게 할 수 있는 걸까, 하고 생각했습니다. 그와 동시에 이분이라면 라이트노벨의 포맷 안에서도 기존의 디자인에 얽매이지 않는 멋진 디자인을 해주실 거라고 생각했죠. 그리고 토털 디자인이 가능하신 분이라는 점도 결정적 계기 중 하나였습니다.

　——**토털 디자인이 뭐죠?**

　담당 : 책만이 아니라 포스터 같은 선전물부터, 미디어믹스되었을 때의 애니메이션 로고, 패키지 디자인 등을 가리킵니다. 예를 들자면 애니메이션 패키지 등은 다른 디자이

너 분이 담당하는 경우도 있고, 원작과 애니메이션에서 다른 디자인이 존재하는 경우가 흔하죠. 그것도 하나의 방법이지만, 개인적으로는 매체가 달라도 디자인은 통일감이 있는 쪽을 좋아합니다. 그리고 만약 『데이트』가 애니메이션화하게 된다면 같은 디자인으로 통일하고 싶다고 생각하고 있었기 때문에, 그쪽 디자인도 맡아주실 수 있는 쿠사노 씨가 적임이라고 생각했죠. 지금 생각해보면 애니메이션화가 되어서 정말 다행입니다(웃음).

● 커버 디자인

——처음으로 라이트노벨의 디자인을 맡게 되면서, 어떤 식으로 이 작업에 접근하셨습니까?

쿠사노 : 담당 편집자님이 말씀하셨다시피, 라이트노벨은 포맷이 확연하게 정해져 있습니다. 만화에는 캐릭터의 얼굴에 글자를 적는다든가, 극단적으로 제목을 조그맣게 만든다든가, 타이틀이 띠지에 가리게 한 작품도 있지만 라이트노벨에서는 기본적으로 그런 것들이 용납되지 않죠. 캐릭터의 얼굴에 글자를 넣을 수 없고, 제목은 커다랗게 해야 하며, 제목을 띠지보다 위쪽에 배치해야 한다는 등의 점들이 절대적으로 지켜지고 있습니다. 저에게 있어서는 당연한 점이 담당 편집자님에게는 당연하지 않았기 때문에 첫 회의

때 그런 룰을 확인했습니다.

——그런 포맷 안에서, 『데이트』만의 오리지널리티를 어떻게 살리려고 생각하셨습니까?

쿠사노 : 기본적인 부분에 대한 이미지는 담당 편집자님이 가지고 계셨습니다. 예를 들자면 표지 일러스트의 경우 보통은 캐릭터에게 포즈를 취하게 합니다만, 『데이트』에서는 커다란 액션을 취하게 하지 말고 캐릭터 설정을 보여주는 느낌으로 가고 싶다는 이야기를 들었죠. 물론 표지이기 때문에 캐릭터의 선도 가늘고, 츠나코 씨는 캐릭터 설정에 나온 것 이상으로 세세한 부분까지 신경 쓰셨습니다. 아무튼, 설정화 같은 것을 표지로 삼는 경우는 라이트노벨뿐만 아니라 만화에서도 좀처럼 없습니다. 정말 참신했다고 생각해요.

——배경을 일부분에만 넣자는 것도 담당 편집자님의 의견인가요?

쿠사노 : 그렇습니다. 배경을 전면에 다 넣지 말고, 백지를 남겨두기로 한 거죠. 전부 배경이 되어버리면 캐릭터가 부각되지 않고, 전부 백지이면 어떤 세계에서 이야기가 진행되는지 알 수 없다는 이유였습니다. 여기까지 정해진 이상, 저에게 주어진 과제는 그 의견을 살리는 것이었죠. 중요한 요소는 타이틀 로고였어요. 달콤한 느낌으로 갈지, 판타지한 분위기로 갈지 상의했습니다.

——타이틀 로고가 바뀌는 것이 디자인 전체에 어느 정도

의 변화를 주나요?

쿠사노 : 예를 들어 『반지의 제왕』이나 『호빗』 같은 서체로 하면 클래식한 느낌의 판타지라는 인상이 강해집니다. 한편, 귀여운 여자애가 나온다고 밝은 느낌의 서체로 하면 달콤한 분위기만 강조되죠. 그건 무조건 피하자고 생각했습니다. 왜냐하면 귀여움은 표지에 그려진 여자애(토카)가 충분히 표현해주고 있으니까요. 귀엽다=사랑스럽다, 라는 인상 외에 뛰어난 스토리를 지녔다는 정보도 담고 싶었습니다. 그 점을 고려한 결과, 귀여운 여자애와 대비되는 샤프한 느낌의 타이틀 로고가 가장 낫다고 판단했습니다.

——타이틀 로고를 샤프하게 간 것은 스토리의 인상을 고려했기 때문입니까?

쿠사노 : 그렇습니다. 『데이트』는 작품에 등장한 귀여운 여자애를 그저 사랑해줄 뿐인 이야기가 아닙니다. 마음의 교류와 배틀, 그리고 카타르시스가 있는 뛰어난 대하드라마이기에 그 분위기를 무너뜨리지 않는 느낌의 차분한 타이틀 로고로 하고 싶었어요. 그 결과, 결정한 것이 이 고딕체입니다. 고딕체는 명조체에 비해 캐주얼한 인상이지만, 그중에서도 과도하게 쾌활하지 않으면서 품격이 있는 걸로 선택했습니다.

——하지만 약간 부드러운 분위기도 있군요.

쿠사노 : 예. 귀여운 애가 등장한다는 점도 중시하고 싶다

는 의견이 있었기 때문에 그 두 가지 요소를 동시에 만족할 수 있도록 담당 편집자님과 함께 열심히 찾아다닌 결과죠.

　——그 착지점은 어떻게 찾으셨습니까?

　쿠사노 :『데이트』는 제가 처음으로 담당한 라이트노벨이었기에, 여러 라이트노벨의 경향을 조사했습니다. 그러자 하나의 공통점으로서 보케아시(글자 가장자리에 붙어 있는 흐릿한 부분)가 보이기 시작하더군요. 보케아시가 붙은 타이틀로고가 많았어요. 그게 있는 편이 안심(독자 여러분이 작품을 신뢰할 수 있도록)할 듯하기에 저도 채용했습니다.

　담당 : 그 후에는 타이틀의 레이아웃에도 신경 쓰셨죠.

　쿠사노 : 그렇습니다. 매 권마다 타이틀의 레이아웃이 바뀌는 디자인으로 하고 싶다는 이야기를 들었죠.

　담당 : 매 권에서 새로운 여자애가 나오는 콘셉트이기 때문에 로고의 위치를 바꾸지 않았다간 그저 여자애만 바뀐다고 독자 여러분들이 생각할지도 모른다고 생각했습니다. 그런 생각이 든 순간, 매 권에서 다른 여자애가 등장하니 배경과 레이아웃도 매 권마다 바꾸자고 생각했죠. 포맷 자체를 무너뜨리고 싶었기에 어디에나 배치할 수 있는 타이틀로고를 만들어달라는 요청을 드렸습니다.

　쿠사노 : 지금은 흔해졌지만, 당시에는 매 권에서 레이아웃이 바뀌는 타이틀로고가 거의 없었다고 생각합니다.

　——매 권에서 보케아시의 색상이 다르더군요.

쿠사노 : 그것도 평범하게 생각하면 1권에서 보라색을 썼어야 합니다. 왜냐하면 토카의 컬러가 보라색(각 캐릭터가 가장 많이 지닌 색상=이미지 컬러)이니까요. 보통은 캐릭터의 컬러에서 전체적인 컬러를 정할 때가 많습니다. 요시노가 표지라면 녹색, 같은 식으로요. 저도 그런 식으로 묶어서 갈 때가 많습니다. 하지만 『데이트』는 그렇지 않았어요. 당시에는 「연한 파란색이 좋겠어요.」라는 말을 들었죠(웃음). 담당 편집자님은 캐릭터가 아니라 작품의 세계관에서 색깔을 정하고 있었어요. 저도 연한 파란색=미래를 예감하게 하는 이미지였기 때문에, SF 요소가 들어간 이 작품에 어울린다고 생각했습니다.

● 서브타이틀, 컬러 일러스트의 디자인

——타이틀 이외의 서체는 어떻게 정하셨습니까?

쿠사노 : 전부 고딕체로 하면 작품 전체가 캐주얼한 느낌이 되기 때문에 작가의 이름과 서브타이틀은 명조체라는 전통적인 서체 중에서도 클래식한 인상을 지닌 걸로 선택했습니다. 선정한 그 서체는 사람이 쓴 것에 가까운 디자인인 점이 특징이죠.

과거에 도달했던 대답을 참조하면서, 현재 느낌이 나는 스마트한 실루엣이 더해진 서체를 선택했습니다. 양복도 반팔

이면 산뜻해 보이듯이, 폰트를 디자인한 폰트 워크스인 후지타 씨도 스마트하게 보이게 하고 싶었을 거라고 생각합니다.

담당 : 쿠사노 씨가 담당하지 않았다면 이렇게 뛰어난 밸런스를 지니지는 못했을 거라고 생각합니다. 어디서도 볼 수 없는 독창적인 커버 디자인이에요.

쿠사노 : 중요하게 생각한 것은 글자를 깔끔하게 보이도록 만드는 것이었습니다. 애니메이션 패키지나 광고 디자인을 담당하면서 쌓은 문자 사이의 간격이나 리듬을 라이트노벨 디자인에 응용하면 『데이트』의 디자인 강도도 좋아질 거라고 생각했죠.

──컬러 일러스트의 디자인은 어떤 콘셉트를 가지고 작업하셨습니까?

담당 : 이실직고하자면 너무 디자인하지 말아달라는 부탁을 드렸던 기억이 있습니다(웃음).

쿠사노 : 글자를 너무 크게 하지 말았으면 한다는 이야기였죠.

담당 : 보통 컬러 일러스트의 글자는 크기를 조절해 완급감을 주거나, 캐릭터의 대사에 따라 색깔을 바꿉니다. 『데이트』의 경우에는 타이틀 로고의 문자색을 그대로 사용할 뿐입니다. 문자의 크기는 바꾸지 않고, 색 또한 하나만 쓰죠. 그것은 츠나코 씨의 일러스트에 충분한 힘이 존재하기 때문이며, 글자를 작게 하면 일러스트와 글자, 양쪽 다 돋보이게

할 수 있다고 생각했습니다. 문자가 작기 때문에 집중해서 읽을 거라고 판단한 거죠. 주목해주기를 바랄 때 글자를 크게만 하면 말이 정보로서 들어 있을 뿐이기에 느긋하게 읽지 못할 듯한 느낌이 든 거예요.

쿠사노 : 저희가 괜히 재주를 부리지 않더라도 독자 여러분께서 뛰어난 문장과 일러스트를 느긋하게 맛볼 수 있을 거라고 판단했죠. 문자를 크게 하는 연출은 기분을 고양시키는 효과가 있습니다만, 담당 편집자님이 원하는 것은 독자 여러분의 상상력을 자극하는 것이라고 생각했습니다.

담당 : 영화 자막도 마찬가지지요. 자막이 커지거나 작아지면 영상과 자막, 양쪽에 다 집중하지 못할 테니까요.

쿠사노 : 그야말로 영화적이군요.

──띠지도 뛰어난 문장을 심플하게 보여주는 디자인이 많더군요.

담당 : 진짜로 내용이 뛰어난 작품은 작품 단독의 캐치프레이즈로 충분히 승부할 수 있어요. 『데이트』도 1권은 「세계를 죽이는 소녀를 막을 방법은— 데이트해서 나를 좋아하게 만드는 것뿐?!」 뿐이었죠. 다른 작품을 예로 들자면 『소드아트 온라인』의 「이것은 게임이지만 놀이가 아니다」라는 멋진 캐치프레이즈도 있죠. 물론 「애니메이션화 결정」이라든가 「몇백만 부 돌파」 같은 캐치프레이즈도 판매량 증진 면에서는 좋다고 생각합니다. 『데이트』도 그랬고, 만화에서도 흔히

쓰이는 캐치프레이즈죠. 하지만 작품 그 자체와 작품의 분위기를 나타내는 캐치프레이즈는 작품의 강도 자체를 늘려주기도 합니다.

쿠사노 : 작품을 나타내는 말만으로 승부하는 건 역시 멋지다고 생각합니다. 『데이트』의 경우, 「TV애니메이션화 결정」이라는 말만 명조체로 띠지에 쓴 적이 있죠(웃음). 깔끔하고 스마트한 결단이라고 생각합니다.

● 회심의 디자인

──지금까지 만든 『데이트』의 디자인 중, 인상에 남아 있는 디자인은 있습니까?

쿠사노 : 모든 권의 디자인에 애착이 있습니다만, 역시 1권은 시리즈의 베이스가 되는 작품이었기에 애착 또한 강합니다. 9권은 특히 일러스트의 도움을 받은(나츠미의 캐릭터 디자인과 포즈, 그리고 구도) 권이었다고나 할까, 나츠미의 일러스트가 정말 마음에 들었어요(웃음). 어느 권에서나 일러스트가 강렬했기 때문에 그저 문자만 더하기만 했지만, 특히 9권은 여자애로서의 나츠미를 멋지게 연출한 구도=뛰어난 정감이 있어서 일러스트의 매력을 강하게 느낄 수 있습니다. 하나를 더 꼽자면 7권이겠군요. 1권과 대비를 이루게 하자는 담당 편집자님의 아이디어에 따라, 적극적인 공

세를 펼쳐봤습니다.

담당 : 1권의 디자인이 7권으로 이어지는 느낌이 있었죠.

——장기 시리즈의 묘미겠군요.

담당 : 예. 하지만 한편으로 장기 시리즈가 되면 될수록 독자 여러분이 질리지 않을까 하는 불안이 커집니다. 조금씩 버전업하지 않으면 편집자인 저도 질리고 말 테니까요. 그런 의미에서 본다면, 적당한 타이밍에 커다란 서프라이즈를 제공할 수 있었다고 생각합니다.

쿠사노 : 1권의 토카와 블랙 토카가 대비를 이루게 하기 위해서 7권만 로고의 글자색을 검은색으로 하고, 레이아웃도 1권과 똑같이 하고 싶다고 담당 편집자님이 말씀하셨죠. 지금까지는 문자 배치를 전부 바꿨는데 말이에요.

담당 : 하지만 토카가 쳐다보는 방향만큼은 1권과 반대입니다. 또한, 본문 안에 컬러 일러스트가 있으면 독자 분들이 놀라실 것 같아서, 삽화도 한 부분만 츠나코 씨에게 부탁해 컬러 일러스트로 만들었습니다.

쿠사노 : 7권은 단순히 독자 여러분을 놀라게 하기 위한 속임수가 아니라, 어디까지나 이치에 맞는 서프라이즈가 가득 들어 있는 점이 좋았어요.

——츠나코 씨의 일러스트 중 특히 마음에 드는 일러스트는 없으신가요.

쿠사노 : 2권의 요시노입니다. 솔직히 말해 처음 본 순간

귀엽다고 생각했고, 의상을 포함한 디자인을 보고 최고라고 생각했습니다. 그리고 점점 빠져버렸죠. 곰곰이 생각해본 후, 저는 로리콤이라는 사실을 깨달았습니다……(웃음). 결정적이었던 것은 바로 애니메이션입니다. 움직이는 그녀를 보고 더 좋아하게 되었죠. 캐릭터적으로는 쿠루미도 좋아합니다. 뭔가를 감추고 있는 것 같은 느낌에 점점 빨려 들어가게 됐죠. 적으로서도 강력한 캐릭터라 멋지고, 동료가 되었을 때는 기쁜, 정말 좋은 캐릭터라고 생각해요.

담당 : 능력도 열두 개나 지녔죠. 정말 약았어요(웃음).

쿠사노 : 오드아이도 그래요. 중2병 특유의 가슴 뛰게 만드는 요소가 잔뜩 들어 있죠. 요시노도, 쿠루미도 정말 좋아합니다.

● 라이트노벨의 디자인

——**쿠사노 씨는 라이트노벨을 디자인하면서 새로운 발견을 하신 적이 없습니까?**

쿠사노 : 재미있는 점은 라이트노벨 안에는 앳된 느낌과 어른스러움이 공존한다는 겁니다. 만화에는 소년지와 청년지가 있고, 소년 만화는 『원피스』처럼 타이틀을 통해 세계관적 느낌을 강력하게 전달하는 로고가 많습니다. 한편 청년지는 디자인이 자유롭기 때문에 그 둘은 완전히 양극단에

있죠. 라이트노벨은 그 둘의 딱 중간이라고나 할까, 전체적으로 발랄함과 캐주얼함, 그리고 앳된 부분이 있는데도, 활자로 짠 타이틀 로고는 소년만화에 흔히 쓰이는 로고 마크가 아니에요. 대상 독자가 중고생이라고 들었습니다만, 그런 무리하는 느낌이 전체적인 디자인에 나타나고 있다고 느꼈습니다.

——그러고 보니 쿠사노 씨는『데이트』이후로 라이트노벨의 디자인을 담당하는 일이 늘어나셨군요.

쿠사노 : 어쩌면『데이트』를 본 편집자들이「이런 게 가능한 디자이너에게라면 일을 맡겨도 되겠다.」고 생각하게 된 것이 계기일지도 모르겠군요.

담당 :『데이트』를 보고, 쿠사노 씨에게 디자인을 의뢰하고 싶다는 의견을 내놓는 편집자가 저희 편집부 안에서도 속출하고 있어요.

쿠사노 :『데이트』같은 방법(스타일에 얽매이지 않고, 디자인이라는 행위로 작품과 마주한다)으로 디자인하는 경우가 지금까지 없었던 것은 아니지만, 확실히 지금은『데이트』같은 방법으로 디자인하는 작품이 늘었다는 걸 실감하고 있습니다.

담당 : 라이트노벨의 정의 자체가 달라진 것이 이유일지도 모르겠군요. 만화와 일반 소설의 경계가 옅어지면서, 라이트노벨이 양쪽에 더 다가가게 된 듯한 느낌이 들어요.

쿠사노 : 어찌 되었든, 『데이트』적인 디자인은 현재 표준이 되었죠. 라이트노벨의 디자인 기법 중 하나가 된 듯한 느낌이 듭니다.

——이제 『데이트』의 디자인은 특별하지 않다는 건가요?

담당 : 배경이 일부분만 표시된 표지에 캐릭터가 있고, 로고가 자유롭게 배치된 디자인도 요즘 들어서는 흔하게 볼 수 있으니까요.

쿠사노 : 『내 여동생이 이렇게 귀여울 리가 없어』같은 손으로 쓴 듯한 타이틀이나 설명문 스타일의 타이틀이 한때 많았던 것처럼, 트렌드라는 것은 그렇게 형성되는 것이니 그것이 나쁘다고는 생각하지 않습니다만, 정체되지는 않았으면 좋겠군요.

담당 : 새로운 포맷을 제시했더라도, 그것만 계속 반복했다간 결국 독자 여러분들은 질리고 말겠죠. 독자 여러분이 일단 사는 것만으로 만족하는 경우도 생길 거라고 봅니다. 그것은 결국 사고 싶지 않다는 결론으로 이어지겠죠. 독자 여러분이 작품을 읽어주시도록 여러모로 방법을 고안해야 하며, 저희가 그것을 게을리 해서는 안 된다고 생각합니다.

쿠사노 : 물론 『데이트』에는 『데이트』의 세계관이 존재하기 때문에 새로운 것만 계속 시도하는 것이 좋다고는 할 수 없지만, 표지와 컬러 일러스트, 목차 같은 책에 존재하는 하나하나의 요소를 정성들여 만들어나가면서, 그 안에 신선한

아이디어를 담아나가고 싶습니다.

——그럼 **마지막으로 디자이너로서, 앞으로 주목해야 할 포인트 등을 가르쳐주십시오.**

쿠사노 : 서체와 띠지 같은 평소 가볍게 읽고 넘어가는 부분이죠. 서체 하나하나도 정성들여 선택하고 있으며, 작품의 세계관을 나타낼 수 있도록 노력하고 있습니다. 띠지를 비롯해 오랫동안 사랑받을 수 있는 작품을 만들기 위해 노력하고 있으니 꼭 읽어주셨으면 좋겠습니다. 그런 부분에도 문맥이 준비되어 있습니다. 그리고 3권 발매 때 만든 캠페인용 소책자 같은 것도 기대해주셨으면 하네요. 솔직하게 말씀드리자면 또 만들고 싶습니다(웃음).

담당 : 그건 좋은 의미에서 엉망진창인 디자인이었죠(웃음). 토카와 오리가미, 두 사람이 표지와 뒤표지를 장식하고 있었지만, 실은 하나의 일러스트였어요. 그것을 나눠서 사용할 줄은 정말 꿈에도 몰랐습니다(웃음). 하지만 정말 좋은 소책자였고, 쿠사노 씨 덕분에 정말 호평이었습니다.

쿠사노 : 저도 즐거웠어요. 광고도 그렇지만, 『데이트』와 관련된 수많은 상품과 매체가 재미있도록, 새로운 아이디어를 투입해나가며 하나하나 정성들여 만들고 싶습니다.

——**감사합니다.**

쿠사노 츠요시

1973년생 도쿄 출신. 주식회사 아스키를 거쳐 유한회사 쿠사노 츠요시 디자인 사무소를 설립. 무사시노 미술대학 비상근 강사. 전반적인 그래픽 디자인 제작을 담당함.

COVER DESIG

Cover design rough

Finished

데이트 어 노벨

DATE A NOVEL

4월 9일
April9

TE A NO

【이츠카 시도 4월 9일(日) 13시 30분】

"으음, 뭘 아직 안 챙겼더라……."

이츠카 시도는 자택 거실에서 왼손 손가락을 하나씩 접으며, 메모 용지에 샤프로 뭔가를 적고 있었다.

4월 9일, 일요일.

봄 방학 마지막 날이자, 개학을 하루 앞둔 날이다.

가볍게 점심을 먹은 시도는 저녁 식사 준비를 위해 시장을 보러 나가는 김에, 내일부터 시작되는 새 학기에 대비해 부족한 문구류를 사기로 했다. 그래서 그는 현재 사야 하는 학용품의 리스트를 만들고 있었다.

"샤프심과 더블클립, 그리고 공책…… 아차."

시도는 왼손을 신경 쓰다 글자를 잘못 쓰고 말았다.

작게 한숨을 내쉬면서 필통에서 지우개를 꺼내려 하던 그는 갑자기 눈썹을 찌푸렸다.

"으음, 지우개를 어디 뒀지……."

필통 안을 뒤져봤지만 지우개는 보이지 않았다. 봄 방학이 시작되기 전에 학교에서 떨어뜨렸던 걸까. ……봄 방학

이 시작된 후로는 한 번도 필통을 열지 않았으니 지금까지 눈치채지 못했을 가능성은 충분히 있었다. 어쩔 수 없이 잘 못 적은 부분에 샤프로 줄을 그은 후 다시 글자를 적은 시도는 그 밑에 『지우개』라고 적었다.

"으음…… 이정도면 됐겠지."

시도는 머리를 긁적이면서 방금 쓴 메모를 다시 읽어봤다.

그리고 머릿속으로 빠진 것이 없는지 확인한 후, 영차 하고 말하면서 몸을 일으켰다.

"아, 맞다."

메모를 한 손에 들고 거실에서 나온 시도는 문득 걸음을 멈췄다.

그리고 그는 계단 쪽을 쳐다보면서 입을 열었다.

"어이, 코토리~. 지금 시장 보러 가는데, 뭐 필요한 거 없어~?"

시도는 2층 자기 방에 있을 자신의 여동생, 코토리를 향해 큰 목소리로 그렇게 말했지만 대답이 없었다.

시도는 고개를 갸웃거리면서 더 큰 목소리로 말했다.

"코토리~! 어이이이이이!"

하지만 여전히 대답은 없었다.

"……뭐야? 자나?"

시도는 눈썹을 살짝 찌푸리면서 한숨을 내쉬었다.

지금은 점심때가 살짝 지난 오후다. 아까 시도가 혼신의 힘을 다해 만든 데미글라스 소스 첨가 보들촉촉 오므라이스를 맛본 코토리가, 희미하게 감도는 버터의 여운에 잠겨 그대로 잠들어 버렸더라도 이상할 것이 전혀 없었다.

하지만 코토리도 내일부터 학교에 가야 하니, 잠에서 깬 후에 필요한 물건이 있으면 번거롭게도 또 사러 가야만 한다. 그러니 지금 필요한 게 없는지 확인해두는 편이 나을 것이다.

"정말⋯⋯."

시도는 고개를 저으며 어깨를 으쓱한 후, 천천히 계단을 올라갔다.

그리고 직접 만든 네임 플레이트가 걸린 문에 똑똑 하고 노크를 했다.

"코토리, 자니? 나 지금 들어간다."

역시 대답은 없었다. 시도는 손잡이를 돌리면서 문을 열었다.

세 평 정도 되는 공간에는 침대, 책상, 책꽂이가 놓여 있으며, 그것은 귀여운 봉제 인형이나 소품으로 꾸며져 있었다. 그야말로 전형적인 여자애 방이었다.

"어⋯⋯?"

방 안을 둘러본 시도는 고개를 갸웃거렸다.

침대에서도, 의자에서도, 코토리의 모습을 찾아볼 수가 없었기 때문이다.

"으음, 화장실에 갔나……?"

시도는 턱에 손을 대며 그렇게 생각했지만, 만약 그렇다면 방금 자신이 고함을 질렀을 때 대답했을 것이다. 코토리가 변기에 앉아 곯아떨어지기 같은 무시무시한 곡예를 펼친 게 아니라면 말이다.

한순간 코토리라면 그런 짓을 할지도 모른다는 생각이 머릿속을 스쳤지만, 그녀에게 실례라는 생각이 들었기에 바로 부정했다.

"그렇다면……."

날카로운 눈빛을 띤 시도는 벽장을 활짝 열었다.

시도는 평소 코토리에게 식사 전후에 간식을 먹지 못하게 했다. 그녀는 때때로 오빠의 말을 어겨가며 좋아하는 간식인 막대 사탕을 먹고는 했다.

그럴 때 시도가 방으로 쳐들어오면, 당황한 코토리는 허둥지둥 벽장에 숨었다. 실제로 그랬다가 시도에게 들킨 적이 몇 번이나 있었다.

하지만…….

"……어라?"

코토리는 벽장 안에도 없었다. 그 대신 안에 들어 있던 옷과 잡지, 잡다한 물건들이 시도의 발치를 향해 쏟아졌다.

"뭐야, 진짜로 없잖아. 어디 간 건가……?"

시도는 또 눈썹을 찌푸리며 한숨을 내쉬었다.

코토리는 외출할 때면 오빠에게 꼭 알려주고 나가는 착한 여동생이었는데…… 슬슬 반항기가 온 걸까.

그런 생각이 머릿속을 스친 순간, 순진하고 매사에 촐랑대는 코토리의 얼굴을 떠올린 시도의 입에서 허탈한 웃음소리가 자연스럽게 흘러나왔다.

뭐랄까, 「반항기인 코토리」가 도저히 상상이 되지 않았다.

아마 코토리의 나갔다 오겠다는 말을 시도가 듣지 못한 것뿐이리라. 그렇게 결론을 내린 그는 벽장을 닫으려고 했다.

하지만 바닥에 쏟아진 잡지와 옷가지 때문에 벽장문이 닫히지 않았다. 시도는 한숨을 쉬면서 몸을 굽히더니 바닥에 떨어진 그것들을 줍기 시작했다.

"정말, 또 대충 집어넣어 놨잖아……. 코토리가 돌아오면 정리하라고 해야겠네……."

주름투성이인 옷을 깔끔하게 개던 시도의 눈썹 끝이 희미하게 떨렸다.

패션 잡지와 만화 사이에 눈에 익지 않은 잡지가 있었기 때문이다.

"응? 이게 뭐지?"

시도는 별생각 없이 그 잡지를 들더니, 표지를 쳐다보았다.

『대만족 데이트 맵·텐구 시 편』

"…………어?"

그 순간, 시도의 볼을 타고 땀 한 방울이 흘러내렸다. 그와 동시에 그의 표정이 딱딱하게 굳었다.

"……좋아, 진정하자. 일단 진정하자고, 시도. 알았지?"

혼잣말을 중얼거리면서 잡지를 바닥에 내려놓은 시도는 눈을 감더니 크게 심호흡을 했다. 그리고 눈가를 주물러주고, 볼을 찰싹 소리가 나게 때린 후, 좋아! 하고 힘차게 외치면서 다시 잡지를 들었다.

하지만, 그렇게까지 했는데도 잡지의 제목에는 변함이 없었다.

볼에 경련이 일어난 상태에서 잡지를 넘겨보던 시도는…… 데이트 장소가 소개된 페이지를 보면서 마른침을 삼켰다.

시도는 코토리가 약속 장소인 번화가에서 자신이 본 적 없는 소년과 만나는 모습을 머릿속으로 상상하고 있었다.

(미안, 코토리. 많이 기다렸어?)

(아니, 나도 방금 왔어~)

(그럼 어디 갈까?)

(실은 체크해뒀던 가게가 있어! 이쪽이야, 이쪽!)

(우왓, 코토리! 잠깐만 기다려!)

(후훗, 멍하게 있으면 두고 갈 거야~)

(아하하하하)

(우후후후후)

"에, 에이…… 말도 안 돼."

시도는 고개를 세차게 저었다.

갑작스러운 사태가 발생한 탓에 조금 놀랐지만…… 곰곰이 생각해보니 딱히 놀랄 일은 아니다. 이런 책은 여자들끼리 놀러갈 곳을 정할 때도 도움이 될 테고, 같이 책을 보면서 와자지껄 떠들어대는 것도 즐거우리라. 무엇보다 이딴 것이 코토리에게 애인이 있다는 증거가 될 리가 없다.

"그래. 틀림없어……. 코토리에게 애인 같은 게 있을 리가 없다고."

딱딱한 미소를 지은 시도는 되뇌듯 그렇게 말하면서 연신 고개를 끄덕여댔다.

가슴에 손을 대고 심장의 고동과 호흡을 진정시킨 그는 다시 정리를 시작했다.

——하지만 벽장 안에 쌓여 있던 책은 그것만이 아니었다.

눈에 들어온 다른 책의 제목을 읽은 순간— 시도는 그 자리에서 딱딱하게 얼어붙었다.

『약간 어른스러운 데이트를 위한 코스·밤거리를 즐기는 법』

『러브호텔 완벽 가이드』

"이, 이건……."

방금 본 책보다 더 어덜트한 분위기를 지닌 책을 찾은 시도의 얼굴은 식은땀으로 범벅이 되었다.

그는 떨리는 손으로 페이지를 넘겼다. 그 안에는 분위기 있는 바와 고급 레스토랑을 소개하는 기사, 그리고…… 미성년자의 출입이 금지되어 있는 대실 가능 호텔에 관한 기사가 실려 있었다.

게다가 그중 하나— 시도네 집 근처에 있는 서양식 성처럼 생긴 호텔에 빨간색 펜으로 동그라미가 쳐져 있었다.

시도는 무심코 종이에 손톱자국이 남을 만큼 잡지를 세게 움켜쥐었다.

"빌어먹을! 어디서 굴러먹던 말 뼈다귀 같은 놈이 우리 코토리를 건드린 거야?!"

눈에 핏발을 세우며 고함을 지른 시도는 피가 날 정도로 어금니를 깨물었다.

시도의 머릿속에서는 좀 전에 했던 상상의 속편이 펼쳐지고 있었다. 코토리와 소년(왠지 아까보다 날라리 같았다)이 네온사인으로 가득 찬 한밤의 번화가를 걷고 있었다.

(어이쿠……. 막차를 놓쳤네)

(어, 벌써 시간이 그렇게 된 거야? 큰일 났네……. 오빠한테 혼날 거야……)

(뭐, 어쩔 수 없지. 아무튼 오늘은 돌아가기 글렀으니 외박을 하는 수밖에 없겠는걸)

(어, 하지만……)

(걱정하지 말라고~! 아무 짓도 안 할게~!)

(정말……?)

(당연히 정말이지! 나는 한 입으로 두말하지 않는 놈이라고~)

(으음…… 그럼…… 나, 저기 있는 성처럼 생긴 곳이 좋을 것 같아)

"젠장, 젠장, 젠장……! 상대는 대체 어디 사는 어떤 놈이야……! 같은 중학교에 다니는 자식인가?! 반드시 찾아내서 죽여버리겠어!"

코토리는 중학교 2학년, 아직 열셋이다. 용서 못 한다. 설령 신이 허락해도 시도는 용서할 수 없다. 순진무구한 코토리를 농락한 그 남자에게 처절한 응징을 내려주고 말겠다……!

시도는 악마 같은 표정을 지은 채 벽장 안을 뒤졌다. 어쩌면 코토리의 애인에 관한 정보가 어딘가에 있을지도 모른다.

벽장 안에 산더미처럼 쌓여 있는 책을 하나하나 체크하

던 시도는 또 얼어붙고 말았다.

새롭게 발굴한 책들의 제목을 봤기 때문이다.

『여자를 꼬시는 법』
『실록! 최강 헌팅 테크닉』
『여자애의 마음을 얻는 100가지 방법』

"............어......?"

방금까지 자신의 마음속에서 타오르던 분노가 순식간에 사그라진 시도의 두 눈은 당황으로 가득 찼다.

"여자, 애의…… 어……?"

볼을 부르르 떨면서 그렇게 중얼거린 시도는 혼란스러운 머릿속을 진정시키려는 것처럼 관자놀이를 살며시 두드렸다.

시도는 전제 조건을 다시 정리했다.

이츠카 코토리는 시도의 여동생이다.

그렇다. 여동생인 것이다.

자신보다 어린, 여자 형제다.

이것만큼은 틀림없다. 실은 코토리가 남자애이며, 부모님이 피치 못할 이유로 그 사실을 숨긴 채 여자애로 키웠다…… 같은 일은 있을 수가 없다. 시도는 어릴 적에 코토리와 같이 목욕을 한 적이 몇 번이나 있기에 여동생의 성별을 잘못 알고 있을 리가 없는 것이다.

그렇다면······.

"······어떻게 된 거지?"

시도는 눈을 치켜뜬 채 상상에 잠겼다.

코토리를 데리고 호텔에 들어간 말 뼈다귀 군(시도가 붙인 이름)은 방에 들어간 순간, 얼굴에 붙은 특수 메이크 마스크를 찢듯이 벗겨냈다. 그와 동시에 마스크 안에 잇던 긴 머리카락이 휘날리면서 아름다운 얼굴이 드러났다. 그리고 윗옷의 앞섶을 벌리자, 천으로 압박해둔 커다란 가슴이 모습을 드러냈다.

(휴우······ 남자인 척하는 것도 피곤하네)

(언니, 역시 지금 모습이 훨씬 멋져요)

(후훗, 코토리도 말솜씨가 늘었네. 내가 듣기 좋은 말을 다 하다니 말이야. 자아······ 이제 즐겨볼까?)

(예······. 하지만······)

(걱정하지 마렴)

(언니, 저······ 무서워요······)

(괜찮아. 이 언니에게 다 맡기렴······. 으음)

(아앙······ 으, 으음······)

그와 동시에 새하얀 백합이 흐드러지게 피었다.

"우, 우와아아아아아아아아아아아앗?!"

시도는 방금 자신이 한 상상을 떨쳐내려는 것처럼 고개를 세차게 저었다.

그 탓에 또 잡지로 된 산이 무너졌다.

그와 동시에 시도가 처음 보는 책이 또 바닥에 흩어졌다.

『게슈타포 고문술』

『엄선 100가지 포박술』

『주종 관계를 형성하는 법·마스터와 슬레이브의 구조학』

『마성의 인간 장악술 ~이제 당신 없이는 살 수 없게 된 다~』

"......."

시도의 안면이 당혹으로 가득 찼다.

상상 속에서 『언니』에게 희롱당하던 코토리가 갑자기 몸을 뒤집었다. 그리고 다음 순간, 그녀는 광택 코팅이 된 가죽 슈트를 걸치고 있었다.

그와 동시에 밧줄로 에로틱하게 온몸이 묶인 『언니』는 삼각 목마에 걸터앉아 있었다.

(......윽, 코, 코토리?! 뭐 하는 거니......?!)

(코토......리?)

찰싹! 코토리는 (어느새) 들고 있던 채찍으로 바닥을 쳤

다.

　(히, 히익……)

　(다시 말해볼래?)

　(코, 코토리…… 님……)

　(후훗, 잘했어. 나는 이해력이 좋은 애를 좋아해)

　요염한 미소를 지은 코토리가 『언니』의 볼을 상냥하게 쓰다듬었다.

　(그, 그런가요……)

　(잘했으니까 상을 줘야겠네. 저기, 상 받게 되어서 기쁘지?)

　(예…… 기, 기뻐요……)

　(그래? 그거 다행이……네!)

　찰싹!

　(하응!)

　(아하하하핫! 정말 귀여워, 언니~. 어때? 기뻐? 응? 기쁘냐구!)

　찰싹! 찰싹!

　(아…… 아아…… 기, 기뻐요! 기쁘다고요……!

　"…………이건 말이 안 되지……."

　시도는 도가 지나친 상상을 한 덕분에 거꾸로 냉정함을 되찾았다.

그는 허탈한 웃음을 흘리면서 바닥에 흩어진 책들을 정리하기 시작했다.

솔직히 말해 방금 그 상상은 좀 지나쳤다. 아무리 생각해도 성격이 너무 달랐다. 언제나 밝고 촐랑대는 여동생이 그런 슈퍼 사디스틱 걸로 변모할 리가 없는 것이다.

말도 안 된다. 말이 안 되어도 너무 안 되었다. 그건 시도가 코로 스파게티를 먹고, 눈으로 땅콩을 씹어 먹는 것만큼 현실에서 일어날 리 없는 일이다.

분명 이 책들도 친구들이 두고 간 거라든가, 어디서 주운 김에 베개 대용으로 쓰는 것이리라. 틀림없다.

그렇게 결론을 내린 시도는 책과 옷을 정리한 후, 벽장의 문을 닫으려 했다.

하지만 뭔가가 걸려서 문이 닫히지 않았다. 시도는 눈썹을 살짝 찌푸리며 문 아래쪽을 쳐다보았다.

"응? 이게 뭐지……?"

그리고 그의 표정은 얼어붙었다.

그것도 그럴 것이, 문틈에 끼어 있던 것은 SM의 여왕님이 애용할 것 같은 칠흑빛 채찍이었다.

─다음 날인 4월 10일.

시도는 세계의 뒤편에서 벌어지고 있는 일들에 대해 알게 되고…… 겸사겸사, 귀여운 여동생의 또 다른 일면도 알게 된다.

【토비이치 오리가미 4월 9일(日) 14시 20분】

　계절은 봄. 시간대는 오후. 날씨는 쾌청.

　그런데도 이 맨션의 창문이라는 창문은 전부 커튼이 쳐져 있어서, 내부는 해 질 녘처럼 어둑어둑했다.

　하지만 이 집의 주인— 토비이치 오리가미는 수면을 취하고 있지도, 사진 현상을 하고 있지도 않았다. 그저 방구석에 놓인 컴퓨터 앞에 앉아, 이 방 안에서 유일하게 빛을 뿜고 있는 모니터 화면을 진지한 눈빛으로 쳐다보고 있을 뿐이었다.

　"......"

　그녀는 아무 말 없이 21.5인치 화면에 표시된 몇 개의 창과 거기에 나열된 복잡한 문자들을 눈으로 좇으며 키보드를 두드리고 있었다.

　오리가미는 현재 자신이 다니는 도립 라이젠 고교의 로컬 에어리어 네트워크에 불법 액세스를 시도하고 있는 중이었다.

　그래서 한낮인데도 커튼을 친 것이다.

하지만 이 맨션의 창문은 전부 방탄 처리가 된 데다, 내부가 보이지 않게 하는 전용 필름까지 붙여뒀기 때문에 특수한 기자재를 동원하지 않는 한 이 맨션 안을 도촬할 수 없다. 이렇게 외부와 격리된 공간을 만들어둔 이유는 심리적인 면에서 작업의 안정화를 도모하기 위해서였다.

오리가미는 컴퓨터 옆에 놓인 칼로리메이트(치즈 맛)를 점심 삼아 먹으면서 쉴 새 없이 손가락과 눈과 뇌를 가동하고 있었다.

그리고 몇 번에 걸쳐 재시도한 끝에, 새로운 창이 화면 중앙에 표시되었다. 오리가미가 마우스를 조작하자, 방대한 숫자들이 나열된 창 화면이 위쪽으로 스크롤되면서— 몇 개의 폴더가 들어 있는 창이 열렸다.

아무래도 시큐리티를 돌파하는 데 성공한 것 같았다. 학교의 허술한 시큐리티를 뚫는 것은 오리가미에게 있어 식은 죽 먹기나 다름없었다.

"……."

오리가미는 아무 말도 하지 않았고, 표정 또한 바꾸지 않았다. 하지만 손을 주먹 형태로 말아 쥐었다.

그녀는 남은 칼로리메이트를 입안에 집어넣은 후, 그것을 씹어 먹으면서 마우스를 조작했다.

아마 이 파일을 작성한 교사는 게으름뱅이거나 컴퓨터에 관해 해박하지 않은 편이리라. 폴더명이 『새 폴더』, 『새 폴더

(2)』, 『새 폴더(3)』…… 같이 되어 있어서, 언뜻 봐서는 어느 폴더에 뭐가 들어 있는지 알 수 없었다.

하지만 여기까지 온 이상 이제는 순서대로 조사해보기만 하면 된다. 오리가미는 커서를 『새 폴더』에 맞춘 후, 마우스를 클릭했다.

그 안에는 문서 파일 몇 개가 보존되어 있었다.

한순간 『목표물』을 찾았다고 생각했지만— 그렇지 않았다. 아무래도 이것은 새 학년이 된 학생들이 치르는 실력 테스트용 문제 용지 같았다.

"……."

오리가미는 김샜다는 듯이 한숨을 내쉬면서 폴더를 닫았다.

평범한 학생이었다면 이 파일을 보고 눈이 벌게졌을지도 모른다. 하지만 오리가미에게 있어서는 눈곱만큼의 흥미조차 생기지 않는, 그야말로 길가에 굴러다니는 돌보다 못한 정보였다. 이런 걸 얻기 위해 몇 시간이나 들여 시큐리티를 돌파할 바에야 그 시간에 참고서라도 읽는 편이 훨씬 수월한 데다 위험 부담도 없다.

오리가미가 찾는 것은 이런 것이 아니다.

들켰다간 퇴학을 당할지도 모르는 위험 부담을 짊어지면서까지 얻으려 하는 정보. 그것은 바로—.

"반 배정표는…… 어디 있지?"

오리가미는 혼잣말을 중얼거리면서 『새 폴더⑵』를 열었다.

그렇다— 오리가미가 찾는 것은 내일 학교에 붙여질 학년별 반 배정표인 것이다.

가치관이라는 것은 사람마다 다르니, 그런 것을 얻기 위해 이런 고생을 하는 오리가미가 이상하다고 생각하는 사람이 있을지도 모른다. 하지만 오리가미에게 있어 그것은 천금 같은 가치를 지닌 중요 정보다.

물론— 그런 데는 이유가 있었다.

지금으로부터 약 1년 전. 오리가미가 도립 라이젠 고교에 입학했을 때.

입학식에 참가한 오리가미는 신입생 입장 때, 다른 반에 배정된 한 소년을 발견했다.

그 순간 오리가미가 받은 충격은 말로 표현할 수 없을 정도였다.

단정한 얼굴과 성실해 보이는 눈빛을 지닌 소년이었다. 확실히 얼굴이 조금 어른스럽기는 하지만…… **그때 그 소년**이 틀림없었다.

하지만 오리가미는 뜻밖의 재회를 기뻐하면서도 마음 한편은 끝없는 아쉬움으로 가득 채워졌다.

그 이유는 단순했다. 모처럼 같은 학교에 다니게 되었는데 하필이면 다른 반이 되고 만 것이다.

물론, 고등학생은 부활동이나 위원회 같은 각양각색의 학교 활동을 한다. 그렇다고 해도 가장 긴 시간을 함께하기 위해서는 같은 반이 되는 것이 가장 좋다.

사실 이 1년 동안 수도 없이 접근을 시도해봤지만, 그는 오리가미를 인식조차 하지 못했다. 그게 다 반이 달라서 그렇게 된 것이 틀림없다.

오리가미가 할 수 있었던 것은…… 종업식에 참가하기 위해 이동할 때, 『전리품』을 손에 넣은 것뿐이었다.

"같은 반만, 된다면……."

오리가미는 테이블 위에 놓아둔 쓰다 만 지우개를 쓰다듬으면서 중얼거렸다.

그렇다. 같은 반이 되면 그도 오리가미의 접근을 눈치챌 것이다.

아니, 그뿐만이 아니다. 어쩌면 그가 오리가미에게 고백을 할 가능성도 있다. 그렇다, 분명 그렇게 될 것이다.

그래서 오리가미는 반 배정에 손을 쓰기로 결심한 것이다.

물론 교사를 돈으로 매수하거나, 약점을 잡아서 협박하지는 않았다(혹시 모르기에 충분한 금액, 그리고 담임을 맡을 교사 전원의 도촬 사진을 준비해두기는 했지만, 그것은 어디까지나 최종 수단이다).

기본적으로는 반 배정은 학생들의 선택 과목에 맞춰 얼추 정해진다.

그렇기에 오리가미는 면밀한 사전 조사를 통해 그의 선택 과목을 완벽하게 파악한 후, 자신도 그와 똑같은 과목으로 변경했다.

교사는 대학 수험을 위해서라도 좀 더 진지하게 생각해 본 후 결정하는 편이 좋다고 말했지만, 깔끔하게 무시했다. 대학 수험 정도는 어떤 과목을 선택하든 어떻게든 되기 때문이다.

예술 과목이 미술, 이과 과목이 물리인 반은 3반, 혹은 4반이다. 즉, 오리가미가 그와 같은 반이 될 가능성은 2분의 1다.

즉, 이렇게까지 했는데도 그와 다른 반이 될 확률이 50퍼센트나 되는 것이다.

그렇기 때문에 반 배정표가 정식으로 발표되기 전에 확인해둘 필요가 있다.

오리가미는 가는 숨을 내뱉으면서 폴더를 열어보았다.

학부모회 알림…… 수업 참관 요강…… 부활동 예산 내역…… 각종 서류가 보존되어 있지만, 그녀가 찾는 파일은 보이지 않았다.

오리가미는 드디어 마지막 폴더—『새 폴더(9)』에 커서를 맞췄다.

바로 그때였다.

"…………!"

그 폴더를 클릭하려고 한 순간, 오리가미의 어깨가 움찔했다.

그 이유는 단순했다. 어둑어둑한 방 안에서 컴퓨터의 구동음과 마우스 클릭음 이외의 소리가 울려 퍼졌기 때문이다.

딩동─, 하는 소리가 말이다.

"……."

짜증 섞인 한숨을 내쉰 오리가미는 자리에서 일어나 인터폰을 향해 걸어간 후, 수화기를 들었다.

"누구시죠?"

『안녕하세요. 타가와 택배입니다. 토비이치 오리가미 씨…… 맞으시죠? 오리가미 씨 앞으로 온 소포를 배달하러 왔습니다.』

조그마한 화면에 표시된 택배 회사 배달 기사가 손에 든 조그마한 종이 상자를 들어 보이면서 말했다.

오리가미는 자신의 기억 속을 뒤져보았다. 그리고 보니 이틀 전에 인터넷으로 주문한 물건이 있었다.

"들어오세요."

오리가미는 그렇게 말한 후, 건물 입구의 문을 열었다.

화면 안의 배달 기사가 가볍게 고개를 숙인 후 건물 안으로 들어오는 모습을 본 오리가미는 천천히 현관 쪽을 향해 걸음을 옮겼다.

그리고 익숙한 손놀림으로 현관 발치에 설치된 적외선 센서, 그리고 그 센서와 연동되어 작동하는 최루 스프레이 분사 장치를 정지시켰다.

물론 배달 기사가 갑자기 달려들 가능성이 없지는 않지만, 그럴 때를 대비해 항상 허벅지에 찬 홀스터에 9mm 권총을 넣어두고 있다. 혼자 사는 여성에게는 항상 위험이 잇따른다. 그러니 이 정도 조심성은 여성의 기본 소양으로 봐도 되리라.

잠시 후, 뚜우~ 하고 현관 벨이 울렸다.

그 소리를 듣고 잠금장치와 체인을 푼 오리가미는 문을 열었다.

"안녕하세요. 여기에 도장이나 사인을 부탁합니다."

"……"

오리가미는 아무 말 없이 호주머니에서 펜을 꺼내 사인을 한 후(물론 그러는 동안에도 빈틈이 생기지 않도록 배달 기사를 계속 경계했다), 상자를 받았다.

"감사합니다~."

배달 기사는 모자를 살짝 들어 올리면서 인사를 건네더니, 바로 돌아갔다.

오리가미는 바로 트랩을 재가동시킨 후, 종이 상자를 들고 거실로 향했다.

그녀는 이 종이 상자의 안전을 면밀히 체크한 후, 테이프를 뜯고 안에 든 물건을 확인했다.

"……"

안에는 포장재에 쌓인 샤프와 자, 공책 같은 학용품이 들어 있었다.

내일부터 시작되는 새 학기를 맞아 준비한 물건들이었다.

하지만 전에 쓰던 펜이나 자가 부서진 것도, 공책을 다 쓴 것도 아니다.

이 학용품은 그가 쓰는 것과 동일한 물품이다.

같은 반이 된 후, 기회를 엿보다 그의 학용품과 자신의 학용품을 바꿔치기하겠다, 같은 스토커 같은 짓을 할 생각은 눈곱만큼도 없⋯⋯는 것도 아니지만, 주된 이유는 따로 있다.

그렇다. 예를 들어 짝꿍이 되거나 같은 조 혹은 위원회에 소속되어서 함께 수업을 받거나 일을 할 때, 같은 디자인의 학용품을 쓴다면 그것도 충분히 대화의 계기가 될 것이다. 어쩌면 그 사실을 눈치챈 그가 자신에게 먼저 말을 걸어줄지도 모른다.

"⋯⋯."

무표정한 얼굴로 흥분 섞인 콧김을 뿜은 오리가미는 그 학용품들을 통학용 가방에 집어넣었다.

하지만 그런 울트라 해피 이벤트도 같은 반이 되지 않으면 일어나지 않는다.

오리가미는 중단했던 확인 작업을 다시 시작하기 위해 컴퓨터 앞에 앉았다.

그리고 마우스를 클릭해 마지막 폴더를 열었다.

"⋯⋯⋯⋯!"

다음 순간, 오리가미는 마른침을 삼켰다. 그 폴더 안에는 『20XX년도 반 배정표』라는 제목이 붙은 엑셀 파일이 있었기 때문이다.

드디어 찾았다. 긴장한 탓에 바싹 마른 입술을 혀로 핥으면서 그 폴더를 연 오리가미는 2학년 란까지 화면을 스크롤시켰다.

그리고 만약에 대비해 1반부터 순서대로 학생들의 이름을 확인했다.

1반, 2반에는 오리가미의 이름도, 그의 이름도 없었다. 여기까지는 예상대로였다.

문제는 지금부터다. 오리가미는 3반 학생 일람을 표시하기 위해 마우스에 달린 휠에 검지를 올렸다.

바로 그 순간 조용한 방 안에서 삐리리리리리리리 하는 경쾌한 소리가 울려 퍼져서, 오리가미는 동작을 멈출 수밖에 없었다.

"⋯⋯응?"

오리가미는 눈썹을 희미하게 찌푸리면서 고개를 뒤쪽으로 돌렸다. 귀에 익은 그 소리는 바로 오리가미의 핸드폰 벨소리였다. 곡명은 『착신음 1』. 구매한 후로 한 번도 설정을 바꾸지 않았기 때문에 초기 설정 그대로였다.

또 중요한 타이밍에 방해를 받았지만 어쩔 수 없다. 의자에서 일어난 오리가미는 테이블 위에 놓인 핸드폰을 잡았다.

핸드폰 화면에 표시된 『후지무라 중사』라는 이름을 본 오리가미는 통화 버튼을 누르면서 핸드폰을 귀에 댔다.

"여보세요."

『아, 여보세요? 오리가미인가요~? 안녕하세요~, 모두가 사랑하는 밀리 양이에요~.』

톤과 텐션이 다 높은 새된 목소리가 핸드폰에서 흘러나왔다.

오리가미가 소속된 육상 자위대 대(對) 정령 부대의 메커닉인 밀드레드 F 후지무라 중사였다. 사람들과 좀처럼 얽히지 않는 오리가미에게 있어 몇 안 되는 지인 중 한 명이었다.

"무슨 일이야?"

오리가미가 언짢은 듯한 목소리로 그렇게 말하자, 밀리는 불만 섞인 목소리로 대답했다.

『아~, 너무한 거 아니에요~? 오리가미가 부탁한 「그것」을 입수해서 알려주려고 전화했는데 말이에요~.』

"……!"

그 말을 들은 순간, 오리가미의 눈썹 가장자리가 흔들렸다.

"손에 넣은 거야?"

『정말 고생했어요~. 그걸 소지하는 것조차 법으로 금지한 국가도 있거든요~.』

"고마워."

『아뇨 아뇨~. 답례는 따로 톡톡히 받을 거니까요~.』

"사용법은?"

"베리 이지~예요~. 커피나 음료수에 녹여서 마시게만 하면 거기가 벌떡 서면서 바로 발정 난 원숭이가 되어버릴 거예요~. 꺄아~! 엉망진창으로 만들어줘~!』

전화 너머에 있는 밀리가 몸을 배배 꼬며 버둥거리는 소리가 들렸다.

『하지만 코끼리도 1그램만 먹으면 발정 날 만큼 효과가 센 물건이니까, 조심해서 취급해주세요~. 한 번에 너무 많이 복용하면 진짜로 위험하다고요~.』

"알았어."

오리가미가 짤막하게 대답하자, 밀리는 의미심장한 웃음을 흘렸다.

『크흐흐…… 그런데, 오리가미는 대체 누구와 저출산 대책을 세울 건가요~? 애완동물의 번식에 쓰려는 건 아니죠~? 그렇죠~?』

"……그걸 쓸 수 있는 상황인지 아닌지를 지금 확인하고 있는 중이야."

오리가미는 그렇게 말하면서 컴퓨터 쪽을 힐끔 쳐다보았다.

『꺄아~! 점잔 빼지 말라고요, 이 밝힘증! 그냥 확 말해달라고요~. 대체―.』

"…………."

이야기가 길어질 패턴이라고 판단한 오리가미는 전화를 끊었다.

그리고 핸드폰을 테이블에 올려둔 그녀는 다시 컴퓨터로 다가가 의자에 앉았다.

2학년 3반 반 편성표. 오리가미는 거기에 적힌 이름을 신중한 눈길로 하나하나 확인했다.

"……."

그리고 끝까지 다 읽은 후, 핥는 듯한 시선으로 처음부터 다시 화면을 읽어본 오리가미는― 무표정한 얼굴로 주먹을 힘껏 말아 쥐었다.

3반 일람에는 두 사람의 이름이 없었다.

즉― 두 사람 다 2학년 4반에 배정됐을 가능성이 컸다.

"……아냐. 아직 안심하기에는 일러."

오리가미는 춤이라도 추고 싶은 마음을 진정시키면서, 또다시 마우스의 휠에 손가락을 얹었다.

그렇다. 만일의 사태가 벌어졌을 수도 있는 것이다. 그가 직전에 선택 과목을 바꿨을 가능성도 있고, 그 선택 과목의 희망자가 많아서, 두 반이 아니라 세 반이 되었을 가능성 또한 없지는 않았다.

오리가미와 그의 이름이 같은 반 배정표에 적혀 있다는 사실을 이 두 눈으로 확인할 때까지는 기쁨의 춤을 출 수 없다.

오리가미는 화면을 스크롤 해 2학년 4반의 학생 일람으로 이동했다.

그리고 아까와 마찬가지로 신중한 눈길로 차근차근 확인해나갔—.

"⋯⋯윽!"

바로 그때, 오리가미는 숨을 삼켰다.

침묵에 지배당하고 있던 이 방 안에서 새된 소리가 울려 퍼졌다. 그렇다. 또 작업을 방해당한 것이다.

게다가 이번은 누군가가 이 맨션을 찾아왔다는 사실을 알리는 인터폰도, 개인 핸드폰의 벨소리도 아니었다.

—육상 자위대 AST의 전용 통신 단말기가 삐~, 삐~ 하고 불길한 소음을 내고 있었다.

저 소리를 무시할 수는 없었다. 오리가미는 서둘러 자리에서 일어난 후, 통신단말기의 버튼을 눌렀다.

『⋯⋯아! 토비이치 상사, 지금 텐구 시 서부 구역 일대에 공간진 경보가 발령됐습니다! 지난달과 동일한 반응으로 볼 때— 상대는 〈프린세스〉로 예상됩니다! 서둘러 출동해주십시오!』

"⋯⋯⋯⋯."

"토비이치 상사?"

"……라져. 지금 바로 현장으로 향하겠어."

오리가미는 짤막하게 대답한 후, 통화를 끊었다.

"…………하필 이럴 때, 정령이……."

그리고 어금니를 깨문 그녀는 컴퓨터를 절전 모드로 해
둔 후, 맨션 밖으로 뛰쳐나갔다.

─다음 날인 4월 10일.

오리가미는 그─ 이츠카 시도와 같은 반이 된다.

그뿐만 아니라, 전장에서 시도와 마주치고 만다.

【이츠카 코토리 4월 9일(日) 14시 30분】

"─많이 기다렸지?"

이츠카 코토리가 그렇게 말하면서 브리핑 룸에 들어간 순
간, 방 중앙에 설치된 원탁 앞에 앉아 있던 멤버들이 일제
히 자리에서 일어나며 경례를 했다.

"그냥 앉아 있어."

코토리는 그런 그들을 말리듯 손을 내저으면서 그렇게 말
했지만, 멤버들은 자세를 흐트러뜨리지 않았다. 그 모습을

보고 어깨를 약간 으쓱하면서 걸음을 옮긴 코토리는 가장 안쪽에 있는 자리에 앉았다. 그제야 멤버들도 다시 자리에 앉았다.

—그들의 관계를 모르는 이들의 눈에는 이 광경이 매우 기묘해 보이리라.

코토리는 자조 섞인 코웃음을 친 후, 거울 같아 보일 만큼 깨끗하게 닦인 개인용 디스플레이를 쳐다보았다.

그 디스플레이에는 검은색 리본으로 긴 머리카락을 둘로 나눠 묶은, 꽤 건방져 보이는 인상의 소녀가 비치고 있었다. 진홍색 재킷을 어깨에 걸친 그녀는 잘난 척하듯 다리를 꼬고 있었으며, 입에는 막대 사탕을 물고 있었다.

그런 무례하기 그지없는 조그마한 소녀를, 다 큰 어른들이 절도 있게 경례까지 하면서 맞이한 것이다. 자초지종을 모르는 사람— 예를 들자면 코토리의 의붓오빠인 시도가 이 광경을 봤다면 너무 놀란 나머지 말문이 막히고 말았을 것이다.

"……후훗."

문득 그런 뚱딴지같은 상상을 한 코토리는 무심코 옅은 미소를 지었다.

시도라면 이곳에 오자마자 경악할 게 틀림없다. 코토리는 그런 생각을 하면서 의자 등받이에 체중을 실었다.

가만히 있으면 거의 들리지 않지만, 의식을 집중시키면

조그마한 구동음과 희미한 진동이 느껴질 것이다.

그렇다. 이 브리핑 룸이 존재하는 곳은 지면에 세워진 빌딩이나, 지하에 만들어진 셸터 안이 아니다.

텐구 시 상공 15000미터에 떠 있는 공중함— 〈프락시너스〉. 그곳에 존재하는 것이다.

물론 일반적으로 생각해볼 때, 길이가 250미터 이상 되는 거대한 금속 덩어리가 이 정도의 정숙성과 안정성을 유지한 채 공중에 떠 있는 것은 말이 안 되었다. 말도 안 되는 수준의 기술을 통해 이 공중함이 만들어졌다는 것은 의심할 여지가 없었다.

하지만— 이 자리에 있는 이들이 수행해야 하는 임무는 인간의 상식을 가볍게 초월한 기술력을 지닌 그들조차도 달성하는 것이 지극히 힘들었다.

바로 그때—.

"—전원이 모였으니 정례 보고 회의를 시작하겠습니다."

코토리의 오른편 자리에 앉아 있던 부사령관, 칸나즈키 쿄헤이가 그렇게 말한 순간, 그녀의 시야에서 자신의 얼굴이 사라졌다. 시커멓던 디스플레이에 영상이 표시된 것이다.

그것은 텐구 시 전체가 한눈에 들어올 만큼 먼 곳에서 촬영한 영상이었다.

하지만…… 그것을 텐구 시의 사람들에게 보여주더라도, 그것이 자신들이 사는 마을이라는 사실을 인식할 수 있는 이는 적을지도 모른다.

왜냐하면 운석이라도 떨어진 것처럼 지면이 크게 파인 데다, 건조물들이 엉망진창으로 파괴된 것이다. 포장도로는 무참하게 파괴되었고, 거대한 다리는 기둥만 남아 있었다. 적어도 인간이 안전하게 문화적인 생활을 영위할 수 있는 마을처럼 보이지는 않았다.

게다가—.

『—전원, 공격 개시!』

브리핑 룸에 설치된 스피커에서 그런 말이 들린 순간, 두두두두두두두두! 하는 소음이 울려 퍼지더니 화면 안이 엄청난 폭발과 연기로 가득 찼다.

화면 상단— 하늘에는 기계를 장비한 인간들이 떠 있었다. 방금 공격은 그들의 소행이었다.

육상 자위대 AST. 세계를 좀먹는 재해『공간진』의 원인을 없애기 위해 조직된 특수 부대다.

마치 영화의 한 장면 같은 광경이었다. 게다가 이것은 CG도, 망상도 아니었다. 현실의 일본 국내에서 벌어지고 있는 일이다.

하지만 영상은 그것으로 끝이 아니었다.

당연했다. 그들이 탄약과 장비를 헛되이 소비하기 위해 출동한 것일 리가 없으니까 말이다.

『—.』

―위이잉, 하는 귀울림에 가까운 소리가 들려왔다.

그와 동시에 화면 안을 가득 채운 농밀한 연기가 두 동강 났다.

아니, 연기만이 아니다. 지면과 붕괴된 건조물 잔해도 깔끔한 절단면을 드러내며 파괴되었고, 그것들의 연장선상에 있는 공중을 향해서도 검압 덩어리로 보이는 공기의 선이 뻗어나가고 있었다.

그곳에 있던 AST 대원이 허둥지둥 그것을 피하려 했지만, 장비 중 일부가 베이고 말았다. 결국 그 대원은 잠시 후 지면을 향해 추락했다.

그리고 연기가 걷히자― 그 일격을 날린 장본인이 모습을 드러냈다.

그자는 말도 안 될 정도로 아름다운 소녀였다.

빛으로 된 불가사의한 드레스를 걸친 그녀는 오른손에 폭이 넓고 커다란 검을 쥐고 있었다.

바람에 흩날리는 머리카락은 칠흑빛에 가까운 어두운 색깔을 띠고 있었다. 아름다운 얼굴의 중앙에 존재하는 한 쌍의 눈동자는 마치 수정 같았다.

하지만 그 아름다운 얼굴에 떠오른 표정은 빈말로도 그녀의 매력을 부각시켜준다고는 말하기 어려웠다.

우울한 듯이 일그러져 있는 눈썹. 꾹 다문 입술. 적의와 증오로 물든 눈.

그것들이 가리키는 것은— 끝없는 권태감과 절망이었다.

『……또, 네놈들이냐.』

그녀는 내뱉듯이 그렇게 말한 후, 검을 쥔 손에 힘을 줬다.

다음 순간, 또 마을이 양단되면서 주위의 경치가 순식간에 바뀌고 말았다.

—압도적일 만큼, 절대적인 힘.

외모는 아름답기 그지없지만, 그녀는 명백하게 인간과 다른 존재였다.

그녀가 바로 『공간진』의 원인으로 추정되는 특수 재해 지정 생명체— 통칭, 정령이다.

"……이, 이렇게 보니, 정말 엄청나군요."

원탁 앞에 앉은 멤버 중 한 명— 〈사장 오빠〉 미키모토는 이마에 땀이 맺힌 채 신음하는 듯한 목소리로 말했다.

"정말…… 가능할까요? 이런 소녀를 상대로—."

"이제 와서 우는소리 하지 마."

코토리는 약한 소리를 하는 부하를 향해 단호한 목소리로 그렇게 말했다. 그리고 한숨을 내쉬면서 턱에 손을 대더니, 화면 안에 있는 소녀를 다시 쳐다봤다.

정령. 세계를 죽이는 재앙.

그런 흉흉한 명칭으로 불리기에는 너무나도 아름답고— 애처로운 소녀였다.

"—우리가 하지 않으면, 농담이 아니라 이 세계는 머지않아 멸망하고 말 거야. AST를 비롯한 각국의 대 정령 부대도 최선을 다하고 있는 것 같지만, 솔직히 말해 상대가 못 되는 게 현실이지. —게다가."

코토리는 입에 문 막대 사탕을 꽉 깨물었다.

"우리가 포기한 순간, 그녀들에게 구원의 손길을 내밀 존재 또한 이 세상에서 사라지는 거야."

코토리의 말을 들은 멤버들은 마른침을 삼켰다.

코토리를 비롯해 이 자리에 모인 멤버들이 소속된 〈라타토스크 기관〉의 목적.

그것은— 공간진의 원인인 정령을 평화적 수단으로 무력화시킨 후, 평범한 생활을 할 수 있도록 돕는 것이다.

생각하기에 따라서는 단순한 섬멸 작전보다 훨씬 난이도가 높은 미션이다.

하지만 그들이 하지 않으면 정령이라 불리는 소녀들은, 영원히 인간들이 겨눈 칼날 앞에 선 채 살아가야만 한다.

코토리는…… 그것만큼은 결코 용납할 수 없었다.

—운명이 조금만 어긋났다면, 코토리 또한 저 소녀들과 같은 처지가 되었을지도 모르기 때문이다.

"……."

멤버들의 기묘한 시선을 느낀 코토리는 작게 숨을 삼켰다. 아무래도 너무 골똘하게 생각에 잠긴 나머지, 표정이 굳었던 것 같았다.

그녀는 마음을 다잡으려는 것처럼 고개를 세차게 저었다. 잘난 척이란 잘난 척은 다 해놓고, 자신이 부하들을 불안하게 만들 수는 없었다.

"그런데 이 영상은 언제 찍은 거야?"

"……으음, 지금으로부터 약 3주 정도 전이야."

코토리의 왼편에 앉아 있던 여성이 다크서클이 두껍게 낀 눈으로 그녀를 바라보며 졸린 듯한 목소리로 말했다.

무라사메 레이네. 〈프락시너스〉의 해석관이자, 코토리의 친구다.

"3주 전……. 그 전에는 언제 현계(現界)했어?"

"……저 당시부터 한 달 정도 전이야. ……어디까지나 〈프린세스〉에 한정했을 때의 이야기지만 말이야."

레이네의 말을 들은 코토리는 팔짱을 끼면서 막대 사탕의 막대 부분을 꼿꼿이 세웠다.

"역시 현계 빈도가 점점 높아지고 있네. ─우리도 슬슬 다음 단계에 들어가야 할지도 몰라."

"……그 말은─ 드디어 그를 투입하겠다는 거야?"

"응."

코토리는 입술 가장자리를 말아 올리면서 고개를 끄덕였다.

〈라타토스크〉가 제아무리 고도의 기술력을 갖췄다고 해도, 그것만으로 정령을 농락하는 것은 불가능하다.

작전 성공의 열쇠가 되는 존재— 즉, 정령과 직접 접촉해서 대화를 나눌 인물이 필요한 것이다.

바로 그때였다.

"······응?"

코토리는 눈썹을 살짝 찌푸렸다.

어깨에 걸친 재킷 안에 들어있는 핸드폰이 갑자기 울린 것이다.

"잠깐 실례할게."

그렇게 말한 코토리는 호주머니에서 핸드폰을 꺼내 화면을 확인한 후, 어깨를 으쓱했다.

"정말 양반은 못 되는 것 같네."

"······응?"

"예의 『비밀 병기』한테서 온 전화야."

고개를 갸웃거리는 레이네에게 그렇게 말한 후, 코토리는 통화 버튼을 눌렀다.

자신의 말을 들은 레이네가 어깨를 부르르 떤 것 같은 느낌이 들었지만, 코토리는 딱히 신경 쓰지 않으면서 입을 열었다.

"여보세요? 무슨 일이야, 시도."

『··········윽, 코, 코토리······? 너, 코토리 맞아?』

핸드폰에서 오빠인 시도의 목소리가 흘러나왔다. 그의 목소리는 깜짝 놀라기라도 한 것처럼 묘하게 떨리고 있었다.

예를 들자면— 여동생에게 전화를 걸었는데, 전혀 다른 사람이 전화를 받는다면 이런 반응을 보일지도 모른다.

"응? 무슨 소리를 하는 거야? 정말 무례하네. 나 지금 바쁘니까, 용건만 간단하게—."

"……코토리, 코토리."

바로 그때, 레이네가 코토리의 어깨를 톡톡 두드렸다.

약간 간지러웠지만, 레이네는 아무 이유 없이 이런 장난을 칠 사람이 아니다. 뭔가 이유가 있을 거라고 생각한 코토리는 눈빛으로 레이네에게 무슨 일인지 물었다.

그러자 레이네는 아무 말 없이 코토리의 머리를 손가락으로 가리켰다.

정확하게 말하자면, 코토리의 머리카락을 묶고 있는 리본을 가리킨 것이다.

"……어?"

코토리는 영문을 모르겠다는 듯이 고개를 갸웃거린 후—.

"—아."

그제야 레이네의 의도를 깨닫고 눈을 치켜떴다.

머리카락을 묶은 리본. 그것은 코토리가 자신에게 건 마인드 세팅의 스위치였다.

흰색 리본을 맸을 때는 순진무구하고 밝은 여동생.

검은색 리본을 맸을 때는 드세고 엄격한 사령관.

그리고 시도는 검은색 리본을 맸을 때의 코토리에 대해서는 알지 못했다.

"사고 쳤네……."

머지않아 밝히게 될 비밀이기는 하지만, 그때가 올 때까지 괜한 의심을 사기라도 하면 여러모로 곤란했다. 코토리는 허둥지둥 핸드폰을 내려놓은 후, 익숙한 손놀림으로 순식간에 리본을 바꿔 맸다.

그리고 어험 하고 헛기침을 한 후, 다시 전화를 귀에 댔다.

"오~! 오빠, 무슨 일이야~?"

코토리가 새된 목소리를 내자, 브리핑 룸에 있는 멤버들은 일제히 쓴웃음을 지었다.

하지만 코토리는 딱히 신경 쓰지 않았다. 굳이 따지자면, 전화 너머에서『코토리가…… 코토리가 나를 이름으로 불렀잖아……? 자, 잠깐만……. 내가 잘못 들었을 가능성도……. 하지만 그 책은…….』같은 소리를 중얼거리고 있는 시도가 더 신경 쓰였다.

"좀 전부터 왜 그래? 좀 이상해~."

『아! 그, 그게…… 그러니까…….』

코토리가 묻자, 시도는 우물쭈물하면서 말을 이었다.

『코토리…… 너 지금 어디 있어?』

"응?"

코토리는 안구를 움직여 브리핑 룸 안을 둘러보면서 입을 열었다.

"친구 집이야. 왜 그런 걸 묻는 거야~?"

텐구 시 상공 15000미터에 떠 있는 공중함 안이라고 말할 수는 없었기에 코토리는 대충 둘러댔다.

『친구…….』

그러자 시도는 경악한 것처럼 마른침을 삼켰다.

『코토리, 그 친구란 애는, 평범한 애지……?』

"응? 평범한 친구……? 평범하지 않은 친구는 어떤 애야~?"

『아, 그러니까…….』

시도는 말끝을 흐렸다. 처음에 사령관 버전으로 시도의 전화를 받았다는 점을 제쳐두더라도, 명백하게 상태가 이상했다.

그리고 뭔가 좋은 생각이라도 난 것처럼 갑자기 큰 목소리를 냈다.

『그, 그래! 코토리, 그 친구라는 애를 바꿔주지 않겠어?』

"뭐?"

그 말을 들은 순간, 코토리의 눈썹이 흔들렸다.

"이, 이유가 뭐야~?"

『그, 그게…… 도, 동생이 신세를 지고 있으니, 인사 정도는 해두고 싶어서 말이야……!』

"……."

지금까지도 친구의 집에서 시도의 전화를 받은 적이 몇 번 있지만…… 그가 이런 말을 한 것은 처음이었다. 설마,

코토리가 거짓말했다는 사실을 눈치채기라도 한 것일까?

하지만 이 상황에서 딱 잘라 거절했다가 시도에게 의심을 사기라도 하면 여러모로 곤란했다. 코토리는 또 브리핑 룸 안을 둘러본 후— 레이네에게 눈짓을 보내면서 입을 열었다.

"으음, 잠시만 기다려~."

코토리는 시도에게 그렇게 말한 후,「적당히 이야기를 맞춰줘」라는 뜻이 담긴 제스처를 보내면서 레이네에게 핸드폰을 넘겼다.

"⋯⋯음."

레이네는 맡겨만 달라는 듯이 고개를 끄덕이면서 전화를 받았다.

"⋯⋯전화 바꿨습니다. 예⋯⋯. 코토리와는 항상 사이좋게 지내고 있어요."

적절하게 대응하던 레이네가 갑자기 미간을 찌푸렸다.

"⋯⋯코토리와 어떤 사이냐고요⋯⋯? 으음, 친구 사이입니다만⋯⋯."

아무래도 시도는 레이네를 미심쩍게 생각하는 것 같았다. 뭐, 그것도 무리가 아닐 것이다. 코토리의 친구라기에는 목소리와 말투가 너무 어른스럽기 때문이다.

하지만 레이네 이외의 다른 사람이 전화를 받기라도 했다간 큰일이 날지도 모른다. 실수로 칸나즈키가 전화를 받기라도 했다간, 오늘 저녁 식사 전에 긴급 가족회의가 열릴 것이다.

"……예? 그 외의 다른 관계……이지는 않냐고요? 아, 뭐, 상사와 부하이기도 하니…… 주종 관계라고도 할 수는 있겠군요. ……예. 코토리가 주인이에요."

"……윽!"

아무래도 코토리가 생각에 잠겨 있는 사이, 레이네가 유도 신문에 걸려든 것 같았다. 코토리는 허둥지둥 레이네에게서 전화를 빼앗았다.

"오, 오빠~? 이제 됐지? 아하하, 재미있는 애지? 정말, 저 애는 농담을 입에 달고 산다니깐~."

『……코토리.』

시도는 걱정 섞인 어조로 말했다.

『나, 나는…… 무슨 일이 있어도 네 편이야.』

"으음…… 오빠?"

『저기, 그러니까…… 힘든 일이 있거나, 고민 있으면 이 오빠에게 말해줘. 나는 네가 어떤 고민을 하고 있든 비웃지 않을 거야. 경멸하지도 않을 거야. 알았지?』

"따, 딱히 고민 같은 건 없어~……."

『그…… 그렇구나. 알았어. 이야기하고 싶어졌을 때 말해 줘도 돼. —그, 그래! 코토리, 오늘은 뭐가 먹고 싶어? 코토리가 좋아하는 걸 만들어줄게!』

"으, 으음……."

묘하게 상냥한 시도의 목소리를 들은 코토리는 난처하다는 듯이 쓴웃음을 지었─.

하지만 다음 순간 공중함 안에 울려 퍼진 긴급 알람에 의해 그 쓴웃음은 지워졌다.

"……아! 사령관님, 텐구 시 서부 지구에서 공간진의 전조가 확인되었습니다!"

"공간진 경보, 발령됐습니다! 주민의 피난이 시작됐습니다!"

"이 파장은…… 아마도 〈프린세스〉입니다!"

"잠깐─."

코토리는 허둥지둥 핸드폰 하단 부분을 손으로 막았다.

하지만 이 소음과 멤버들의 목소리가 시도에게도 들린 것 같았다. 시도는 당황한 목소리로 말했다.

『코, 코토리……? 방금 그 소리는…… 그리고 여러 사람들의 목소리가…….』

"으음…… 그, 그게 말이야! 실은 지금 게임하는 중이야~! 최종 보스 전이 시작되는 것 같으니까 이만 끊을게~!"

『잠깐, 코토─.』

코토리는 시도의 말을 무시하며 전화를 끊었다.

그리고 전원을 끈 핸드폰을 재킷 호주머니에 집어넣은 그녀는 다시 리본을 바꿔 맸다.

"정말…… 하필이면 이럴 때에……!"

코토리는 머리를 거칠게 긁적였다. 아무래도 오늘 집에 돌아가면 시도에게 꽤나 추궁을 당할 것 같았다.

하지만 지금은 그런 걸 신경 쓸 때가 아니다. 골치 아픈 생각을 머릿속에서 쫓아내려는 것처럼 세차게 고개를 저은 후, 그녀는 힘찬 목소리로 말했다.

"카메라를 준비해! 본격적으로 작전을 시작하기 전에, 정령에 관한 정보를 조금이라도 더 모으는 거야!"

『예!』

코토리의 말을 들은 멤버들은 일제히 대답했다.

—다음 날인 4월 10일.
그들의 작전은, 시작된다.

【??? 4월 9일(日) 15시 45분】

눈을 뜨는 것과 동시에, 잠에 든 것처럼 혼탁하던 의식이 깨어나기 시작했다.

마치 눈에 들어온 경치에 의해 잠에서 깨어난 듯한 느낌이었다. 실제로 오랫동안 감고 있던 눈꺼풀 사이로 스며들어 온 광경은 그런 느낌이 들만큼 그녀의 마음을 세차게 뒤

흔들었다.

가장 먼저 눈에 들어온 것은 하늘이었다. 푸른 하늘과 새하얀 구름이 절묘한 조화를 자아내고 있었다.

하지만 시선을 아래쪽으로 내린 순간— 질릴 정도로 익숙한 풍경이 그녀를 기다리고 있었다.

"아—."

마치 칼로 도려내기라도 한 것처럼 소멸된 대지. 엉망진창으로 파괴된 건조물. 의지를 지닌 공간 그 자체가 그녀의 현계를 거절하고 있는 듯한, 회색빛 세계.

그 광경을 본 순간, 그녀의 온몸에 경련이 일어났다.

수도 없이 느꼈던 현계의 감각.

그것은— 원치 않는 투쟁의 시작을 알리는 신호이기도 했다.

"—목표, 〈프린세스〉를 확인. 공격을 시작하겠다."

머나먼 상공에서 그런 목소리가 들린 순간, 그녀를 향해 원통형 물체—미사일이라고 불리는 것— 몇 개가 불과 연기를 뿜으며 날아왔다.

"……."

그녀는 우울한 한숨을 내쉬면서 오른손을 치켜들었다. 그러자 그녀를 향해 날아오던 미사일들이 공중에서 정지했다.

그리고 그녀가 내민 손을 말아 쥔 순간, 미사일들은 공중에서 폭발했다.

아니, 폭발했다는 표현은 적당하지 않을지도 모른다. 마력이 담긴 저 폭약 덩어리는 그녀의 손 움직임에 맞춰 내부에서부터 중력에 짓눌리듯 파괴되고 말았으니까 말이다.

……대체 이걸로 몇 번째일까.

잠에서 깨어나는 것과 동시에 처음 보는 세계에 내던져진 후— 무장한 인간들에게 공격을 받는다.

그녀는 그런 일을 수도 없이 겪었던 것이다.

하지만 공중에 떠 있는 인간들은 이 정도로 물러서지 않을 것이다. 질리지도 않는지 또 그녀를 향해 미사일과 총탄을 퍼붓고 있었다.

"……흥."

그녀는 언짢다는 듯이 인상을 찡그리면서 발뒤꿈치로 지면을 두드렸다.

"—〈오살공(鏖殺公)〉."
^{산달폰}

그리고 조용히 그 이름을 입에 담은 순간— 그녀의 몸집보다 큰 옥좌가 지면에서 출현했다. 천사〈산달폰〉. 이 세계에서 유일하게 그녀를 지켜주는 『형태를 지닌 기적』이다.

그녀는 옥좌의 팔걸이에 발을 얹더니, 등받이에 꽂힌 검의 손잡이를 움켜쥐었다.

그리고 그것을 단숨에 뽑아 들었다.

방패로도 쓸 수 있을 만큼 칼날의 폭이 넓은 대검이었다. 그 검에서 뿜어져 나온 빛이 그녀의 움직임에 맞춰 허공에

궤적을 남겼다.

"사라져라, 인간……."

그녀는 증오마저 서린 듯한 목소리로 그렇게 말하며 대검을 휘둘렀다.

그 순간, 진동한 공기가 대검이 그린 궤적의 연장선상에 있는 것들을 베어버렸다.

공중 또한 예외는 아니었다. 기계를 두른 인간들이 허둥지둥 그녀의 검격을 피했다. 그녀의 공격을 경계하는지 아까보다 더 거리를 벌린 그들은 그녀의 주위를 날아다니기 시작했다.

하지만―.

"음……?"

그녀는 미간을 찌푸렸다. 그녀의 참격을 피하던 인간들 중 한 명이 그녀 앞에 내려섰기 때문이다.

다른 인간들과 마찬가지로 기계로 된 갑옷을 걸친 소녀였다. 전장과 어울리지 않을 만큼 아름다운 얼굴을 지녔지만…… 그 소녀의 얼굴에는 그 어떤 표정도 맺혀 있지 않았다.

저 소녀의 이름은…… 토비이치 오리가미. 동료들에게 그렇게 불리는 것을 들은 적이 있다.

"……또 네 녀석이냐."

그녀는 무심코 인상을 찡그렸다. 그녀가 인간 중에서 가장 거북해 하는 상대는 바로 눈앞에 있는 이 소녀일 것이다.

물론 전투력은 압도적일 정도로 차이가 났다. 오리가미의 전투 기술은 인간치고는 뛰어난 편이지만, 그래도 그녀의 발치에조차 미치지 못한다.

오리가미가 몇 차례나 그녀와 싸웠으면서도 상대의 영장에조차 상처를 내지 못한 것이 그 사실을 증명하고 있었다.

하지만……

"……"

오리가미는 두 눈동자를 칼날처럼 날카롭게 벼리더니, 찌를 듯한 시선으로 그녀를 노려보았다.

"—큭."

그녀는 무심코 숨을 삼켰다.

그렇다. 오리가미의 표정에는 인형 같다는 말이 잘 어울렸다. 하지만 그 표현은 오리가미에게서 그 어떤 감정도 느껴지지 않는다는 뜻이 아니었다.

오리가미는 인간들 중에서 가장 강하고, 깊고, 격렬하게, 그녀를 향한 적의를, 악의를, 살의를— 그 가면 같은 표정 너머로 뿜어대고 있었다.

"으……"

심장이 옥죄어드는 듯한 느낌을 받은 그녀는 눈썹을 찌푸렸다.

—아아, 이건 정말 싫다.

제아무리 강력한 무기로도 그녀의 영장을 파괴할 수는 없다.

하지만 소리 없이 뿜어져 나오는 적의는.

시선에 담긴 악의는.

그녀의 존재를 지우려 하는 살의는.

너무나도 손쉽게, 그녀의 마음을 갈가리 찢었다.

"……마, 라……."

"…………."

그녀는 대검의 손잡이를 으스러질 만큼 세게 움켜잡았다.

"그딴 눈빛으로— 쳐다보지 마라아아앗!"

그녀는 고함을 지르면서 대검을 휘둘렀다. 조금 전과 마찬가지로 그 검격의 연장선상에 존재하는 것들이 깔끔하게 두 동강 났다.

"……아닛!"

하지만 오리가미는 미리 예측하기라도 한 것처럼 몸을 비틀면서 그 공격을 깔끔하게 피했다.

그리고 부자연스러운 자세로 공중에 정지한 채, 손에 든 포문을 통해 엄청난 양의 탄약을 쏟아냈다.

"흥……!"

하지만 그런 무기가 그녀에게 통할 리가 없다. 그녀가 날카로운 눈빛을 띤 순간, 총탄들은 그녀에게 닿지도 못한 채 공중에서 파괴됐다.

하지만— 오리가미는 그렇게 될 것을 예측하고 있었다.

"음……?"

그녀의 볼이 희미하게 떨렸다. 파괴된 총탄들이 그녀의 시야를 가린 순간, 오리가미의 모습이 안개처럼 사라지고 만 것이다.

"─큭……!"

하지만 오리가미의 날카로운 적의를 감지한 그녀는 검을 치켜들었다.

다음 순간, 그녀의 등 뒤로 이동한 오리가미는 기묘한 기계로 만들어낸 빛의 칼날을 휘둘렀다. ─오리가미는 총탄이 그녀에게 통하지 않을 것을 알기에, 일부러 눈속임용으로 사용한 것이다.

그녀의 〈산달폰〉과 오리가미의 레이저 블레이드가 불꽃을 튀기며 맞부딪혔다.

"얕보지 마라……!"

"─."

그녀가 손잡이를 쥔 손에 힘을 주며 단숨에 검을 내리그으려 한 순간, 오리가미가 쥔 레이저 블레이드에서 빛의 칼날이 사라졌다.

"큭……?!"

느닷없이 상대의 칼날이 사라진 탓에 그녀의 자세가 흐트러지고 말았다.

그러자 오리가미는 이때가 찬스라는 듯이 다시 빛의 칼날을 출현시켜 그녀를 향해 휘둘렀다.

"이게⋯⋯!"

체중을 오른발에 실은 그녀는 왼발을 들어 올려 발바닥으로 오리가미의 레이저 블레이드를 막아냈다.

파지직 하고 불꽃이 튀기면서, 미세한 진동이 영장 너머로 느껴졌다.

"큭─."

오리가미는 더 이상 연속 공격을 해봤자 통하지 않는다고 판단했는지, 뒤쪽으로 몸을 날려 거리를 벌렸다.

그녀는 흥 하고 코웃음을 치면서 들어 올렸던 왼발로 지면을 힘차게 내디뎠다.

영장을 걸친 지금 상태에서는 무방비한 옆구리에 공격을 받아도 그다지 아프지는 않을 것이다.

하지만─ 그 사실을 알면서도, 이 여자에게 급소를 드러내는 것을 주저하고 말았다.

그녀는 여전히 광기에 가까운 적의를 내뿜고 있는 소녀를 쳐다보았다.

"⋯⋯왜, 냐."

그리고 수도 없이 입에 담았던 질문을, 질리지도 않는다는 듯이 또 입에 담았다.

"왜, 네 녀석들은 나를 공격하는 것이냐⋯⋯! 대체 내가

무슨 짓을 했기에 이런 짓을 하는 거냐 말이다!"

"……왜?"

그 말을 들은 오리가미는 빛의 검으로 그녀를 겨눈 채 말했다.

"너는 재앙. 너는 해악(害惡). 그저 『존재』하는 것만으로도 이 세계에 불화를 초래해. ―〈프린세스〉, 너는 존재 자체가 용납되지 않아."

오리가미가 그렇게 말하자, 그녀는 어금니를 깨물었다.

이해 안 되는 문답만이 아니다. ―〈프린세스〉. 그 호칭이 그녀의 마음을 흐트러뜨렸다.

그 말이 그녀를 가리킨다는 것은 예상이 되었다. 식별명. 그녀를 공격 목표로 단정하기 위한 기호.

그 이름으로 불리면, 그녀 자신 또한 스스로를 무기질적인 섬멸 대상으로 인식할 것만 같았다.

"……〈프린세스〉라는 호칭으로, 나를 부르지 마라."

"너에게는 그런 걸 요구할 권한이 없어. 〈프린세스〉."

오리가미는 그녀의 말을 무시하며 그 호칭을 계속 썼다. 그러자 그녀는 한 걸음 내디디면서 주먹을 말아 쥐었다.

"그 호칭으로 나를 부르지 말란 말이다! 나는 〈프린세스〉가 아니다! 나는―"

바로 그때, 그녀는 말을 멈췄다.

―멈출, 수밖에 없었다.

"나, 는……."

그 이유는 단순하면서도 잔혹했다.

그녀에게는— 이름이, 없었던 것이다.

처음부터 없었던 것일까. 아니면 잊어버린 것일까. 그녀의 기억 속에는, 자신을 가리키는 단어가 존재하지 않았다.

하지만 그건 예전부터 알고 있었던 것이다. 하지만 다시 그 사실을 인식하자— 회색빛 세계에 자신만 홀로 남겨져 있는 듯한 착각이 느껴졌다.

"큭, ……나, 는—."

그녀는 망연자실한 목소리로 말했다. 그리고 오리가미는 그 틈을 놓치지 않았다. 예비 동작 없이 점프한 오리가미는 그녀를 향해 레이저 블레이드를 휘둘렀다.

"하앗!"

"크……."

그녀는 그 공격에 대처하지 못했다. 그 결과, 오리가미의 검이 그녀의 가슴에 정통으로 꽂혔다.

물론 최강의 갑옷인 영장에는 티끌만 한 상처도 나지 않았다. 그녀 본인도 아무런 고통도 느끼지 못했을 만큼, 전혀 대미지를 입지 않았다.

하지만—.

"—아아아아아아아아아아아아아아아아아아앗!"

그녀는 절규를 지르면서 〈산달폰〉을 아무렇게나 휘둘렀다.

"사라져라! 사라져라! 사라져라! 내 눈앞에서 사라져라⋯⋯!"

그녀가 사방팔방으로 검격을 날려대자, 그녀의 눈에 들어오던 풍경이 순식간에 변했다.

"큭⋯⋯."

오리가미도 이 거리에서 그녀의 저 공격을 피하는 것은 무리라고 판단했는지, 지면을 박차며 공중으로 피신했다.

하지만 그녀는 그런 것에는 전혀 관심이 없었다. 그저 〈산달폰〉으로 눈에 들어오는 모든 것을 난도질하고 있었다.

"우, 아, 아아, 아아아아아아아아아아아아아아아아아아아아아아아아아아아아아아아아아ㅡ!"

그것은, 누구도 알아들을 수 없는ㅡ.

비통하기 그지없는, 「도와달라」는 외침이었다.

ㅡ그리고 다음 날인, 4월 10일.

그녀는, 한 소년과 만난다.

【이츠카 시도 4월 9일(日) 15시 55분】

"ㅡ어?"

이츠카 시도는 느닷없이 뒤쪽을 돌아보았다.

그리고 그는 주위를 둘러보았지만— 딱히 이상한 것은 눈에 들어오지 않았다.

시도의 시야에 들어온 것은 자신의 집 거실의 벽이었고, 시도의 고막을 흔든 것은 멀리서 들려오는 새의 지저귐, 그리고 때때로 들리는 자동차 소리뿐이었다.

"……이상하네."

그는 뒤통수를 긁적이며 눈썹을 찌푸린 후, 고개를 원래 방향으로 돌렸다.

왜일까—. 타인의 목소리가 들린 것은 아니지만…… 누군가가 자신을 부른 것 같은 느낌이 든 것이다.

"……."

자신의 귀가 이상해진 것은 아닐까 하는 생각이 든 시도는 귀에 물이 들어갔을 때처럼 두세 번 정도 귀를 두드렸다. 하지만 역시 귀에는 이상이 없었다.

아마 기분 탓이리라. 그렇게 결론을 내린 시도는 테이블 위에 펼쳐져 있는 책의 페이지를 쳐다보았다.

『자식이 비행을 저지른다면』

『성동일성 장애를 받아들이다』

『아이들을 칭찬으로 바로잡는 법』

"……역시 내가 당황해선 안 되겠지."

부모님은 오늘 아침에 해외 출장을 떠났다. 지금 코토리를 지켜봐줄 수 있는 사람은 시도뿐인 것이다.

시도는 조금 전에 느낀 묘한 감정을 이상하게 생각하면서도, 일단 오늘 저녁에는 코토리가 좋아하는 것을 만들어주기로 결심했다.

데이트 어 노벨

DATE A NOVEL

너스 어 라이브

NURSE A LIVE

TE A NO

어느 날의 방과 후.

라이젠 고교 동쪽 교사(校舍) 4층에 위치한 물리 준비실에서 채점을 하던 무라사메 레이네는 갑자기 고개를 들었다.

그녀는 다크서클이 두껍게 낀 두 눈을 깜빡이면서 살며시 고개를 갸웃거렸다.

그녀가 그러는 이유는 단순했다. 문밖에서 누군가가 복도를 엄청난 기세로 내달리는 듯한 소음이 들렸기 때문이다.

"……무슨 일이지?"

레이네는 그렇게 중얼거리면서 빨간색 펜을 책상 위에 내려놓았다.

바로 그 순간, 물리 준비실의 문이 힘차게 열리더니, 한 여학생이 얼굴을 내밀었다.

"레……, 레이네! 여기 있느냐?!"

"……토카?"

레이네는 그 소녀의 얼굴을 보고 고개를 갸웃거렸다.

허리 근처까지 기른 칠흑빛 머리카락과 새하얀 도자기 같은 피부를 지닌 그녀는, 마을 안을 돌아다니면 지나가던 사람들이 전부 쳐다볼 정도의 미소녀였다.

하지만 그녀의 머리카락은 엉망진창으로 헝클어져 있고, 피부에는 긁힌 상처가 잔뜩 나 있었다. 교복 또한 흐트러졌으며, 교복 상의의 단추도 떨어지기 일보 직전이었다.

—마치 방금 누군가에게 공격이라도 당한 것만 같다.

"오오, 레이네, 여기 있었구나! 도, 도와다오!"

레이네는 그 불온한 말을 듣고 미간을 살짝 찌푸렸다.

"……뭔가 심상치 않은 일이 터졌나 보네. 대체 무슨 일이 일어난 거야?"

레이네가 묻자, 토카는 흥분한 목소리로 말했다.

"볼거리 퇴치법을 가르쳐다오!"

"……흠?"

토카의 말을 이해하지 못한 레이네는 볼을 긁적였다.

그리고 의자에서 일어나 토카에게 다가간 그녀는 문밖으로 얼굴을 내밀어 복도 양쪽을 살펴보았다.

……하지만 토카를 덮친 볼거리라는 이름의 괴물은 보이지 않았다.

"레이네? 뭐 하는 것이냐."

"……아무것도 아냐. 일단 좀 앉아봐."

"으, 음."

토카는 레이네가 시키는 대로 근처에 있는 의자에 앉았다.

"……자아, 이제 무슨 일인지 설명해주겠어? 네가 무슨 소리를 하는 건지 도통 모르겠거든."

"아, 알았다……!"

고개를 끄덕인 토카는 마음을 진정시키려는 것처럼 심호흡을 한 후, 설명을 시작했다.

이날 아침. 야토가미 토카는 안절부절못하면서 교실 입구를 쳐다보고 있었다.

"으음…… 너무 늦는구나. 무슨 일이라도 생긴 건가……?"

토카는 그렇게 중얼거리면서 칠판 위에 설치된 시계를 쳐다보았다.

짧은바늘이 8과 9 사이를, 긴바늘이 6을 가리키려 하고 있었다. 조례가 시작될 시간이 거의 다 된 것이다.

하지만― 토카의 왼쪽 옆자리에는 아직 이츠카 시도가 앉아 있지 않았다.

"시도……."

토카는 아무에게도 들리지 않을 만큼 작은 목소리로 그렇게 중얼거렸다.

이츠카 시도. 토카의 클래스메이트이자― 은인.

평소 같으면 토카보다 일찍 등교했을 텐데…….

"……음."

바로 그때, 토카는 눈썹을 찌푸렸다.

시도 자리 왼쪽의 창가 자리에 앉은 소녀와 시선이 마주

쳤기 때문이다.

어깨 언저리까지 기른 머리카락과, 무기질적인 두 눈. 그녀의 얼굴에서는 표정을 찾아볼 수가 없었다. 그야말로 인형을 연상케 하는 소녀였다.

"……."

그녀— 토비이치 오리가미가 아무 말 없이 토카에게서 시선을 떼더니, 앞쪽을 쳐다보았다.

그런 그녀를 보고 왠지 기분이 나빠진 토카는 흥 하고 코웃음을 치면서 고개를 돌렸다.

바로 그때였다. 토카가 고개를 돌리는 순간에 맞추기라도 한 것처럼 종이 울리더니, 교실 문을 열고 몸집이 조그마한 담임 선생님이 안으로 들어왔다.

사회 과목을 담당하는 오카미네 타마에 선생님, 통칭 타마 선생님은 평소처럼 출석부를 교탁에 내려두더니 빙긋 웃으면서 입을 열었다.

"여러분, 좋은 아침이에—."

"타마 선생님!"

토카는 그녀의 인사를 막듯 책상을 내려치면서 벌떡 일어났다.

"어? 어? 무, 무슨 일이죠?"

타마 선생님은 토카의 갑작스러운 행동 때문에 놀랐는지 눈을 동그랗게 떴다.

"시도가 아직 오지 않았다만……."

토카가 시도의 책상을 손가락으로 가리키면서 그렇게 말하자, 타마 선생님은 "아하." 하고 말하면서 고개를 끄덕였다.

"이미 이츠카 군에게서 연락을 받았어요."

"뭐…… 무슨 일 있는 것이냐?!"

"예. 볼거리에 걸린 것 같아요."

"볼거리……?"

바로 그때, 덜컹 하고 책상이 흔들리는 소리가 들렸다.

고개를 돌려보니, 오리가미가 말아 쥔 주먹을 책상 위에 올려두고 있었다.

"뭐냐. 네 녀석, 뭔가 아는 거라도 있는 것이냐?"

"별로."

오리가미는 중얼거리듯이 그렇게 말했다.

토카는 그런 오리가미가 신경 쓰였지만, 캐묻는다고 그녀가 가르쳐줄 리가 없었다. 결국 토카는 타마 선생님을 향해 고개를 돌렸다.

"그런데 그 볼거리라는 게 시도에게 무슨 짓을 한 것이냐?"

"으, 으음…… 간단하게 말하자면, 시도 군은 병에 걸려 몸 상태가 좋지 않기 때문에, 오늘은 학교에 오지 못한다는 거예요."

"뭐, 뭐라고……."

그 말을 들은 토카는 눈을 치켜떴다. 그리고 침울해하면서 의자에 앉았다.

　"그렇게 된 것이다."

　"……아하. 그 볼거리였구나."

　레이네는 고개를 끄덕였다. 그러고 보니 레이네의 상관인 이츠카 코토리가 오늘 아침에 그 단어를 입에 담았었다.

　좀 전에 토카가 말했던 『퇴치법』도 무엇을 뜻하는지 알 것 같았다. 간단히 말해, 시도의 볼거리를 치료해주고 싶다는 것이리라.

　"그런데……."

　레이네는 고개를 돌려 토카를 다시 쳐다보았다.

　"……왜 이런 꼴이 된 거야?"

　레이네가 토카의 흐트러진 머리카락과 옷을 쳐다보면서 그렇게 말하자, 그녀는 언짢다는 듯이 입술을 삐죽 내밀었다.

　"음…… 이건 말이다."

　토카가 시도의 결석 사실을 알고 약 일곱 시간이 지났을 즈음.

　2학년 4반 교실에서는 종례가 진행 중이었다. 학부모회 관련 프린트 같은 것을 넉 장 정도 나눠준 후, 타마에가 각종 연락 사항을 설명했다.

"……음……."

하지만 토카는 책상에 엎드린 채 타마에의 말을 한 귀로 흘려듣고 있었다.

어찌어찌 끝까지 수업을 듣기는 했지만…… 시도가 없는 학교는 평소와 뭔가가 다른 것 같은 느낌이 들었다.

식욕도 그다지 없었고, 점심 때 매점에 가서 산 빵도 겨우 열 개밖에 먹지 못했다.

"으음, 이걸로 끝이에요."

타마에는 작게 헛기침을 하면서 그렇게 말했다. 아무래도 연락 사항 전달이 끝난 것 같았다.

바로 그때, 타마에는 뭔가를 눈치챈 듯이 말을 이었다.

"아, 맞다. 오늘 나눠준 프린트 말인데, 누가 이츠카 군에게 전달—."

"—오오?!"

고막이 그 말을 포착한 순간, 토카는 슬라임처럼 책상에 찰싹 붙어 있던 상체를 일으켰다.

"내가! 내가 시도에게 전해주겠다!"

토카는 그렇게 외치면서 오른손을 치켜들었다.

하지만…….

"으, 으음……."

타마에는 흘러내린 안경을 고쳐 쓰면서 난처하다는 듯이 식은땀을 흘렸다.

  그 이유는 간단했다. 토카가 고개를 들었을 때, 토비이치 오리가미가 이미 시도의 책상을 향해 손을 뻗어 거기 놓여 있던 프린트를 잡았기 때문이다.

  "이, 이 녀석, 이게 무슨 짓이냐!"

  "이건 내가 전달하겠어."

  토카가 항의하자, 오리가미는 태연한 얼굴로 그렇게 말했다.

  "뭐……! 헛소리하지 말고 빨리 내놔라!"

  몸을 일으킨 토카가 프린트를 빼앗기 위해 손을 뻗자, 오리가미는 프린트를 쥔 손을 옆으로 뺐다.

  "으윽……."

  "너한테는 무리야."

  "뭐, 뭐라고?! 프린트 전달 정도는 나도 얼마든지—."

  "나는 프린트를 전달한 후, 그를 간병할 준비가 되어 있어. 그의 부모님은 현재 해외 출장 중이기 때문에 식사는 전부 그가 직접 만들었어. 그러니 지금 매우 곤란할 거야."

  "어, 어떻게 그런 것까지 알고 있는 것이냐……?"

  "지금 중요한 건 그런 게 아냐."

  토카가 미심쩍어하면서 물었지만, 오리가미는 태연하게 그 질문을 받아넘겼다.

하지만 그런다고 토카가 물러설 리가 없었다.

"간병이라면 내가 하마! 저녁 식사도 내가 준비하겠다!"

"현실성 없는 소리 하지 마. ―그리고 이건 그만의 문제가 아니야. 나에게 있어서도 간과할 수 없는 중대한 사안이야."

"뭐……?"

토카는 지금까지와는 약간 다른 어조로 그렇게 말한 오리가미를 미심쩍은 눈길로 쳐다보았다.

그러자 오리가미는 눈을 가늘게 뜨면서 입을 열었다.

"유행성 이하선염, 통칭 볼거리는 볼거리 바이러스의 전염에 의해 발병하는 유행성 전염병."

"음?"

오리가미가 갑자기 말을 늘어놓기 시작하자, 토카는 눈썹을 찌푸렸다.

하지만 오리가미는 개의치 않으면서 말을 이었다.

"유년기에 발병하는 케이스가 많지만, 만약 청년기를 지난 남성이 걸렸을 경우, 고환염 등의 합병증이 발병해서 생식 기능에 심각한 대미지를 입을 가능성이 있어."

"무, 무슨 소리를 하는 것이냐……?"

"우리의 장래를 생각해서라도 간과할 수는 없어."

"…………응?"

솔직하게 말해 뒷부분은 무슨 소리인지 전혀 이해하지 못했지만, 오리가미가 토카에게 이득이 되는 이야기를 했을 리가 없다. 또 당치도 않은 소리를 했을 게 뻔했다.

토카는 다리를 굽히더니, 오리가미를 향해 몸을 날리며 손을 뻗었다.

"에잇!"

"……윽!"

오리가미도 이건 예상하지 못한 것 같았다. 토카에게 밀린 오리가미는 몸을 뒤쪽으로 젖혔다.

바로 그때, 오리가미가 들고 있던 프린트 네 장이 열려 있던 창문을 통해 밖으로 날아갔다.

"큭—."

다음 순간, 창문틀을 움켜쥔 오리가미는 그대로 허공을 향해 몸을 날렸다.

등 뒤에서 클래스메이트들의 「오옷……?!」 하는 탄성이 들려왔다.

그리고 그녀는 바람에 흩날리는 프린트 두 장을 잡은 후, 낙법을 취하면서 지면에 착지했다.

"아닛……!"

경악한 토카는 눈을 치켜떴다.

하지만 그런 짓을 할 시간은 없었다. 남은 프린트도 중력에 이끌려 지면을 향해 떨어지고 있었다. 이대로 있다간 오리가미에게 모든 프린트가 넘어가고 말 것이다.

"그렇게는 안 된다……!"

토카는 그렇게 외치면서, 오리가미와 마찬가지로 창밖으로 몸을 날렸다. 그리고 오리가미의 손에 들어가기 직전에 남은 프린트 두 장을 잡았다.

참고로 그녀는 낙법을 할 줄 모르기 때문에 두 발로 지면을 디디며 그대로 착지했다.

"아얏…… 크으……."

2학년 4반은 3층에 있다. 그 높이에서 뛰어내리자 눈물이 찔끔 날 정도로 아팠다.

하지만 이러고 있을 수는 없었다. 먼저 착지한 오리가미가 토카가 지닌 프린트를 노리며 손을 뻗었기 때문이다.

"큭……!"

겨우겨우 그 손을 피한 토카는 오리가미가 왼손에 쥐고 있는 프린트를 향해 손을 뻗었다.

하지만 역시 오리가미는 만만하지 않았다. 그녀는 몸을 비틀어 토카의 공격을 피했다.

"순순히 그 프린트를 넘겨."

"그건 내가 할 말이다! 시도를 만나러 갈 사람은 바로 나다!"

처음부터 대화를 통한 문제 해결이 불가능하다는 것은 알고 있었다.

살금살금 거리를 좁힌 두 사람은 동시에 서로를 향해 몸을 날렸다.

"……그렇게 된 거다."

토카는 거기까지 말한 후, 구겨질 대로 구겨진 프린트 두 장을 치마 호주머니에서 꺼내 책상 위에 펼쳐놓았다. …… 아무래도 결과는 무승부였던 것 같았다.

"……그랬구나."

뭐가 어떻게 된 것인지 이해한 레이네는 재봉 도구로 토카의 교복을 수선하면서 고개를 끄덕였다.

바로 그때, 문 쪽에서 들린 노크 소리가 또 다른 방문자가 물리 준비실을 찾아왔다는 사실을 알렸다.

"레이네, 들어갈게."

입에 막대 사탕을 문 트윈 테일 소녀가 물리 준비실 안을 들여다보았다.

─이츠카 코토리. 레이네의 상관이자 앞서 말한 볼거리 환자, 시도의 여동생이다. 중학교 교복 차림에 손님용 슬리퍼를 신은 그녀는 한 손에 통학용 가방을 들고 있었다.

안으로 들어온 코토리는 도토리처럼 동그란 눈을 치켜뜨면서 토카를 바라보았다.

"어? 토카도 있었네."

"오오, 코토리구나."

"드문 일도 다 있는걸. 혹시 무슨 일 있었어?"

그렇게 말한 코토리는 토카가 아니라 레이네를 힐끔 쳐다 보았다. 레이네라면 무슨 일이 있었는지 간략하게 설명해줄 거라고 생각한 것이리라.

"그래. 실은……."

레이네가 방금 토카에게 들은 이야기를 간결하게 해주자, 코토리는 하아 하고 한숨을 내쉬며 어깨를 으쓱했다.

"그랬구나. 방금 정신 상태가 흐트러질 뻔했다는 보고가 들어온 것도 그래서인가 보네."

"……음? 정신 상태?"

"아, 신경 쓰지 마."

그 말을 들은 토카는 고개를 갸웃거렸지만, 코토리는 신 경 쓰지 말라는 듯이 손을 가볍게 내저었다.

"으음……."

그리고 코토리는 잠시 동안 생각에 잠긴 후, 손가락을 꼿 꼿이 세웠다.

"뭐─ 그럼 토카가 시도를 간병해줄래?"

코토리가 그렇게 말하자, 토카의 표정이 환해졌다.

"그래도 되겠느냐?!"

"응. 지금 시도는 집에 혼자 있으니 여러모로 불편할 거 야. 나는 일 때문에 늦게 들어가게 될 것 같으니까…… 부 탁해도 되지?"

"오오! 맡겨만 다오!"

토카는 벌떡 일어나더니 쿵! 소리 나게 가슴을 두드렸다.

"……."

두 사람의 대화를 들은 레이네는 아무 말 없이 볼을 긁적였다. 걱정이 되지 않는 것은 아니지만…… 코토리가 괜찮다고 했으니 레이네가 참견하는 건 좀 그랬다.

한편, 방금까지만 해도 자신만만해 하던 토카는 갑자기 "아." 하고 중얼거리면서 의자에 다시 앉더니 레이네와 코토리를 쳐다보았다.

"으음…… 미안하지만, 간병이라는 걸 어떻게 하는 것인지 가르쳐주지 않겠느냐?"

"그러니까…… 자면서 땀을 흘렸을 테니 갈아입을 옷을 준비하거나, 환자가 먹을 죽을 끓인다든가…… 뭐, 시도에게 해줬으면 하는 게 없는지 직접 물어보도록 해."

"음, 알았다."

토카는 고개를 끄덕였다. 바로 그때, 코토리는 좋은 생각이 났다는 듯이 손뼉을 쳤다.

"아, 맞다. 토카 너, 혼자서 돈 주고 뭔가를 사본 적 있어?"

"음? 카운터에서 돈을 내는 것 말이냐?"

"그래. 할 줄 안다면 우리 집에 가는 길에 슈퍼마켓에라도 들러서 뭐 좀 사 갔으면 좋겠어. 부탁해도 돼?"

"그래, 좋다. 뭘 사 가면 되겠느냐."

코토리는 그 말을 듣고 팔짱을 꼈다.

"으음…… 볼거리에 걸렸을 때는 뭐가 좋을까?"

코토리는 그렇게 말하면서 레이네를 힐끔 쳐다보았다.

"……글쎄. 역시 위에 부담이 적고, 소화가 잘되는 게 좋을 거야."

"아, 그렇구나. 죽 재료 같은 건 집에 있으니까…… 복숭아 통조림이 좋겠지?"

"흠…… 종이와 펜은 없느냐?"

토카가 펜을 쥔 듯한 동작을 취하면서 주위를 둘러보았다.

"……자, 여기 있어."

"오오, 고맙다."

레이네가 메모지와 펜을 내밀자, 토카는 환한 표정을 지으면서 메모지에 서투른 글씨로 『복숭아 통조림』이라고 썼다.

그 모습을 본 코토리는 쓴웃음을 지으면서 말을 이었다.

"그 외에는…… 컵 수프나 레토르트 계열처럼, 손이 덜 가면서 몸을 따뜻하게 해줄 수 있는 걸 적당히 몇 개 사 가도록 해."

"음…… 몸을 따뜻하게 해줄 수 있는 것 말이냐."

토카는 그렇게 말하면서 메모지에 글자를 적었다.

"—아, 그리고 파 같은 건 어때?"

"파? 기다란 채소 말이냐?"

"응. 그걸 목에 두르면 열이 내려간다는 말이 있잖아? 뭐,

민간요법이지만 병은 마음먹기에 달렸다잖아. 어쩌면 효과가 있을지도 몰라."

"흠……."

토카는 메모지 위에서 펜을 놀린(갓난아기가 아장아장 걷는 수준의 속도지만) 후, 자신이 쓴 글자를 보면서 고개를 끄덕였다.

"복숭아 통조림과 몸을 따뜻하게 해주는 것, 그리고 파구나."

"응. 그 정도만 있으면 될 거야."

"알았다. 그럼 가보겠다!"

토카는 힘찬 목소리로 그렇게 말한 후, 메모지를 두 번 접어 치마 호주머니에 넣었다.

그리고 레이네에게서 교복 상의를 넘겨받은 그녀는 책상 위에 놓인 시도의 프린트를 든 후, 가벼운 발걸음으로 물리 준비실 밖으로 나갔다.

"……코토리, 정말 괜찮겠어?"

토카가 물리 준비실에서 나가고 몇 초가 지난 후, 레이네가 입을 열었다.

"뭐, 뭐가 말이야?"

코토리는 어깨를 희미하게 떨면서 말했다.

"……실은 코토리가 간병할 생각이었던 게 아닌가 싶어서 말이야."

"바, 바보 같은 소리 하지 마. 왜 내가 그런 짓을 하냐구."

"……그럼 오늘은 왜 라이젠 고교에 온 거야? 나는 프린트를 받으러 온 건 줄 알았는데 말이야."

"그런 거 아냐. 오늘은— 그, 그래! 레이네와 이야기를 하러 온 거야!"

"……그렇구나. 뭐, 코토리가 그리 말한다면 더는 아무 말도 하지 않겠어."

레이네가 그렇게 말하자, 코토리는 헛기침을 하면서 물리 준비실 안쪽에 있는 의자에 앉았다.

"—그것보다 레이네. 카메라 띄울 수 있어? 토카가 혹시 사고를 치지는 않는지 체크하고 싶어."

"……응, 가능해. 조금만 기다려."

레이네는 그렇게 말한 후, 백색 가운을 휘날리며 원래 앉아 있던 자리로 돌아갔다.

◇

"흠……."

학교와 주택가 사이에 있는 슈퍼마켓에 도착한 토카는 왼손에 쇼핑 바구니를 든 채 오른손에 든 메모지를 응시했다.

통조림이 줄지어 놓인 구역에 들어간 그녀는 좌우를 둘러보았다.

"으음, 우선 복숭아 통조림을— 음, 이건가?"

토카는 그 자리에서 몸을 굽히더니, 따개가 달린 조그마한 통조림을 들었다.

"좋아. 우선 이걸 하나……."

바로 그 순간, 토카의 배에서 꼬르륵 소리가 났다.

"……하나로는 부족할지도 모른다! 그래, 시도가 더 먹고 싶어 할지도 모르니까 말이야!"

되뇌듯이 그렇게 말한 토카는 같은 통조림을 열 개 정도 쇼핑 바구니에 넣었다.

"그럼…… 다음은 몸을 따뜻하게 해주는 건가."

매장 안을 걷던 토카는 메모지를 쳐다보면서 중얼거렸다.

그리고 고개를 든 토카는 선반에 진열된 물건을 잡았다.

"음, 이건……."

이 패키지는 전에도 본 적이 있었다. 텔레비전에서 몸이 매우 따뜻해진다고 했었다. 지금의 시도에게 딱이리라.

그리고 다시 선반을 둘러보며 걸음을 옮기던 토카는 또 적당한 물건을 발견했다.

"오오, 이것도 몸이 따뜻해진다고 했었지."

토카는 고개를 작게 끄덕이면서 그 조그마한 병을 바구니에 넣었다.

"자, 이제 파만 찾으면 되겠구나."

그렇게 말하면서 채소 매장을 향해 걸음을 옮긴 토카는

통로 쪽 냉장 코너에서 파라고 적힌 플레이트를 발견했다.

하지만 그 플레이트에는 『대박 특가! 광고 상품』이라고 적힌 컬러풀한 종이가 붙어 있었으며, 파는 딱 하나만 남아 있었다.

"오오…… 아슬아슬하게 세이프구나!"

토카는 휴우 하고 안도의 한숨을 내쉬면서 파를 향해 손을 뻗었다.

—하지만.

"음?"

토카는 무심코 입을 열었다. 토카가 파를 쥔 순간, 옆에서 뻗어온 또 하나의 손이 파의 녹색 부분을 움켜잡았기 때문이다.

"음…… 미안하지만 이 파는—."

바로 그때, 토카는 갑자기 말을 멈췄다.

왜냐하면—.

"토, 토비이치 오리가미……?!"

"……야토가미 토카."

토카가 눈을 치켜뜨면서 그 이름을 입에 담자, 파를 쥔 소녀는 표정 하나 바꾸지 않은 채 억양 없는 목소리로 토카의 이름을 말했다.

"으음, 슈퍼에 도착한 것 같네."

코토리는 물리 준비실에 설치된 컴퓨터의 화면을 쳐다보면서 입에 물고 있는 막대 사탕의 막대 부분을 이리저리 놀려댔다.

화면에는 아까까지 이곳에 있던 토카의 모습이 나오고 있었다. 그녀를 쫓아간 소형 자율형 카메라가 실시간으로 영상을 보내오고 있었다.

"⋯⋯응?"

그때, 옆에 있던 레이네가 신음을 흘렸다.

"레이네, 왜 그래?"

"⋯⋯그게, 토카가 들고 있는 물건 말인데⋯⋯."

"뭐?"

그 말을 들은 코토리는 통조림 매장에 있는 토카의 손 언저리를 응시했다. 뭔가를 발견하고 그 자리에서 몸을 굽힌 것 같았기에 복숭아 통조림을 찾은 줄 알았지만⋯⋯ 그렇지 않았다. 그녀가 손에 든 것은 복숭아 통조림이 아니라, 더 작고, 따개가 달린—.

"⋯⋯웬 닭꼬치 캔?"

코토리는 눈썹을 찌푸리면서 볼을 긁적였다.

그렇다. 토카가 자신만만한 표정으로 쥔 것은 매콤달콤하게 간이 된 닭고기가 들어 있는 닭꼬치 통조림이었다. 게다가 그 통조림을 추가로 열 개나 더 바구니에 집어넣었다.

"……흐음, 복숭아와 허벅지가 헷갈린 걸지도 몰라#3."

"하아, 그린 뻔한 실수를……."

코토리는 머리를 긁적였다. ……그리고 보니 토카는 아직 복숭아를 먹어본 적이 없을지도 모른다는 생각이 들었다.

그 후, 장소를 이동한 토카는 선반에서 커다란 종이 팩을 꺼내 들었다.

"저건…… 술?"

코토리는 눈을 가늘게 뜨면서 중얼거렸다. 라벨까지는 보이지 않지만, 그것은 일본주가 든 팩이 틀림없었다.

"어, 왜 술을 사는 거지? 시도에게 먹이려는 걸까?"

"……어쩌면 달걀술이라도 만들려는 걸지도 몰라."

"그, 그래……?"

……토카가 그런 걸 만드는 방법을 과연 알까?

코토리가 미간을 찌푸리고 있을 때, 토카가 이번에는 조미료 코너에서 고춧가루가 든 조그마한 병을 꺼냈다.

"아냐. 술 한잔 할 생각인 게 분명해. 닭꼬치에 고춧가루를 살짝 뿌려서 맛있는 안주로 만들려는 거라구."

완전 아저씨틱한 초이스를 본 코토리는 볼을 부르르 떨면서 이마를 짚었다.

하지만 코토리는 곧 표정을 바꿀 수밖에 없었다.

#3 복숭아와 허벅지가 헷갈린 걸지도 몰라 일본어로 허벅지(腿)와 복숭아(桃)는 발음이 동일함.

채소 매장으로 향한 토카가 그곳에서 천적과 마주쳤기 때문이다.

"⋯⋯그 손, 당장 치워라."

"그건 내가 할 말이야."

토카가 날카로운 눈빛을 띠면서 그렇게 말하자, 오리가미 또한 칼날 같은 안광을 뿜으며 차분한 목소리로 말했다.

"시도를 괴롭히고 있는 볼거리를 퇴치하기 위해서는 이게 꼭 필요하다! 그러니 절대 네 녀석에게 넘겨줄 수 없다!"

토카는 그렇게 외치면서 파를 잡아당겼다. 하지만 오리가미는 파를 놓지 않았다.

"시도는 내가 간병한다고 말했을 텐데?"

"뭐— 네 녀석, 아직도 포기하지 않았던 것이냐?!"

토카는 그렇게 외치면서 오리가미의 다른 한 손을 쳐다보았다. 그녀도 토카와 마찬가지로 쇼핑 바구니를 들고 있었다. 그 안에는 각종 식재료가 담겨 있었다. 아무래도 오리가미 또한 시도를 간병하기 위해 필요한 물품을 사는 중인 것 같았다.

"물론이야. —네가 그를 제대로 간병할 수 있을 리가 없으니까."

"헛소리하지 마라! 나도 얼마든지 할 수 있다!"

"그럼 구체적으로 뭘 할 건데?"

"음……?"

그 말을 들은 토카는 허공을 쳐다보면서 조금 전에 코토리에게 들었던 말을 떠올렸다.

"그, 그래! 자면서 땀을 많이 흘렸을 테니 갈아입을 옷을 준비해줄 거다!"

"……"

하지만 오리가미는 고개를 절레절레 저었다.

"배려심이 부족해."

"뭐, 뭐라고?! 그럼 넌 뭘 할 것이냐!"

토카가 묻자, 오리가미는 당연한 소리를 하듯 이렇게 말했다.

"유행성 이하선염에 걸렸으니 고열에 시달리고 있을 거야. 즉, 혼자서 옷을 갈아입지 못할 가능성이 높아. 갈아입을 옷을 준비해주는 것만으로는 충분하지 않아. 옷을 벗기고 수건으로 온몸을 깨끗하게 닦아준 후, 옷을 갈아입힐 필요가 있어. 물론 그 과정에서 발생하는 여러 가지 일들은 전부 불가항력이야."

"크…… 으윽……"

잘은 모르겠지만, 오리가미의 말에서 묘한 설득력이 느껴진 토카는 어금니를 깨물었다.

하지만 간병은 그것이 전부가 아니다. 토카는 코토리가

했던 말을 떠올렸다.

"주, 죽도 끓여줄 거다!"

……실은 만드는 법을 모르지만, 아니, 죽이라는 게 구체적으로 어떤 것인지도 모르지만— 그런 건 시도에게 물어보면 될 거라고 생각한 토카는 그렇게 외쳤다.

"그것만으로는 충분하지 않아."

"뭐, 뭐라고?!"

"죽은 소화가 잘되기 때문에 몸이 좋지 않은 사람의 식사로서는 우수해. 하지만 아까도 말했다시피 고열에 시달리는 상황에서는 죽을 먹는 것도 힘들 거야."

"그, 그럼 어떻게 해야 한단 말이야."

"입으로 먹여주는 게, 유일한 해결책이야."

"이…… 입으로……?"

"죽을 자신의 입에 넣은 후, 그걸 상대의 입에 직접 넣어주는 거지."

"지, 직접……?!"

토카는 얼굴을 빨갛게 붉히면서 마른침을 삼켰다. ……그, 그렇게까지 해야 할 줄이야.

오리가미는 말을 이었다.

"그리고 중요한 것은 시도가 불안을 느끼게 해서는 안 된다는 거야."

"그, 그게 무슨 소리냐?!"

"병에 걸리면 마음이 약해지는 경우가 많아. 마음이 약해지면 나을 병도 낫지 않아."

"흐, 흥! 그 점에 대한 방비책 정도는 나도 생각해뒀다! 시도가 잠들 때까지 함께 있어줄 거다!"

"너무 한심해서 말이 안 나오네."

오리가미는 딱 잘라 그렇게 말했다.

"뭐라고?! 그, 그러는 네 녀석은 뭘 어쩔 거냐?!"

"궁극의 안심감을 느끼게 해주는 것. 그것은 바로 타인의 살갗. 실오라기 하나 걸치지 않은 채, 시도에게 찰싹 달라붙어 함께 자는 게 정답이야."

"뭐⋯⋯?!"

토카는 얼굴을 더욱 새빨갛게 붉혔다.

"그걸 할 수 없다면, 너는 순순히 물러나."

오리가미는 그렇게 말하면서 파를 힘껏 잡아당겼다.

"그, 그럴 수는 없다⋯⋯!"

하지만 파를 빼앗길 수는 없다고 생각한 토카는 지지 않겠다는 듯이 손에 힘을 줬다.

그리고― 또 교착 상태가 형성되려고 한 그 순간, 쇼핑 바구니를 바닥에 떨어뜨린 오리가미가 자유로워진 손으로 토카의 목덜미를 향해 수도(手刀)를 날렸다.

"큭⋯⋯?!"

토카는 엉겁결에 손에서 힘을 빼고 말았다.

오리가미는 그 틈을 노리듯 파를 잡아당겼다. —하지만, 토카가 당하고만 있을 리가 없었다. 그녀는 들고 있던 쇼핑 바구니를 오리가미를 향해 집어 던졌다.

"—큭."

그리고 오리가미가 쇼핑 바구니를 막는 틈을 노려, 토카는 또 파를 움켜쥐었다.

"······."

"······."

토카와 오리가미는 파를 쥔 채, 시선을 교환했다.

그리고 동시에— 다른 한 손을 주먹 모양으로 말아 쥐었다.

"아아, 정말! 둘 다 저기서 뭐 하고 있는 거야······!"

레이네 옆에 앉아 있는 코토리는 화면 안에서 펼쳐진 스트리트파이트를 보면서 앞 머리카락을 헝클어뜨렸다.

토카와 오리가미는 슈퍼마켓의 채소 코너에서 서로를 향해 무시무시한 펀치와 킥을 날려대고 있었다. ······그것도 한 손에 파를 쥔 채 말이다.

소동이 일어난 것을 눈치챈 다른 손님들이 술렁거리면서 몰려들기 시작했다. 이대로 놔뒀다간 누군가가 경찰을 부를지도 모른다.

평소 같으면 코토리가 인터컴으로 시도에게 지시를 내려

말리게 했겠지만— 지금은 그럴 수도 없었다.

"……하아, 어쩔 수 없네. 일단 〈프락시너스〉에 돌아가서 어떻게든—."

코토리는 짜증 섞인 어조로 그렇게 말하면서 자리에서 일어났다.

하지만 레이네는 코토리를 말리듯 그녀의 소매를 잡아당겼다.

"응? 레이네, 왜 그래?"

"……뒷일은 내가 알아서 할 테니까, 코토리는 집으로 가."

"뭐……?"

코토리는 고개를 갸웃거렸다. ……그리고 곧 레이네의 의도를 눈치챈 것 같았다.

"윽…… 너무 끈질기잖아, 레이네."

"……타고난 천성이야."

레이네는 어깨를 으쓱하면서 말을 이었다.

"……그리고 코토리가 나설 필요가 없다는 것 또한 엄연한 사실이잖아. 저 두 사람을 말리더라도 여중생보다는 그녀들의 부담임인 내가 더 적임자일 거야."

"……."

코토리는 낮은 신음을 흘리며 잠시 동안 생각에 잠긴 후 — 레이네의 말이 옳다고 생각했는지 하아 하고 한숨을 내쉬었다.

　"……그럼 너한테 맡길게. 뒷일을 부탁해, 레이네."

　"……그래. 나만 믿어."

　레이네의 말을 들은 코토리는 가방을 쥐고 물리 준비실에서 나갔다.

　하지만 몇 초 후, 코토리는 물리 준비실의 문을 몇 센티미터만 열었다. 그리고 안쪽을 쳐다보면서—.

　"…………고마워, 레이네."

　—하고 낮은 목소리로 말한 후, 돌아갔다.

　"……."

　그 말을 들은 후, 레이네는 가볍게 기지개를 켜면서 천장을 올려다보았다.

　"……뭐, 때로는 네가 득을 보는 것도 괜찮을 거야."

　낮은 목소리로 그렇게 중얼거린 레이네는 슈퍼마켓에서 난투극을 벌이고 있는 리틀 몬스터들을 말리기 위해 의자에서 일어났다.

데이트 어 노벨

DATE A NOVEL

린네 배스 타임

Bathtime RINNE

TE A NO

『―꺄앗!』

어느 날 밤. 시도가 욕조에 몸을 담그고 있을 때, 거실 쪽에서 비명 소리가 들렸다.

"응……? 무슨 일이지?"

시도는 그렇게 중얼거리면서 욕조에서 나왔다. 방금 그건 요시노의 목소리였다. ……내성적이고 조용한 요시노가 저렇게 큰 소리를 내다니. 대체 무슨 일이 일어난 것일까.

하지만 온몸이 젖어 있는 상태에서 무슨 일인지 보러갈 수는 없었다. 게다가 거실에는 토카와 코토리도 있다. 분명 그 두 사람이 어떻게든 해줄 것이라고 생각한 시도는 다시 욕조에 들어갔다.

하지만―.

"히익?!"

시도는 무심코 비명을 질렀다. 조금 전까지 자신이 들어가 있었던 욕조 안의 따뜻했던 물이, 심장이 멎어버릴 만큼 차가운 물로 변해 있었던 것이다.

"차, 차가워……!"

허둥지둥 욕조에서 나온 시도는 덜덜 떨면서 샤워기를 틀었다.

하지만 온수는 나오지 않았다. 느닷없이 물이 끊기기라도 한 것처럼 호스 안에 남아 있던 물이 찔끔 나올 뿐이었다. 이래서는 몸을 데울 수가 없다.

"이거, 설마……."

어떤 가능성이 머릿속을 스치고 지나간 탓에 눈썹을 찌푸린 시도는 허둥지둥 욕실 밖으로 나갔다.

"……그러니까, 토카가 먹던 아이스가 요시농에게 떨어진 바람에 깜짝 놀랐던 거구나."

시도는 코미컬한 디자인의 토끼 퍼핏 인형『요시농』의 머리를 수건으로 닦아주면서 땅이 꺼져라 한숨을 내쉬었다.

"시도 씨…… 죄송해요."

그리고 그 퍼핏 인형을 왼손에 낀 조그마한 몸집의 소녀 ― 요시노는 죄송하다는 듯이 고개를 푹 숙였다. 사파이어 같은 눈동자에는 아직도 희미하게 눈물이 맺혀 있었다.

방금 벌어졌던 그 기묘한 사태의 원인은 시도의 예상대로 요시노였다.

물과 냉기를 조종하는 정령인 요시노는 영력이 봉인된 지금도 정신 상태가 현저하게 흐트러지면 주위의 기온을 급격하게 떨어뜨리거나, 물을 얼어붙게 만들었다.

게다가 지금은 텐구 시 전체를 둘러싼 정체불명의 결계 탓에 정령들의 힘이 불안정했다. 어쩌면 이 정도 피해로 끝나서 불행 중 다행인 건지도 모른다.

"아니…… 내가 부주의했다. 용서해다오, 요시노, 요시농."

그 뒤를 이어 요시노의 옆에 앉아 있던 토카가 요시노와 『요시농』을 향해 고개를 숙였다.

칠흑빛을 띤 긴 머리카락과 수정 같은 눈동자를 지닌 토카의 얼굴은 가라앉을 대로 가라앉아 있었다.

"아, 아니에요……."

『그래~ 너무 신경 쓰지 마, 토카. 나쁜 뜻이 있었던 건 아니잖아~. 요시노가 쬐끔 과민 반응한 것뿐이라구~.』

요시노는 손사래를 쳤고, 『요시농』은 와하하 하고 웃었다. 하지만 토카는 "으, 으음……." 하고 낮은 신음을 흘리며 고개를 푹 숙였다.

"하지만 나 때문에 시도까지 피해를 보고 말았다."

"뭐?"

느닷없이 자신의 이름이 거론되자, 시도는 고개를 들었다.

"하하……. 나는 괜찮아. 욕조 안의 물이— 에, 엣취!"

"시, 시도!"

생각보다 몸이 차갑게 식었는지 시도는 기침을 했다. 토카는 걱정스러운 표정으로 그를 향해 몸을 내밀었다.

"아, 걱정하지 마. 진짜로 괜찮…… 우왓?!"

바로 그때, 등을 걷어차인 시도는 그대로 앞쪽으로 쓰러졌다.

"아야야…… 뭐 하는 거야?!"

범인이 누구인지 짐작한 시도는 바닥에 찧은 이마를 매만지면서 뒤쪽을 쳐다보았다.

그곳에는 검은색 리본으로 머리카락을 둘로 나눠 묶은 여동생님이 한 발을 든 채 서 있었다.

하지만 범인— 코토리는 미안해하기는커녕, 입에 문 막대사탕을 꼿꼿이 세우면서 팔짱을 꼈다.

"요시노뿐만 아니라 토카까지 불안하게 만들려는 거야? 안 그래도 지금은 정령의 힘이 역류하기 쉬우니까, 기침 정도는 근성으로 참으라구."

"너, 너어……."

눈썹을 찌푸린 시도는 원망 섞인 눈길로 코토리를 쳐다보았다.

하지만 시도는 코토리에게 아무 말도 하지 못했다. 그의 말을 막듯 딩동~ 하고 현관의 벨이 울렸기 때문이다.

"응……?"

손님이 온 것일까. 코토리에게서 시선을 뗀 시도는 현관 쪽을 쳐다보았다.

그러자 시도가 고개를 돌리는 타이밍에 맞추기라도 한 것처럼 현관문이 열리는 소리와 복도를 걷는 발소리가 들렸다. 아무래도 이 집에 사는 사람들의 허락을 받지 않고 멋대로 들어온 것 같았다.

평범한 손님이 이런 짓을 할 리가 없다. 꽤나 공격적인 도둑이나 집을 잘못 찾은 술주정뱅이가 아니라면, 이 발소리의 주인은—.

"시도, 있어~?"

그 말이 들려온 순간, 거실 문이 열렸다.

살짝 웨이브진 세미롱 헤어를 휘날리며 나타난 이는 바로 시도가 예상했던 인물이었다.

한마디로 말해, 부드러워 보이는 소녀였다.

물론 그 표현에는 물리적 의미도 포함되어 있지만…… 표정과 행동거지, 그리고 목소리마저도 마주 선 이가 무심코 긴장감을 풀 만큼 부드러웠다. 그녀와 이야기를 나누고 있으면, 왠지 포근한 이불 안에 들어가 있는 듯한 기분이 든다……고 토카는 말했다. 그리고 낯가림이 무척 심한 요시노조차도 그녀와는 금세 가까워졌다.

소노가미 린네. 이츠카 가의 옆집에 사는 소녀이자 시도의 클래스메이트, 그리고— 그의『소꿉친구』다.

"린네. 무슨 일이야?"

"응, 실은…… 그러는 시도야말로 무슨 일이야?"

린네는 고개를 갸웃거리다…… 뭔가를 눈치챈 것처럼 어깨를 부르르 떨었다.

"혹시 토카와 요시노에게 무슨 짓이라도 한 거야?"

"아니, 왜 그렇게 생각하는……."

시도는 말을 하다 멈췄다.

현재 거실에는 소파에 앉아 있는 토카와 요시노, 바닥에 엎드린 시도, 그리고 두 발로 우뚝 서 있는 코토리가 있었다. 즉, 코토리에게 혼난 시도가 토카와 요시노에게 싹싹 빌고 있는 것처럼 보이는 광경이 펼쳐지고 있는 것이다. 게다가 토카와 요시노의 눈에는 희미하게 눈물이 맺혀 있었다. 그러니 린네가 당황하는 것도 무리는 아니었다.

"시도, 여자애는 상냥하게 대해야 한다구! 대체 무슨 짓을 한 거야? 솔직하게 말해봐. 나도 같이 용서를 빌 테니까……."

"말도 안 되는 착각을 한 상태에서 넘겨짚지 좀 마! 그건 완전 오해라고!"

고함을 지르며 몸을 일으킨 시도는 린네에게 무슨 일이 있었는지 설명했다. ……물론 요시노의 영력이나 정령 운운은 적당히 얼버무리면서 말이다.

"뭐야, 그렇게 된 거구나. ……아, 참고로 나는 시도를 믿었다구."

"……거실에 들어오자마자 나를 의심한 건 어디 사는 누구였더라?"

시도는 도끼눈을 뜨면서 린네를 노려보았다. 그러자 식은땀을 흘리던 린네는 아하하 하고 웃으면서 머리를 긁적였다. 린네는 옛날부터 이런 녀석이었다. 그렇다. 시도가 초등학교에 입학하기 전, 부터—.

"……응?"

시도는 고개를 살짝 갸웃거렸다. 왠지 옛날 일을 떠올리려고 한 순간, 머릿속에 노이즈가 낀 것 같은 느낌이 들었다.

"응? 왜 그래?"

"아…… 아무것도 아냐. 그것보다 볼일이 있어서 우리 집에 온 거 아니었어?"

뭐, 몇 년 전 일이니 잘 기억나지 않는 것도 무리는 아닐 것이다. 그렇게 결론을 내린 시도는 린네를 향해 그렇게 말했다.

"아, 맞아. 실은……."

린네는 그렇게 말하면서 자신이 들고 있는 것을 가리켰다. 그것은 샴푸와 비누가 든 세숫대야와 갈아입을 옷이 들어 있는 듯한 천 가방이었다.

"욕조에 물을 받으려고 했는데, 뜨거운 물이 안 나오더라구……. 미안하지만 욕실 좀 빌릴 수 있을까?"

"뭐……."

시도는 눈을 치켜뜨면서 코토리를 쳐다보았다. 그러자 코토리는 몸을 낮추더니 린네에게 들리지 않도록 작은 목소리로 속삭이듯 말했다.

"……아무래도 아까 전 일로 일부 수도관이 얼어버린 것 같네. 영장이 현현하지는 않았으니까 피해 규모는 그렇게 크지 않을 것 같지만…… 아무래도 옆집도 피해를 본 것 같아."

"맙소사……."

시도와 코토리의 대화를 들은 토카와 요시노는 미안한 마음에 고개를 더욱 숙였다.

시도는 그런 두 사람을 향해 쓴웃음을 지은 후, 린네를 향해 고개를 돌렸다.

"미안한데 실은 우리 집도 지금 물이 안 나와."

"아, 그래? 곤란하게 됐네……."

린네는 턱에 손을 대면서 눈썹을 팔자 모양으로 찡그렸다.

사실 곤란한 것은 시도를 비롯한 이 집 사람들도 마찬가지였다. 시도는 목욕을 하다 만 탓에 몸이 차갑게 식어버렸고, 다른 세 사람은 아직 목욕을 하지 않았다. 물이 나오지 않으니 샤워도 할 수가 없었다.

시도가 으음 하고 낮은 신음을 흘리자, 린네가 좋은 생각이 났다는 듯이 "아." 하고 탄성을 터뜨렸다.

"저기, 다들 목욕은 했어?"

"응……? 아직 안 했다만……."

토카가 고개를 저었다. 그리고 코토리와 요시노는 린네를 쳐다보았다.

"그렇구나. 그럼 이러는 건 어때?"

린네는 손가락 하나를 세우면서 말했다.

그로부터 십여 분 후. 시도 일행은 집을 나섰다.

린네의 제안은 단순명쾌했다. 집에서 물이 나오지 않아 씻을 수가 없으니, 다 같이 목욕탕에 가자는 것이었다.

언제 다시 물이 나올지 알 수 없는 상황이니 어쩔 수 없었다. 시도 일행은 린네와 마찬가지로 갈아입을 속옷과 수건 등을 조그마한 가방에 넣은 후, 가로등 불빛에 비친 어둑어둑한 길을 걸었다.

"그러고 보니 목욕탕에 가는 건 오래간만이네. 안 가본 지 꽤 됐는데…… 아니, 그것보다 그 목욕탕, 아직 안 망한 거야?"

시도는 초등학생 때 부모님, 그리고 코토리와 함께 근처에 있는 목욕탕에 갔던 기억을 떠올렸다. 그 당시에도 손님이 꽤 적었던 것 같은데…….

앞장서서 걷던 린네는 시도의 말을 듣고 그를 향해 고개를 돌렸다.

"응. 좀 낡기는 했지만 아직 영업하고 있어. 그리고 그 목욕탕은 땅주인인 할머니가 취미 삼아 운영하는 거니까, 단골들이 계속 찾아주기만 하면 충분하다는 것 같더라구."

"흐음…… 그렇구나."

시도는 감탄한 것처럼 고개를 끄덕였다. 목욕탕 운영이 취미인 할머니와 단골들 덕택에 따뜻한 물에 몸을 담글 수 있게 됐으니 그들에게 감사하게 생각해야 할 것 같았다.

"그런데 시도도 그 목욕탕에 가본 적이 있구나."

"응. 꽤 옛날 일이지만 말이야. 그때는 코토리도 어려서 오빠와 같이 목욕하겠다고 응석을— 꾸엑?!"

말을 하던 시도는 갑자기 기묘한 비명을 질렀다. 갑자기 그의 등에 날카로운 킥이 꽂혔기 때문이다. 누가 한 짓인지는 안 봐도 뻔했다. —코토리였다.

"코, 코토리, 너, 이게 무슨 짓이야?!"

"시끄러워! 말도 안 되는 헛소리 좀 하지 말라구!"

코토리는 얼굴을 새빨갛게 붉히면서 고함을 지른 후, 흥 하고 코웃음을 치면서 성큼성큼 걸음을 옮겼다. 참고로 시도가 방금 한 말은 엄연한 사실이지만…… 괜한 소리를 했다간 또 걷어차일 게 뻔했기에 그냥 입 다물기로 했다.

"시, 시도, 괜찮아?"

"응……."

"좀 전부터 계속 신경 쓰인 건데, 코토리가 평소와 분위기가 좀 다른 것 같지 않아? 혹시 반항기인 걸까……?"

"아…… 뭐, 그런 것 같아."

린네가 걱정 섞인 목소리로 그렇게 말하자, 시도는 적당히 맞장구쳤다.

사실 코토리는 머리카락을 묶은 리본의 색깔에 따라 성격이 바뀌는 강력한 마인드 세팅을 자기 자신에게 걸고 있었다. 하지만…… 그 사실을 설명했다간 골치 아픈 사태가 발생할 것 같았다.

그 후 어느 정도 걸음을 옮겼을 즈음, 어찌 된 영문인지 표정이 딱딱하게 굳어 있던 토카가 시도의 팔을 톡톡 두드리며 입을 열었다.

"시도. ……역시 다시 준비하는 편이 좋지 않겠느냐?"

"응? 뭐 빠진 물건이라도 있어?"

시도는 고개를 갸웃거리면서 토카를 쳐다보았다. 집을 나서기 전, 린네와 코토리는 토카와 요시노가 빠뜨린 물건이 없는지 그녀들의 가방을 확인했었는데…… 그런데도 빠진 물건이 있는 것일까.

하지만 시도의 말을 듣고 토카는 고개를 저었다.

"내가 걱정하는 건 그런 게 아니다. 이런 가벼운 장비로는 만약의 사태가 발생했을 때 살아남을 수 없다."

"뭐?"

"음?"

토카의 말을 이해하지 못한 시도는 눈썹을 찌푸렸다. 토카 또한 시도의 반응이 이해가 안 되는지 당혹스러운 표정을 지으며 그를 쳐다보았다.

"……우리는 지금 전투를 치르러 가고 있는 게 아닌 것이냐?"

"악센트가 달라#4. 목욕탕이란 건…… 간단하게 말해 커다란 욕실이야."

"커다란 욕실…… 온천인 것이냐?!"

토카는 눈을 치켜뜨면서 놀란 듯한 목소리로 말했다. 집에서 목욕탕에 갈 준비를 할 때부터 계속 표정이 굳어 있었던 것은 아무래도 착각 때문이었던 것 같았다.

"아, 온천과도 조금 달라. 아무튼 가보면 알 거야."

"으음…… 커다란 욕실이라. 음, 엄청 좋은 곳일 것 같구나!"

"그래. 기대하고 있어."

시도는 고개를 끄덕인 후, 다시 앞쪽을 쳐다보았다. 시도의 기억이 옳다면 슬슬 그 목욕탕이 보일 때가 되었다.

"어머?"

바로 그때, 앞장서서 걷던 린네가 갑자기 입을 열었다.

린네가 그런 반응을 보인 것을 시도는 이상하게 생각했지만…… 그 이유는 금방 알 수 있었다. 그 낡은 목욕탕은 시도가 기억하는 장소에 있었다. 그리고 한 소녀가 그 목욕탕 앞에 서 있었다.

#4 악센트가 달라 일본어로 목욕탕(銭湯)과 전투(戰鬪)는 발음이 동일함.

어깨 근처까지 기른 머리카락, 그리고 아무런 표정도 맺혀 있지 않은 단정한 얼굴. 시도의 클래스메이트인 토비이치 오리가미였다.

우연히 이곳을 지나는 느낌이 아니었다. 마치 이곳에서 누군가를 기다리고 있는 것만 같았다.

"윽."

"히익……."

"…………."

그녀의 얼굴을 본 순간, 소녀들의 표정이 변했다. 토카는 언짢은 표정을 지으며 팔짱을 꼈고, 요시노는 시도의 등 뒤에 숨었으며— 코토리는 복잡한 표정을 지으며 미간을 찌푸렸다.

오리가미는 그녀들과 인연이 깊었다. 이 자리에 있는 이들 중에서 오리가미를 적대시하거나 거북해하지 않는 인물은 시도와 린네뿐이었다.

"오리가미? 네가 왜 여기 있는 거야?"

시도가 그렇게 묻자, 오리가미는 조그마한 가방을 들어 보였다.

"맨션 욕실의 온수기가 고장 나서 목욕하러 왔어."

"뭐……?"

시도는 무심코 미간을 찌푸렸다. 설마 아까의 여파가 오리가미의 집까지 미친 걸까……?

하지만 시도는 곧 그 생각을 부정했다. 만약 거기까지 피해가 미쳤다면, 더 큰 소동이 일어났으리라.

"그, 그렇구나……. 신기한 우연도 다 있네."

"응. 우연이야."

오리가미는 고개를 끄덕였다.

"그런데…… 오리가미의 맨션 근처에는 대형 사우나가 있잖아? 그런데 왜 이 목욕탕에 온 거야?"

"이 목욕탕에 오고 싶은 기분이었어."

"……왜 목욕탕 앞에서 서 있었던 건데?"

"토비이치 가문에는 목욕탕에 들어가기 전에 일단 멈춰 서야만 한다는 가르침이 전해져 내려오고 있어."

"……."

시도는 아무 말 없이 볼을 긁적였다. 납득이 되지는 않았지만…… 계속 신경 써봤자 아무 소용없을 것이다. 오리가미가 어떤 이유로 목욕탕에 오든, 그것은 오리가미의 자유니까 말이다.

하지만…… 오리가미도 이 목욕탕을 이용하러 왔다는 사실을 안 순간, 여탕 쪽이 무지막지하게 걱정되기 시작했다.

그것도 그럴 것이 오리가미는 육상 자위대 AST— 즉, 정령들을 쓰러뜨리는 것이 목적인 조직에 소속된 마술사인 것이다. 토카와는 견원지간이며, 요시노 또한 오리가미를 무서워했다. 코토리는 얼마 전에 그녀와 대판 싸우기까지

했다. 그런 멤버들이 사이좋게 목욕을 하는 모습이 시도는 상상조차 되지 않았다.

하지만…….

"와아! 토비이치 양도 목욕하러 온 거구나. 그럼 같이 들어가자."

린네는 구김 없는 미소를 지으면서 오리가미의 손을 잡았다. 그러자 토카, 요시노, 코토리가 눈을 동그랗게 떴다.

"아…… 혼자 흥분해서 미안해. 괜한 오지랖……이었어?"

오리가미가 아무런 반응도 보이지 않기에 불안해진 린네가 그녀를 올려다보면서 물었다. 그러자 오리가미는 잠시 동안 침묵한 후, 작게 한숨을 내쉬었다.

"……아냐. 괜찮아."

"아! 만세! 저기, 다들 괜찮지? 같이 목욕하는 편이 훨씬 즐거울 거야."

"하, 하지만, 저 녀석은……."

토카는 눈썹을 찌푸리면서 오리가미를 손가락으로 가리켰다. 하지만 린네가 슬픈 표정을 짓자 토카는 "으……." 하고 작게 숨을 삼켰다.

"안 될……까?"

"으, 으음……."

난처한 표정을 지은 채 신음을 흘리던 토카는 머리카락을 헝클어뜨린 후, 또 오리가미를 손가락으로 가리켰다.

"착각하지 마라! 린네 때문에 어쩔 수 없이 허락하는 거다!"

"……."

"이 녀석이……!"

오리가미는 고개를 휙 돌렸다. 그 모습을 본 토카는 물론 분노를 터뜨렸지만 린네가 머리를 쓰다듬어주자, "으윽……." 하고 낮은 숨을 삼키면서 분노를 가라앉혔다.

"하하……."

아무래도 린네가 있으니 안심해도 될 것 같았다. 시도는 쓴웃음을 지으면서 그녀들과 함께 목욕탕에 들어갔다.

그리고 카운터에 앉은 할머니에게 일행의 목욕비를 낸 후, 남탕을 향해 걸음을 옮겼다.

"그럼 한 시간 후에 여기서 보자."

시도가 그렇게 말하면서 손을 흔들자, 그녀들은 고개를 끄덕였다.

"응. 알았어, 시도."

"음. 그럼 나중에 보자꾸나."

"예……."

"여탕 훔쳐보지 마. 집에서라면 몰라도 이런 데서 그런 짓을 하면 바로 철창 신세를 지게 될 거라구."

"집에서도 안 해!"

코토리의 농담에 반박한 후, 시도는 하아 하고 한숨을 내쉬면서『男』이라고 적힌 남색 천막 너머로 들어갔다.

바로 그때—.

"……."

"……으음, 오리가미 양? 뭘 하고 계시나요?"

오리가미가 자신의 등 뒤에 찰싹 붙어서 남탕 탈의실에 들어왔다는 사실을 눈치챈 시도는 식은땀을 흘렸다.

"신경 쓰지 마."

"어떻게 신경 안 쓰냐고!"

시도가 고함을 지른 순간, 천막이 걷히면서 입에 거품을 문 토카가 남탕에 들어왔다.

"토비이치 오리가미! 뭐 하는 것이냐! 네 녀석은 이쪽이지 않느냐!"

하지만 오리가미는 당황하지도 미안해하지도 않으면서 태연자약한 태도로 토카를 쳐다보았다. 그리고 그녀는 토카를 손가락으로 가리키면서 말했다.

"—변태."

"뭐, 뭐라고?!"

이런 불명예스럽기 그지없는 칭호를 듣게 될 거라고는 꿈에도 생각하지 못한 토카는 어깨를 부르르 떨었다. 하지만 오리가미는 담담한 어조로 말을 이었다.

"너는 여자. 하지만 남탕에 들어왔어. 이성이 옷을 벗고 중요 부위를 드러내는 이 탈의실에 발을 들인 거야. 이 파

렴치 대마왕. 관음증 토카."

"으, 으으윽……."

토카는 분통을 터뜨리면서 신음을 흘리다— 곧 눈을 치켜떴다.

"잠깐! 네 녀석도 남탕에 들어왔지 않느냐!"

"나는 시도의 목욕 시중을 들려고 따라온 거니까 괜찮아."

"허, 헛소리하지 마라!"

토카가 오리가미에게 달려들려고 한 순간, 이번에는 린네가 들어왔다.

"두 사람 다 그만해. 목욕탕에 폐를 끼치면 안 된다구."

"린네?! 하, 하지만, 이 녀석이……!"

"당신과는 상관없는—"

두 사람이 말을 이으려고 한 순간, 린네가 그녀들의 손을 꽉 잡았다.

"안, 된, 다, 구."

"으, 으음……."

"…………."

토카, 그리고 미련 섞인 시선을 시도에게 보내던 오리가미가 린네에게 끌려 여탕으로 연행되었다. 그런 그녀들이 시도의 눈에는 유치원생과 인솔 선생님 같아 보였다.

린네라는 이름의 소녀는 온화한 성격에 말투도 부드럽지

만…… 그런 만큼 그녀에게 꾸짖음을 들으면 나쁜 짓을 한 것 같은 느낌이 드는 것이다.

그것은 토카와 오리가미도 예외가 아닌 것 같았다. 세계를 죽이는 재앙 『정령』, 그리고 인간을 초월한 인간 『위저드』가 아무 말도 못 한 채 끌려가는 모습은 꽤나 신기한 광경이었다.

"정말……."

시도는 작게 한숨을 내쉬면서 다시 탈의실 안을 둘러보았다. 만약 다른 사람이 있었다면 시끄럽게 떠든 것을 사과해야만 할 것이다.

하지만 그 걱정은 기우로 끝났다. 주위를 둘러보니 시도 이외의 다른 사람은 없었고, 옷 바구니도 전부 비어 있었다. 아무래도 현재 남탕에는 시도밖에 없는 것 같았다.

다행스럽게도 요시노의 냉기는 그렇게 넓은 범위에 영향을 끼치지는 않은 것 같았다. 만약 더 많은 수도관이 얼어붙었다면 욕실을 쓸 수 없게 된 집의 사람들이 목욕탕으로 몰려왔을 것이다.

"하하, 완전 전세 낸 것 같네."

시도는 그렇게 말하면서 가까운 바구니 앞에 서더니, 옷을 벗었다.

그리고 재빨리 탈의를 끝낸 후, 한 손에 수건을 들고 욕실로 향했다. 문을 열자 새하얀 김이 시야를 가득 채웠다.

오래된 목욕탕이지만, 내부는 꽤 깨끗했다. 줄지어 존재하는 세면장 너머로 커다란 욕조가 존재했고, 벽에는 후지산이 그려져 있었다.

역시 욕실 안에도 손님은 없었다. 시도는 세면장에서 몸을 씻은 후, 욕조에 들어가 뜨거운 물에 몸을 담갔다.

"아아……."

접은 수건을 머리에 얹으면서 어르신 티 팍팍 나는 소리를 냈다.

물은 조금 뜨거웠지만, 의도치 않은 냉수 마찰 후 밤길을 걸어 여기까지 온 시도에게는 딱 좋았다. 벽에 기댄 그는 손발을 쭉 뻗었다. 이완된 관절에 열기가 스며드는 듯한 느낌이 들었다. 이것도 자택 욕조에서는 즐길 수 없는 호사였다.

"아…… 기분 좋아. 몸을 펼 수 있는 것만으로 이렇게 차이가 나는구나. 넓은 욕조도 정말 좋네."

시도가 혼잣말을 중얼거리고 있을 때, 등을 맡기고 있던 벽 쪽에서 드르륵 하는 소리가 들렸다.

"응……?"

주위를 둘러보던 시도는…… 그 소리가 뭔지 곧 눈치챘다.

『오오, 정말 넓구나! 에잇!』

『앗. 그러면 안 돼, 토카. 다 같이 이용하는 욕조니까, 몸을 깨끗하게 씻고 들어가야 해. 알았지?』

『으, 음. 그랬지!』

철퍽철퍽 하는 발소리의 뒤를 이어, 누군가의 목소리가 들렸다. 아무래도 여탕에서 나는 소리가 남탕에까지 들리는 것 같았다.

"……어이 어이, 벽이 너무 얇잖아……."

시도가 볼을 긁적이면서 눈썹을 찌푸렸을 때, 벽 너머에 있는 소녀들이 몸을 씻은 후 욕조 안에 들어온 것 같았다. 코토리의 목소리가 들렸다.

『아아~, 기분 좋네. 목욕은 물 건너간 줄 알았다가 이렇게 하게 되니 더 기분이 좋은 것 같아.』

『죄, 죄송해요…….』

『신경 쓰지 말라니깐 그러네. 요시노 덕분에 이렇게 목욕탕에 오게 된 거잖아.』

『맞아, 요시노~. 다 같이 목욕하는 건 즐겁다구~.』

『으…… 응. 맞아. 요시농.』

『자아, 이 기회에 다른 애들의 광자력 미사일을 유심히 관찰해두라구~. 적진 시찰은 중요한 거고, 명확한 목표가 있으면 잘 성장한다잖아~? 으음, 요시농의 개인적 추천은, 형태와 크기는 토카, 감촉은―.』

『……윽!』

요시노가 숨을 삼킨 직후 뭔가가 버둥대는 소리를 들렸다. 그리고 그 다음부터는『요시농』의 목소리가 들리지 않았다.

『죄, 죄송해요……. 요시농이 이상한 소리를…….』

요시노가 당황한 목소리로 그렇게 말하자, 아하하 하고 명랑한 웃음소리가 들렸다. ―린네였다.

『괜찮아. 여기는 여자들밖에 없잖아. 게다가…….』

『음? 왜 그러느냐, 린네.』

린네가 말을 멈춘 후, 토카가 어리둥절해 하는 듯한 목소리가 들렸다.

『……이렇게 보니, 토카는 정말 대단하네…….』

『대단하다고? 뭐가 말이냐.』

『아니, 그러니까…… 다른 사람들도 그렇게 생각하지?』

린네가 그렇게 말하자, 다들 그 말에 동의한 것 같았다.

『으음, 대체 뭐냐? 다들 뭘 납득한…… 으윽?! 왜, 왜 물을 뿌리는 것이냐, 토비이치 오리가미!』

『흥.』

『이 녀석, 용서 못 한다!』

『후후. 진정해, 토카. 토비이치 양도 스타일이 좋으니까 너무 그러지 마.』

"……."

그녀들의 대화를 들은 시도는 왠지 얼굴이 뜨겁게 달아올랐다.

분명 물이 너무 뜨거워서 그런 것이리라. 시도는 머릿속으로 그렇게 결론을 내린 후, 미지근한 물이 들어 있는 욕

조로 이동하려 했다.

하지만, 바로 그때—.

『저기…… 너희에게 물어볼 게 있는데 말이야.』

린네가 조용히 입을 열었다.

『—다들, 시도를 어떻게 생각해?』

"음……?"

토카는 린네의 느닷없는 질문을 듣고 눈을 동그랗게 떴다.

현재 여탕에는 토카를 비롯한 여성 다섯 명과 인형 하나만 있었다. 토카의 오른편에 린네, 왼편에 요시노, 맞은편에는 욕실인데도 리본을 착용한 코토리가 있었으며, 그들에게서 조금 떨어진 곳에 있는 오리가미는 벽에 기대 앉아 있었다.

그런 상황에서 린네가 방금 그 말을 입에 담은 것이다.

그 질문에 담긴 의도를 이해하지 못한 토카는 고개를 갸웃거리면서 린네를 쳐다본 후, 다른 사람들의 반응을 살피려는 듯이 주위를 둘러보았다.

목욕탕 안이기 때문에 다들 알몸이었다. 그래서 옷 때문에 겉으로 드러나지 않았던 각자의 체형을 확연하게 알 수 있었다.

우선 린네는 『말랑말랑』하면서 『폭신폭신』한 느낌이라,

안아보면 행복한 기분이 들 것 같았다. 그렇다. 실루엣만 보면 호리호리하지만, 실은 매우 『말랑말랑』했다. 그 『말랑』 감각은 마시멜로에 필적하는 수준이었다.

요시노는 『쫀득』하면서 『보들보들』한 느낌이었다. 린네처럼 『말랑말랑』하지는 않지만, 그녀와는 다른 매력이 존재했다. 마치 젤라틴을 많이 넣고 굳힌 젤리처럼, 싱싱한 『쫀득』함이 존재했다.

하지만 코토리는 요시노와 비슷한 체격인데도 『미끈』하면서 『쫄깃』해 보였다. 요시노가 젤리라면 코토리의 『쫄깃』함은 씹는 맛이 있는 구미 캔디에 가까울 것 같았다. 취향 차이는 있지만 양쪽 다 맛있…… 아니, 귀여웠다.

마지막으로 오리가미는 『매끈』, 그리고 『상큼』한 느낌이었다. 예를 들자면 상쾌한 느낌이 드는 민트맛 캔디다. 인정하고 싶지는 않지만, 최악에 가까운 인간성과는 달리 그녀의 몸매는 정말 끝내줬다. 호리호리하면서도 적당히 붙은 근육이 『매끈』한 느낌을 더욱 살려주고 있었다.

하지만 토카는 그 생각을 떨쳐내려는 것처럼 고개를 저었다.

자신 이외의 여성의 알몸에 익숙하지 않았기 때문에 계속 눈이 갔지만, 지금 중요한 것은 린네의 질문인 것이다.

"시도 말이냐?"

토카가 고개를 갸웃거리면서 묻자, 린네는 평소처럼 상냥한 미소를 지었다.

"응. 토카는 시도를 어떻게 생각해?"

"그게…… 무슨 소리지?"

토카는 으음 하고 신음을 흘리며 턱에 손을 댔다. 그러자 린네는 미소를 머금은 채 말을 이었다.

"그러니까— 토카는 시도를 좋아해?"

"""……윽?!"""

린네가 그렇게 말한 순간, 다른 이들의 표정이 변한 것 같은 느낌이 들었다.

하지만 그 질문 자체는 깊은 생각이 필요한 것이 아니었다.

"음, 당연하지."

토카는 고개를 끄덕이면서 말을 이었다.

"—시도는 나를 구해줬다. 시도는 나에게 있을 곳을 줬다. 지금의 내가 존재하는 것은 시도 덕분이지. 이 은혜는 평생에 걸쳐 갚을 생각이다."

토카의 대답을 들은 린네는 "으음." 하고 낮은 신음을 흘리며 볼을 긁적였다.

"으음…… 그런 것과는 뉘앙스가 조금 다른데 말이야. — 그럼 질문을 바꿀게. 토카는 시도와 같이 있으면 즐거워?"

"음! 정말 즐겁다!"

"시도와 같이 있으면, 가슴이 두근거려?"

"두근두근…… 음, 두근거린다. 네가 그걸 어째서 알고 있는 거지?"

"후후, 어째서일까?"

토카의 말을 들은 린네는 또 빙긋 웃었다. 그리고 토카의 옆쪽을 쳐다보았다.

그곳에는 머리카락을 말아 올린 요시노와, 비닐로 온몸을 감싼 『요시농』이 있었다.

"요시노는…… 어때?"

"예……?"

린네가 느닷없이 질문을 던지자, 요시노는 놀랐는지 어깨를 부르르 떨었다. 그 탓에 『요시농』의 입이 자유로워졌다.

『푸하~. 정말, 뭐 하는 거야~. 너무해, 요시노~.』

『요시농』은 방수용 비닐웨어를 배배 꼬면서 불만을 표시했지만, 요시노는 아무 말도 하지 못했다.

린네가 방금 말한 "어때?"란…… 토카에게 했던 질문을 그대로 요시노에게 던진 것이리라.

즉…… 시도를 좋아하는지 물어본 것이다.

"저, 저는…… 저기……."

요시노는 횡설수설하면서 얼굴을 새빨갛게 붉혔다. 좋아하는지 싫어하는지를 묻는다면 대답은 뻔했지만, 이 멤버들 앞에서 솔직하게 본심을 털어놓을 수 있을 리가 없었다.

바로 그때, 『요시농』이 요시노의 귀에 얼굴을 대면서 남들에게 들리지 않을 만큼 작은 목소리로 말했다.

『린네, 꽤 공격적이네~. 지면 안 돼, 요시노. 한 방 제대로 먹여주라구.』

"그, 그건……."

요시노는 그렇게 말하면서 린네를 힐끔 쳐다보았다. 촉촉하게 젖은 머리카락이 붙은 목덜미에서 몸으로 이어지는 라인은 그녀의 성격을 나타내듯 부드러운 곡선을 그리고 있었다. 그야말로 「여자애」라는 느낌이 물씬 나는 귀여운 몸이었다. 요시노에게는 승산이 전혀 없어 보였다.

그 뒤를 이어 토카를 향해 고개를 돌린 요시노는…… 마른침을 꿀꺽 삼켰다.

……그야말로 완벽 그 자체였다. 멋진 형태를 지닌 가슴과, 부드러워 보이면서도 잘록한 허리. 길고 날씬한 다리. 남성이 상상하는 이상적인 여자애와 여성이 상상하는 이상적인 여자애의 교차점에 위치한, 조물주의 사랑을 한 몸에 받은 듯한 육체였다. ……아아, 역시 요시노가 이길 수 있는 상대가 아니었다.

다른 사람들에게서 조금 떨어진 곳에 있는 오리가미 또한 가슴 사이즈는 토카에게 뒤지지만 전체적으로 늑대를 연상케 하는 늘씬하면서도 아름다운 육체를 지녔다. 팔뚝과 배에 살집이 조금 있는 요시노는 도저히 상대가 되지 못했다.

요시노는 애절한 눈빛으로 자신의 왼편— 코토리를 쳐다보았다.

코토리는 다른 두 사람보다 요시노에 훨씬 가까운 체격을 지녔다. 키와 스리 사이즈도 그렇게 다르지는 않았다. ……하지만 피부의 매끄러움은 어떨까. 희미하게 핑크색을 띤 매끈한 피부에 물방울이 맺혀 있는 모습은 보는 이들이 무심코 숨을 삼키게 만들 만큼 아름다웠다. ……그 모습을 보니 요시노는 왠지 울고 싶어졌다.

주위를 둘러본 요시노는 자신이 남들에 비해 얼마나 못났는지 다시 한 번 실감했다. 역시 이런 멤버들 앞에서 린네의 질문에 「예.」라고 대답하는 것은 무리였다. 적당히 말끝을 흐리자고 생각한 요시노는 떨리는 입술을 움직였다.

하지만 바로 그때, 미적지근한 요시노를 보다 못했는지, 『요시농』이 몸을 배배 꼬면서 입을 열었다.

『아~, 요시노가 자기 입으로 말하고 다니지는 않지만, 시도 군을 엄청 좋아해~. 「토카 씨는 시도 씨에게 편하게 말을 걸 수 있어서 좋겠네.」라든가, 「코토리 씨는 시도 씨와 항상 같이 있어서 좋겠네.」 같은 소리를 입에 달고 산다구.』

"앗?! 요 요시농……!"

요시노는 허둥지둥 『요시농』의 입을 막으려고 했다.

하지만 『요시농』은 요시노의 손을 피하더니, 계속 말을 이었다.

『진짜야~. 오늘은 시도 씨와 손을 잡아서 좋았다든가, 내일은 몇 번 이야기할 수 있으려나, 같은 말을 매일 밤 한다구~. 시도 군의 집에 갈 때는 옷도 엄청 신경 써서 고르고, 거울 앞에서 미소 연습도—.』

"……윽!"

얼굴을 새빨갛게 붉히면서 숨을 삼킨 요시노는 오른손으로 자신의 왼손— 즉『요시농』의 발치를 잡더니, 그대로 물 안에 집어넣었다.

〈라타토스크〉에서 준비해준『요시농』전용 방수 비닐웨어를 입었으니 젖지는 않겠지만,『요시농』의 목소리는 더 이상 들리지 않았다.

"으, 으음…… 저기, 시, 신경 쓰지, 마세요……."

요시노는 허둥대면서 그렇게 말한 후, 또 고개를 푹 숙였다.

『요시농』이 한 말은 전부 거짓말……이라고 말하지는 못했다. ……실은 전부 사실이기 때문이다.

하지만 이런 타이밍에 그 사실이 남들에게 알려질 거라고는 꿈에도 생각하지 못했다. 부끄러움과 두려움으로 머릿속이 뒤죽박죽이 된 탓에 눈앞이 빙글빙글 돌기 시작했다.

"후훗, 그렇구나."

린네는 미소 띤 얼굴로 그런 요시노를 바라보면서 고개를 끄덕인 후, 이번에는 그녀의 옆에 있는— 코토리를 쳐다보았다.

"……."

린네가 토카, 요시노와 이야기를 나누는 사이, 코토리는 주위를 둘러보면서 다른 소녀들의 나신을 관찰했다.

……뭐랄까, 눈 호강을 제대로 했다. 같은 여자인 코토리조차 그렇게 생각할 정도니, 남자— 예를 들어 시도가 이 자리에 갑자기 나타났다면, 엄청난 사태가 발생했으리라.

하지만 그것은 코토리에게 있어 매우 심각한 문제를 야기했다.

그녀는 아무 말 없이 시선을 약간 아래쪽으로 낮췄다. 그러자 실오라기 하나 걸치지 않은 소녀들의 가슴에 달린 잘 익은 과일이 보였다.

우선 린네를 쳐다보았다. 정확하게 재본 것은 아니지만, 코토리보다 10센티미터 정도 큰 것 같았다. 세 살이라는 나이 차를 생각하면, 앞으로의 전개 양상에 따라서는 충분히 도달 가능한 영역이다. 코토리의 당면한 목표는 그녀다.

다음으로 토카를 보았다. 그녀의 수치는 〈라타토스크〉에서 토카를 상세하게 조사했기 때문에 정확하게 알고 있었다. 가슴 사이즈 84센티미터. 숫자만 보면 약간 큰 정도지만, 토카의 경우는 신장 대비 비율이 절묘했다. 토카의 신장을 통해 산출한 평균 수치에 비해, 그녀는 3센티미터나 되는 어드밴티지를 지니고 있었다. 코토리에게 있어서는 그야말로 괴물이었다.

그런 멤버들 중에서 일종의 청량음료 역할을 하는 이가 바로 토비이치 오리가미다. 코토리와의 나이 차이는 세 살이며, 키 또한 꽤 차이가 나는데도, 가슴 사이즈는 몇 센티미터밖에 차이가 나지 않았다. 하지만 그녀는 그 점을 보완하고도 남을 정도의 슬렌더한 매력을 지녔기에 방심할 수는 없었다.

……그리고, 마지막 인물.

코토리의 마음을 가장 뒤흔든 상대는 의외로 요시노였다.

토카와 마찬가지로, 코토리는 요시노의 신체 데이터도 상세하게 측정했다. 그렇기 때문에 알고 있다. ―요시노는 코토리보다 키가 1센티미터 작은데도, 가슴 사이즈는 1센티미터 큰 것이다. 지저스. 맙소사. 신은 죽었다. 그 사실을 안 순간 코토리가 받은 충격은 상상을 초월했다. 그날 밤 〈프락시너스〉에 있는 바에서 환타를 연거푸 들이켰을 정도다.

인정하고 싶지는 않지만…… 코토리는 지금 이곳에 있는 멤버들 중에서 『요시농』 다음으로 X벽X승(코토리의 자존심을 생각해 자체 검열)이었다.

"―코토리는?"

"……으, 뭐, 뭐가?!"

느닷없이 질문을 받은— 코토리는 어깨를 움찔했다.

하지만 그녀는 곧 린네가 토카와 요시노에게 한 질문을 자신에게도 했다는 사실을 깨달았다.

"시도는 단순한 오빠야. 그 이상도 그 이하도 아니라구."

흥 하고 코웃음을 친 코토리는 팔짱을 끼면서 대답했다. 딱 잘라 말하면 린네도 더는 추궁하지 않으리라.

하지만 코토리가 그렇게 대답한 순간, 욕조 안에 있던 린네, 토카, 요시노가 동시에 「어?」하고 말하는 듯한 표정을 지으며 그녀를 쳐다보았다.

"왜, 왜 그런 표정으로 쳐다보는 거야……?"

그녀들은 서로의 얼굴을 쳐다본 후, 다시 코토리를 쳐다보았다.

"아니, 그게……."

"무슨 소리를 하는 것이냐. 코토리, 네가 시도를 좋아한다는 건 나도 알고 있다."

"으음…… 저도, 그렇게 생각해요……."

『차암~, 코토리는 솔직하지 못하다니깐~.』

"뭐어……?!"

코토리는 볼을 새빨갛게 붉히면서 눈을 치켜떴다.

"노, 농담하지 말라구! 난 그런 말 한 적 없다구!"

코토리는 첨벙! 소리가 나게 수면을 내려치면서 항의했다.

평소 그렇게 시도를 상대로 쿨한 태도를 유지해왔는데, 왜 그녀들이 이렇게 생각하는 것인지 이해가 되지 않았다.

하지만 그녀들은 코토리가 왜 이런 반응을 보이는 것인지 도통 모르겠다는 듯한 표정을 짓고 있었다. 으음, 하고 낮은 신음을 흘리던 린네는 다른 이의 의견을 들어보자고 생각했는지 오리가미를 쳐다보았다.

"오리가미 양은 코토리가 시도를 좋아한다고 생각해?"

"······."

질문을 받은 오리가미는 코토리를 힐끔 쳐다본 후, 린네를 바라보았다.

그 시선에 반응하듯, 코토리는 눈썹을 살짝 찌푸렸다. 오해라는 걸로 정리가 되기는 했지만, 오리가미는 코토리를 부모님의 원수로 의심했던 적이 있다. 두 사람 사이에는 아직 복잡한 감정이 남아 있다는 사실은 부정할 수 없었다.

린네가 그런 사실을 알 리가 없으니 오리가미에게 이런 질문을 던지는 것도 무리는 아니지만— 오리가미가 뭐라고 대답할지는 상상이 되지 않았다. 코토리는 작게 한숨을 내쉬면서 린네를 향해 고개를 돌렸—.

"시도는 로리콤 및 시스콤을 자칭했었어. 그러니 이츠카 코토리는 내가 반드시 뛰어넘어야 하는 장애물 중 하나야."

코토리는 오리가미가 느닷없이 한 말을 듣고 그대로 사레가 들렸다.

"마, 말도 안 되는 소리 하지 마……!"

말은 그렇게 했지만, 코토리도 짐작 가는 데가 있었다. 오리가미가 시도를 싫어하게 만들기 위한 데이트 작전을 실행에 옮겼을 때, 시도는 그런 발언을 했었다. ……뭐, 결과는 보다시피 실패로 돌아갔지만 말이다.

하지만 〈라타토스크〉라는 조직이 존재한다는 사실을 린네와 오리가미에게 알려줄 수는 없기에, 코토리는 진상을 밝힐 수가 없었다. 변명하려다 만 그녀는 입을 꾹 다물었다.

하지만 그 발언을 듣고 놀란 사람은 코토리만이 아니었다. 린네는 눈을 동그랗게 뜨면서 입을 열었다.

"뭐, 뭐? 시, 시도가 정말 그런 소리를 했었어……?"

"응."

"농담이 아니라?"

"눈빛이 진지했어."

"……."

린네는 잠시 동안 침묵한 후, 코토리의 어깨를 움켜잡았다.

"저기, 코토리. 혹시 목욕하고 나왔을 때 시도의 시선을 느꼈다든가, 그가 네 몸을 집요하게 만지려고 들면 언제든지 우리 집으로 피난 와도 돼."

"말도 안 되는 소리 하지 말라구!"

코토리가 볼을 붉히면서 그렇게 외치자, 린네는 쓴웃음을 지었다.

"아하하……. 농담이야, 농담. 아무리 시도라도 그런 짓을 하지 않겠지……?"

왠지 되뇌듯이 그렇게 말한 린네는 오리가미를 쳐다보았다.

"토비이치 양은…… 어때? 시도를 어떻게 생각해?"

"시도는 내 평생의 반려자."

오리가미는 주저 없이 대답했다. 린네는 그 말을 듣고 놀랐는지 눈을 동그랗게 떴고, 코토리와 토카는 "뭐……." 하고 말하면서 눈썹을 찌푸렸다. 참고로 요시노는 얼굴을 붉히면서 입 언저리까지 물에 담그더니 보글보글 하고 거품을 뿜었다.

"자, 잠깐만! 무슨 말도 안 되는 소리를 하는 거야?!"

"그렇다! 헛소리 작작 하거라!"

코토리와 토카는 분통을 터뜨리며 고함을 질렀다.

하지만 그녀들이 어떤 반응을 보이든 그 외의 다른 적당한 표현은 없으며, 방금 한 말을 취소할 생각도 없다. 시도와 오리가미는 장래를 약속한 연인 사이니까 말이다.

하지만 방심은 할 수 없다. 린네, 토카, 코토리, 요시노. 지금 이 목욕탕에 있는 소녀들은 호시탐탐 시도를 노리고 있는 교활한 암여우들이다. 아무리 시도가 오리가미를 향한 사랑을 관철하려 해도, 그녀들이 비열한 방해 공작을 펼칠 게 뻔했다.

오리가미는 린네를 쳐다보며 마음속으로 이를 갈았다. 분명 이 여자는 소꿉친구라는 포지션을 최대한 활용해 기습을 한 후, 저 아리따운 육체로 순박한 시도를 농락할 생각인 게 틀림없다. 평소 허물없이 지내던 소꿉친구가 자신을 친구가 아니라 남자로 여기기 시작한다면 시도의 가슴은 두방망이질을 칠 것이다. 온화한 얼굴로 그런 짓을 꾸미다니, 정말 무시무시한 여자다. 그야말로 암거미다.

그 후 오리가미는 이 세상에서 가장 밉고, 가장 짜증 나는 여자를 쳐다보았다. 야토가미 토카. 오리가미에게 허락도 받지 않고 시도에게 찰싹 붙어 있는 해충이다.

일반적으로 생각할 때 시도가 저런 여자에게 빠질 리가 없지만…… 문제는 저 아름다운 외모, 그리고 가슴에 달린 음란한 지방 덩어리다. 시도가 지닌 남자의 본능을 자극하는 비열하기 그지없는 수단인 것이다. 세심한 주의를 기울이지 않았다간, 시도는 저 가슴에 빨려 들어가듯 그녀에게 통째로 잡아먹히고 말리라. 정말 흉측한 여자다. 심해에서 불빛을 뿜어 먹잇감을 유인하는 초롱아귀 같은 여자다.

반면, 그런 무기를 지니지 못했는데도 강렬한 존재감을 뿜는 여자가 있다. 그렇다. 『의붓동생』이츠카 코토리다.

린네의 포근포근 보디와 토카의 가슴에 달린 두 초롱보

다, 그녀의 개발 도상국 보디야말로 주의해야 할 대상일지도 모른다. 그것도 그럴 것이 시도는 로리콤 및 시스콤임을 자처했던 것이다. 함께 사는 동안에 선을 넘어버릴 가능성이 충분히 있었다. 일상 안에 숨어 있는 위협. 그야말로 카멜레온이다.

같은 이유로 〈허밋〉 요시노도 방심할 수 없는 상대다. 코토리와는 또 다른, 마니아들이 좋아할 만한 동글동글 육체를 지닌 것이다. 무슨 일이 있어도 시도 앞에서 저 무시무시한 흉기를 노출하게 할 수는 없다.

게다가 저 심약해 보이는 겉모습 또한 심상치 않았다. 이런 여자야말로 가장 위험하다. 남자의 마음을 자극하는 방법을 알기 때문이다. 그야말로 식충 식물, 벌레잡이통풀이다.

하지만 오리가미는 고개를 저었다. 그 어떤 여자에게도 시도를 넘겨줄 수는 없다.

"시도는 내 운명이야. 그 사실 만큼은 절대 변하지 않아."

오리가미의 말을 들은 코토리와 토카는 또 반론을 하려 했다.

하지만 린네는 손을 펼쳐 그런 두 사람을 말린 후, 다른 사람 때와 마찬가지로 미소 지었다.

"그래. 토비이치 양도 시도를 좋아하는구나."

"……."

오리가미는 아무 말 없이 고개를 끄덕인 후— 린네를 노려보듯 쳐다보았다.

"왜 그런 걸 묻는 거야?"

"뭐?"

린네는 오리가미의 말을 듣고 눈을 동그랗게 떴다.

아무래도 토카와 코토리, 요시노도 오리가미와 같은 의문을 품고 있는 것 같았다. 오리가미를 향한 항의를 멈춘 그녀들은 린네를 쳐다보았다.

"으음…… 딱히 깊은 의미는 없어. 여자애들끼리 이렇게 모일 기회는 거의 없잖아. 그래서 물어본 것뿐이야."

"그렇구나."

오리가미는 더는 추궁하지 않았다. 실제로 여고생들은 별다른 이유 없이도 사랑 이야기를 할 때가 있기 때문이다.

하지만, 간과할 수 없는 의문이 하나 있었다. 그렇기에 오리가미는 조용히 입을 열었다.

"―그런데, 당신은 어때? 소노가미 린네."

"뭐?"

오리가미의 질문을 들은 린네는 눈을 동그랗게 떴다. 아무래도 자신이 이 질문을 받을 거라고는 눈곱만큼도 생각하지 않은 것 같았다.

하지만 토카도 그 질문에는 흥미가 있는지, 고개를 끄덕이면서 입을 열었다.

"음. 그러고 보니 린네의 대답은 듣지 못했구나. 말해다오. 린네는 시도를 어떻게 생각하지?"

토카가 오리가미의 말에 동의하자, 코토리와 요시노도 고개를 끄덕였다.

린네는 난처한 듯한 미소를 지으면서 볼을 긁적였다. 하지만 다른 소녀들의 시선을 버텨내지 못했는지, 작게 한숨을 내쉬면서 천천히 입을 열었다.

"—물론 좋아해."

그렇게 말한 린네는 평소처럼 상냥한 미소를 지었다.

그 말을 들은 오리가미와 코토리는 입을 꾹 다물었고, 요시노는 볼을 붉히며 린네를 뚫어져라 쳐다보았다.

토카는…… 딱히 놀라지 않았다. 린네가 시도를 소중히 여긴다는 것은 그녀의 평소 모습만 봐도 알 수 있고, 토카는 그녀를 소중한 친구로 여기고 있었다. 그런 린네가 토카와 마찬가지로 시도를 좋아한다는 것은 기뻐해야 마땅할 일이다.

하지만— 어째서일까.

"음……."

머리로는 그렇게 생각하면서도…… 린네의 그 말을 들은

순간, 왠지 가슴속을 강아지풀로 간질이고 있는 듯한 기묘한 감각이 느껴졌다.

"확인 삼아 물어볼게."

오리가미는 린네의 얼굴을 뚫어져라 쳐다보면서 말을 이었다.

"그건 소꿉친구가 아니라, 남자로서 좋아한다는 의미야?"

그 말을 들은 소녀들은 일제히 숨을 삼켰다.

린네는 천장을 바라보며 잠시 동안 생각에 잠긴 후 대답했다.

"으음…… 양쪽 다, 일 거야."

"그렇구나."

오리가미는 짤막하게 대답하면서 고개를 끄덕였다.

"그렇다면 너도 내 적이야. 시도는 절대 넘겨주지 않겠어."

"뭐……."

토카는 오리가미의 말을 듣고 눈썹을 찌푸렸다. 두 사람의 대화는 일단 제쳐두더라도, 「시도는 절대 넘겨주지 않겠어」라는 말은 그냥 흘려 넘길 수 없었다. 벌떡 일어선 토카는 오리가미를 향해 고함을 지르려 했다.

하지만 토카는 그러지 못했다.

린네가 두 손을 펼치며 토카와 오리가미 사이에 서더니, 고개를 천천히 저었기 때문이다.

"으음, 그런 걱정은 안 해도 될 거야. 양쪽 다, 라는 건 양쪽을 겸하고 있다는 게 아니라…… 어느 쪽이든 될 수 있다는 의미에 가깝거든."

"……그게 무슨 소리야?"

오리가미는 미심쩍어 하는 듯한 목소리로 물었다. 그러자 린네는 옅은 미소를 지으면서 말했다.

"나, 시도를 좋아해. 엄청 좋아해. 어쩌면 우리 중에서 내가 가장 그를 좋아할지도 모를 만큼 말이야."

"……윽."

토카는 린네의 말을 듣고 숨을 삼켰다.

오리가미와 코토리, 요시노도 마찬가지였던 것 같았다. 그녀들은 표정을 굳히면서 그 말을 부정하려 했다.

하지만 린네는 그보다 먼저 말을 이었다.

"만약 시도가 나를 원한다면, 나는 그를 위해 뭐든 할 거야. 시도의 연인이 되어, 키스를 하고, 하나가 되고, 결혼을 해서, 그가 원하는 만큼 아이를 낳으며, 함께 늙어갈 생각이야. —하지만, 만약 시도가 다른 사람을 선택해도, 나는 상관없어."

"……믿을 수 없어."

오리가미가 그렇게 말하자, 린네는 진한 미소를 머금었다.

"후후, 그럴지도 몰라. 하지만 사실이야."

린네는 그렇게 말하면서 손가락을 세웠다.

"예를 들어— 시도가 오리가미 양과 결혼하고 싶어 한다면, 나는 진심으로 두 사람을 축복할 거야. 물론 다른 사람이라도 마찬가지겠지. 시도가 토카를 선택해도, 코토리를 선택해도, 요시노를 선택해도, 혹은 내가 모르는 누구를 선택해도 마찬가지야."

린네는 말을 이었다.

마치 노래하듯이…….

"물론 아무도 선택하지 않아도 돼. 우리 모두를 손에 넣고 싶어 하더라도 응원할 거야. 시도가 행복할 수만 있다면 나는 뭐든 할 거야. 시도가 원하는 거라면, 내가 뭐든 이뤄줄 거야. 나는 시도의 소꿉친구라도, 연인이라도, 아내라도, 여동생이라도, 언니라도, 엄마라도, 딸이라도, 상사라도, 부하라도, 적이라도, 원수라도, 타인이라도 상관없어. ─그저 시도만 행복하면 돼."

"린, 네……?"

토카는 눈썹을 희미하게 찌푸리면서 린네의 이름을 입에 담았다.

표정이 변한 것은 아니다. 목소리가 바뀐 것도 아니다. 말투가 달라진 것도 아니다.

그런데도─ 토카는 린네의 상냥한 얼굴에서, 공포에 가까운 무언가를 느끼고 말았다.

뜨거운 물에 몸을 담그고 있는데도, 등골이 서늘해지는 느낌이 들었다.

린네의 말이 무섭다든가, 기분 나쁘다고 생각한 것은 아니다. 그런 것보다 더 이질적이고, 더욱 근원적인—

"아……."

다른 이들이 어떤 표정을 짓고 있는지 눈치챈 린네가 작은 소리를 냈다. 그 순간, 방금까지 느껴졌던 묘한 감각이 거짓말처럼 사라졌다.

"……아, 이야기가 너무 길었나 보네. 혼자서 떠들어대서 미안해. —하지만 시도가 누구를 선택하든 불만이 없다는 건 진심이야."

린네는 그렇게 말한 후 아하하 하고 웃었다. 팽팽한 공기가 사라지자, 다들 한숨을 내쉬었다.

하지만.

"—**다음에는**, 주의해야지."

"음……?"

토카는 미간을 살짝 모았다. 다른 사람들은 듣지 못한 것 같지만, 린네가 작게 중얼거린 소리가 들렸기 때문이다.

하지만 토카가 그 말에 대해 린네에게 물어보기도 전에, 벽 쪽에 있던 오리가미가 입을 열었다.

"……네 가치관은 이해할 수 없어. 하지만 시도의 행복을 바란다는 것만큼은 나도 마찬가지야. —안심해. 시도는 내가 반드시 행복하게 해주겠어."

"뭐, 뭐라고?!"

린네를 쳐다보던 토카는 그 말을 듣고 오리가미를 향해 고개를 돌렸다.

"멋대로 정하지 마라! 네 녀석이 시도를 행복하게 해줄 수 있을 리가 없다!"

"그럼 누가 그를 행복하게 해줄 수 있다는 건데?"

"그건…… 나, 나라면—."

"하아."

토카가 그렇게 말하자, 오리가미는 고개를 내저으면서 한숨을 내쉬었다.

"넌 절대 못 해. 너한테는 결함밖에 없잖아. 너 같은 여자를 반려자로 삼았다간, 시도는 평생 고통받을 거야."

"뭐, 뭐라고?!"

물을 튀기며 벌떡 일어선 토카는 오리가미를 향해 걸음을 내디뎠다.

"린네……?"

벽 너머에서 단편적으로 들려오는 목소리를 들은 시도는 당혹스러운 표정을 지었다.

시도는 방금까지 걸즈 토크를 듣고 얼굴을 새빨갛게 붉히고 있었지만…… 린네가 이야기를 시작한 후부터 여탕 쪽의 분위기가 바뀐 듯한 느낌이 들었다.

"무슨 소리를…… 하는 거야?"

시도는 마른침을 삼켰다.

린네의 분위기는 평소와 명백하게 달랐다.

마치 뭔가가 씐 듯한 분위기를 띤 그녀는 시도를 향한 자신의 마음을 담담하게 이야기했다. 하지만 그 내용은 시도가 무심코 눈썹을 찌푸리고 말 정도로 충격적이었다.

─시도만 행복하다면, 다른 건 아무래도 상관없다.

그런, 헌신적이라고 표현하기에는 지나친 이야기를 하기 시작했다.

방금, 린네는 시도를 좋아한다고 말했다.

시도가 원한다면 그의 연인이 되고, 결혼도 하겠다고 말했다.

하지만 그 말이 소꿉친구 특유의 농담이라는 것은 대번에 눈치챘다. 실제로 린네는 어릴 적부터 항상「시도의 아내가 될 거야」같은 말을 했었─.

"……어라?"

머릿속에서 정전기가 흐른 듯한 느낌이 든 시도는 손으로 자신의 이마를 짚었다.

오늘 저녁, 린네가 이츠카 가를 방문했을 때도 비슷한 느낌을 받았다. 옛날 일을 떠올리려고 한 순간, 갑자기 머릿속에 노이즈가 낀 것이다.

아니─ 더 정확하게 말하자면…….

옛날 일……이 아니라 린네와 보낸 나날들의 기억을 떠올리려 하면, 이런 느낌을 받았다.

"이건…… 뭐야."

린네는 소꿉친구이며, 항상 시도의 옆집에 살았다. 그렇다. 10년도 더 전부터 말이다. 항상 같은 학교, 같은 반이었으며, 매일 아침 같이 등교했다. 시도가 라이젠 고교에 들어가기로 한 것도, 린네가 그 학교에 간다고 해서…… 그랬던 것, 같은, 느낌이 들었다.

"그렇……지?"

시도가 자기 자신에게 물어보듯 중얼거렸다. 과거의 기억이 애매했다. 기억하고 있으면서도, 기억하지 못하는 듯한 느낌이 들었다. 분명 알고 있을 텐데도, 알지 못하는 듯한 느낌이 들었다.

하지만 린네라는 소녀가 존재한다는 것은 틀림없는 사실이다. 그러니 뭔가가 잘못됐다면, 그것은 시도의…….

『잠깐, 토카! 진정해! 이런 데서—.』

바로 그때, 벽 너머에서 코토리의 목소리가 들려오자, 시도는 정신이 퍼뜩 들었다. 아무래도 여탕에서 무슨 일이 일어난 것 같았다. 코토리의 목소리 외에도 토카와 오리가미가 말다툼을 하는 목소리가 들렸다.

"아—."

바로 그때, 격렬한 두통을 느낀 시도는 얼굴을 찡그렸다.

무슨 일이 일어난 것인지 신경 쓰였지만, 코토리의 목소리를 들은 순간, 뭔가를 떠올리고 만 것이다.

―코토리는 5년 전, 노이즈 같은 『무언가』에게서 영력을 받아서 정령이 되었다.

그리고 시도가 당시에 살던 마을에는 화재가 발생했다.

그렇다. 시도는 5년 전까지 지금과는 다른 곳에 살고 있었다. 그렇다면 린네는……? 린네도 시도와 마찬가지로 난코쵸에서 지금 사는 곳으로 이사 온 것일까? 우연히, 시도의 옆집으로?

"큭……."

머릿속에 낀 노이즈가 강렬해지자, 시도는 고통 섞인 신음을 흘렸다. ……생각이 나지 않았다. 중요한 무언가가 존재하는 듯한 느낌이 들지만, 그것이 무엇인지 기억이 나지 않았다.

바로 그때―.

『이 녀석, 말이면 단 줄 아느냐! 더는 용서 못 한다!』

토카의 외침이 들린 직후, 우직 하는 소리가 나면서 벽에 금이 갔다.

"어?"

그 금을 본 시도가 눈을 치켜뜨며 그렇게 말한 순간, 그 금이 점점 커지더니― 파편을 사방으로 흩날리면서 낡은 벽에 커다란 구멍이 생겼다.

"앗……."

그 구멍 너머로 오른 주먹을 내민 토카의 모습이 보였다. 아무래도 토카가 벽에 주먹을 날린 바람에 구멍이 생긴 것 같았다.

그것도 큰일이기는 했다. 아마 토카의 정신 상태가 흐트러져서 영력이 역류한 것이리라.

하지만 시도에게 있어서는 그것조차 사소한 일에 지나지 않았다.

그 이유는 간단했다. 이 벽 너머는 여탕이며, 토카를 비롯한 소녀들은 시도와 마찬가지로 목욕 중이기 때문에— 다들, 아무것도 입고 있지 않았던 것이다.

"우와앗?!"

"앗, 시도?! 왜 그런 곳에 있는 것이냐!"

당황한 토카는 양손으로 건강미 넘치는 몸을 가리며 고함을 질렀다. 그런 토카의 뒤편에는 그녀와 마찬가지로 실오라기 하나 걸치지 않은 린네와 코토리, 요시노가 있었다.

순식간에 이 탕은 혼욕 상태가 되었다. 어쩌면 좋을지 감이 오지 않은 시도는 당황한 표정으로 주위를 연신 돌아보았다.

바로 그때, 남탕과 여탕 사이에 생긴 커다란 구멍을 통해 누군가가 넘어오더니 시도의 등에 찰싹 달라붙었다. —오리가미였다.

"오, 오리가미?!"

"야토가미 토카에게 공격을 받았어. 조심해. 저 여자는 위험해."

"네, 네 녀석! 뭘 하는 것이냐!"

하지만 토카가 오리가미의 그런 행동을 용납할 리가 없었다. 토카는 가슴과 아랫배를 손으로 가린 채 고함을 질러 댔다.

"흉포한 정령에게서 벗어나기 위한 긴급 피난. 불가항력적인 일이야."

"누가 흉포하다는 것이냐! 네 녀석이 먼저―."

"시도, 도와줘."

절박함 같은 것은 느껴지지 않는 담담한 목소리로 그렇게 말한 오리가미는 시도와 몸을 더욱 밀착시켰다. 등에서 부드러운 감촉이 느껴지자, 시도는 무심코 얼굴을 붉혔다.

"으, 으윽!"

"토비이치 오리가미, 네 이 녀석……!"

토카는 어금니를 깨물면서 걸음을 내디뎠다.

하지만 양손으로 몸을 가린 상태에서 불안정한 공간을 이동하던 토카는 시도에게 도달하기 직전에 미끄러지더니, 그대로 그를 향해 넘어졌다.

"우, 우왓!"

"……윽?!"

토카가 어떻게든 균형을 잡을 생각에 허공을 향해 양손을 버둥거린 순간, 한순간이지만 그녀의 아름다운 나신이 시도의 눈에 비쳤다.

　—하지만 그로부터 2초 후, 토카의 머리와 욕조 바닥 사이에 샌드위치 상태로 끼이며 더블 박치기를 당한 시도는 그 광경을 기억하지 못했다.

◇

　시원한 공기가 목욕 직후 열기를 띤 피부를 쓰다듬었다.

　그 후 어찌어찌 사태를 수습(뭐, 시도는 기절한 탓에 기억이 나지 않지만)한 후, 시도 일행은 목욕탕에서 나왔다.

　"시도…… 미안하다."

　등 뒤에서 토카의 미안해하는 듯한 목소리가 들렸다. 아무래도 아직 조금 전 일을 신경 쓰고 있는 것 같았다. 시도는 쓴웃음을 지으면서 손을 내저었다.

　"너무 신경 쓰지 마. 도발한 오리가미한테도 잘못은 있으니까 말이야."

　"으, 음……."

　토카는 그렇게 말하면서 고개를 끄덕였다.

　목욕탕은 〈라타토스크〉가 책임지고 수리해주기로 한 것 같았다. 할머니는 벽이 부서진 걸 알고 꽤 놀랐지만, 낡아서 부서진 걸로 생각하는 것 같았다.

참고로 현재 시도는 토카, 린네, 코토리, 요시노, 이렇게 네 사람과 함께 밤길을 걷고 있었다. 오리가미는 길이 다르기 때문에 목욕탕 앞에서 헤어졌다. 뭐, 실은 시도의 집까지 따라오려고 했지만 린네가 그녀를 말렸다.

이윽고 시도의 집 앞에 도착한 후, 린네는 옆집을 향해 돌아섰다.

"그럼 내일 봐, 시도."

"응. 오늘은 고마웠어."

"아냐. 오래간만에 목욕탕에 갔더니 나도 즐거웠어."

"하하…… 그랬구나. 그럼 기회가 되면 또 다 같이 갈까?"

시도가 별생각 없이 그렇게 말하자, 린네는 입가에 미소를 머금었다.

"응─. 좋아. **다음에도 또 같이 가자.**"

"……어?"

시도는 그 말을 듣고 고개를 갸웃거렸다. 그녀의 말에서 기묘한 느낌을 받았기 때문이다.

하지만 시도가 그것에 대해 물어보기도 전에, 린네는 자신의 집을 향해 걸어갔다.

"뭐…… 됐어."

어차피 내일 또 학교에서 만날 테니, 그때 물어보면 된다.

시도는 그렇게 생각하면서 다른 소녀들과 함께 집으로 들어갔다.

데이트 어 노벨

DATE A NOVEL

정령 컨퍼런스

Conference SPIRIT

TE A NO

"『데이트 어 라이브』 히로인 조사 회의를 시작하겠어요~!"

끝없이 넓은 그림자 안에서, 토키사키 쿠루미는 힘찬 목소리로 외쳤다.

칠흑빛 머리카락과 하얀 도자기 같은 피부, 그리고 시계처럼 시간을 새기고 있는 왼쪽 눈을 지닌, 한 번 보면 절대 잊을 수 없을 듯한 특징을 지닌 소녀다. 영장이나 드레스가 아니라 커리어 우먼이 입을 듯한 정장을 입은 그녀는 테가 얇은 안경을 쓰고 있었다.

"……으음."

쿠루미의 말을 들은 토카는 미심쩍은 시선으로 그녀를 쳐다보았다.

토카만이 아니다. 토카와 마찬가지로 이곳에 모인 이들 모두가 그런 눈빛으로 쿠루미를 쳐다보고 있었다.

왼쪽부터 토카, 요시노, 코토리, 카구야, 유즈루, 미쿠, 나츠미, 그리고 오리가미 순서로 말굽형 테이블에 둘러앉은 그녀들은 쿠루미를 지그시 쳐다보고 있었다.

그녀들이 그러는 것도 무리는 아니었다. 평범하게 마을 안을 걷다가 『그림자』 안으로 빨려든 후 느닷없이 이런 소리를 들었으니 싱글벙글 웃는 게 오히려 이상할 것이다.

"⋯⋯히로인 조사 회의? 그게 뭐야?"

코토리가 침묵을 깼다. 짜증 섞인 표정으로 팔짱을 낀 그녀는 입에 문 막대 사탕의 막대 부분을 위아래로 흔들었다.

그 질문은 코토리 이외의 다른 소녀들도 하고 싶었던 것 같았다. 카구야와 유즈루는 동조하듯 고개를 끄덕였다.

"그러하니라. 빨리 설명을 하지 못할까. 설마 하찮기 그지없는 일 때문에 우리를 이런 곳에 모은 것은 아닐 테지?"

"동의. 그리고 『데이트 어 라이브』라는 건—."

"그걸 설명하려면 시간이 꽤나 걸릴 테니 생략하겠어요."

유즈루의 말을 들은 쿠루미는 "쉿." 하고 말하면서 손가락 하나를 세웠다. ⋯⋯솔직히 말해 그게 가장 신경 쓰였지만, 왠지 물어서는 안 될 것 같은 느낌이 들었다.

"그럼 구체적으로 뭘 하는 건가요~?"

미쿠는 살며시 손을 들면서 물었다. 그러자 쿠루미는 안경을 고쳐 쓰면서 입을 열었다.

"말 그대로, 랍니다. 『데이트』도 벌써 11권에 접어들었죠. 단편집을 포함하면 열네 권이나 되고요. 시도 씨의 주위에 있는 정령 또한 하루가 멀다 하고 늘어나는 추세잖아요⋯⋯. 솔직히 말해, 히로인이 너무 많다고 생각하지 않나요?"

쿠루미는 약간 연극 톤이 섞인 목소리로 그렇게 말했다.

"이대로 있다간 시도 씨도 큰일 테고, 저희도 각자의 분량이 계속 줄어가겠죠. 그래서 이번처럼 한 번에 많은 캐릭터가 등장할 때는 외모 묘사까지 생략하는 처지에 이르고 말았어요……."

"……마지막 말은 무슨 뜻인지 모르겠는데……."

구석에 앉아 있던 나츠미가 도끼눈을 뜨면서 그렇게 말했지만, 쿠루미는 듣지 못한 것 같았다. 그녀는 오버 리액션틱한 손짓을 섞어가면서 말을 이었다.

"─오늘 여러분을 이렇게 모신 이유를 말씀드리죠. 오늘은 여러분이 진정으로 히로인에 걸맞은지 조사해서 인원 정리를 할까 해요!"

"""뭐……?!"""

쿠루미의 선언을 들은 정령들은 동시에 숨을 삼켰다.

그런 그녀들의 반응을 즐기듯, 쿠루미는 웃음을 흘렸다.

"아, 물론 조사 결과 히로인으로 인정된다면 앞으로도 지금까지와 마찬가지로 이 시리즈에 계속 등장할 수 있으니 안심해주세요."

"잠깐만. 말도 안 되는 소리 하지 마!"

쿠루미가 그렇게 말하자, 코토리는 테이블을 내려치면서 벌떡 일어났다.

그녀가 그러는 것도 무리는 아니었다. 히로인으로 인정된다면……이라는 말은 만일 히로인으로 인정되지 않는다면 시도 곁에 있을 수 없다는 뜻이다.

"헛소리하지 마. 왜 너한테 인정을 받아야 하는 거냐구! 그리고 대체 무슨 권한으로—."

하지만 쿠루미는 자신만만한 웃음을 흘리면서 클립보드에 펜으로 뭔가를 적는 듯한 시늉을 했다.

"어머 어머. 코토리 양. 심사 위원에게 반항적인 태도를 취하는 건 감점 대상이에요."

"뭐……?!"

그 말을 듣고 어깨를 부르르 떠는 코토리의 볼에 식은땀이 맺혔다. 하지만 그것도 무리는 아니라. 지금의 쿠루미에게는 이제까지의 그녀와는 다른 의미에서 위협적이면서 압도적인 위압감이 뿜어져 나오고 있었다.

"코, 코토리 씨……."

코토리의 옆에 앉은 요시노가 희미하게 떨리는 목소리로 말했다. 코토리는 분통을 터뜨리듯 어금니를 깨물었다.

"……큭, 알았어. 하지만 조사 내용에 대한 이의 신청은 정당한 권리로 인정해줄 거지?"

"예, 물론이죠."

"흥……!"

코토리는 짜증 섞인 코웃음을 친 후, 다시 의자에 앉았다.

쿠루미는 그런 코토리를 보며 만족스럽다는 듯이 고개를 끄덕인 후, 들고 있던 서류를 한 장 넘겼다.

"자아…… 그럼 시작하죠."

그리고— 쿠루미에 의한, 공포의 히로인 조사 회의가 그 막을 올렸다.

"처음은— 토카 양이에요."

"음…… 나부터인 것이냐."

토카는 긴장한 탓에 약간 굳어진 얼굴로 쿠루미를 쳐다보았다. 그러자 쿠루미는 그런 그녀를 재미있어 하듯 미소를 머금었다.

"우후후, 토카 양을 잡아먹으려는 건 아니니까 그렇게 긴장하지 않아도 된답니다. 좀 더 릴렉스하세요."

그렇게 말한 쿠루미는 서류를 보면서 안경을 고쳐 썼다.

"—흠, 토카 양은 『데이트』 1권부터 등장한 만큼, 정통파 히로인이라는 인상이 강하군요. 무너지려 하는 시도 씨를 위로해줬을 뿐만 아니라, 7권에서는 적에게 사로잡힌 공주님 역할까지 맡았죠. 정말 빈틈이 없는걸요."

"음……? 칭찬하는 것이냐?"

"예. 정말 멋져요. 『데이트』의 표지와 키비주얼을 몇 번이나 장식할 만하답니다."

"그, 그래?"

조금 의외이긴 하지만, 칭찬을 들으니 기분이 썩 나쁘지 않았다. 토카는 무심코 볼을 붉혔다.

"—하지만."

하지만 쿠루미의 말은 그것으로 끝이 아니었다. 그녀는 여전히 미소를 머금은 채 빙긋 웃으면서 말을 이었다.

"역시 토카 양의 히로인 적성을 심사하는 데 있어 피해갈 수 없는 것은 『토카 양의 과식 문제』군요."

"과, 과식?"

"예. 토카 양. 당신은 밥을 너무 많이 먹어요. 특촬 전대 히어로물에 비유하자면 초기 옐로의 포지션이죠. 이건 금전적, 그리고 체력적으로 시도 씨에게 부담이 되고 있답니다."

"그, 그럴 수가……!"

자신의 식사량 때문에 시도가 부담을 느끼고 있다는 말을 들은 토카는 비통한 표정을 지으며 어깨를 부르르 떨었다.

"하지만 시도는 많이 먹는 나를 좋아한다고 말해줬다."

"예. 그건 맞는 말일 거예요. 하지만 그것에 의해 토카 양의 등장 장면 중 몇 할이 식사로 점철된다는 것은 그냥 넘어갈 수 없어요. 출판 업계가 불황인 작금의 상황을 고려해 볼 때, 히로인의 식사 장면을 넣을 바에야 서비스 신을 하나라도 더 넣어야 하지 않을까요?"

"으, 으으……."

토카는 땀을 줄줄 흘리며 신음을 흘렸다. 쿠루미가 말하는 서비스 신이 무엇인지는 잘 모르겠지만, 그것이 히로인에게 있어 매우 중요하다는 것만은 왠지 알 것 같았다.

"그럼 뭘 어떻게 하면 된단 말이냐."

"글쎄요……. 하다못해 에로틱하게 식사를 하는 건 어떨까요?"

"에로틱하게?"

"예. 예를 들자면……."

쿠루미는 그렇게 말하면서 손가락을 튕겼다. 그러자 그림자 안에서 또 한 명의 『쿠루미』가 나오더니, 정장 차림의 쿠루미에게 아이스바를 건넨 후, 다시 사라졌다. ―쿠루미가 천사 〈각각제(刻刻帝)〉로 만들어낸 분신이었다.
^{자프키엘}

"이걸, 이렇게……."

쿠루미는 분신에게서 받은 아이스바를 들더니 입술 사이로 혀를 내밀었다. 그리고 황홀한 눈빛을 띠면서 그 아이스바를 아랫부분부터 위쪽을 향해 핥았다. 그리고 정점에 도달한 쿠루미의 혀가 아이스바에서 떨어진 순간, 녹은 아이스바와 타액이 뒤섞여 만들어진 액체가 번들거리는 실을 만들어냈다.

"""……아."""

그 음탕한 광경을 본 정령들이 일제히 숨을 삼켰다. 그중 한 명은 "꺄아~!" 하고 교성을 흘렸다. 바로 미쿠였다.

"―이렇게 먹는 거예요."

"흠…… 알았다. 해보마!"

토카가 고개를 끄덕이자, 이번에는 그녀의 등 뒤에 쿠루미의 분신이 나타나 아이스바를 건네준 후 사라졌다.

"그럼 잘 봐라!"

토카는 힘찬 목소리로 그렇게 말하면서, 방금 쿠루미가 한 것처럼 아이스바를 핥았다.

하지만.

"……아~."

"에로틱하다기보단……."

"지적. 강아지…… 같아요."

그런 토카를 본 정령들은 쓴웃음을 입가에 머금었다. 그 중 한 명은 "꺄아~!" 하고 교성을 흘렸다. 바로 미쿠였다.

"흐음…… 역시 토카 양에게는 버거운 것 같군요."

쿠루미는 한숨을 내쉬면서 눈을 가늘게 떴다.

그런 그녀에게서 불온한 분위기를 감지한 코토리가 입을 열었다.

"자, 잠깐만 기다려봐. 방금 그건 토카의 장점이기도 하잖아! 설마 겨우 그런 이유로 토카를 히로인 자리에서 끌어내리려는 건 아니겠지?!"

코토리가 입에 거품을 물면서 그렇게 말하자, 쿠루미는 빙긋 웃었다.

"아무리 저라도 그 정도 이유로 토카 양에게 히로인의 자격이 없다는 결론을 내릴 생각은 없답니다. ─뭐, 전근이나 부서 변경 정도는 괜찮을지도 모른다고 보지만요."

"부서 변경……?"

토카가 무슨 말인지 모르겠다는 듯이 고개를 갸웃거리자, 쿠루미는 "예." 하고 말하며 고개를 끄덕였다.

"토카 양이 지금보다 더 빛날 수 있는 포지션을 제안하고 싶답니다."

"음…… 그건 대체 어떤 포지션이지?"

"그러니까……."

토카가 그렇게 묻자, 쿠루미는 손가락 하나를 세우면서 말했다.

"앞으로는 『세인트 버나드 토카 양』으로서, 시도 씨의 곁에 있는 건…… 어떠신가요?"

""".....윽?!""""

쿠루미의 제안을 들은 정령들의 얼굴이 전율로 가득 찼다.

하지만 당사자인 토카는 그 말의 의미를 눈곱만큼도 이해하지 못했다. 그녀는 고개를 갸웃거리면서 쿠루미에게 되물었다.

"세인트 버나드…… 그게 뭐지? 좀 엄청난 듯한 이름이기는 하구나."

"예! 정말 귀엽고, 파워풀하답니다."

"흠…… 그게 된다면 시도와 같이 있을 수 있는 것이냐?"

"물론이죠. 예전보다 더 함께 있을 수 있는 시간이 늘어

날지도 모른답니다. 게다가 밥을 배 터지게 먹어도 되죠."

"뭐라고……! 엄청 좋은 거구나!"

토카는 눈을 반짝이면서 벌떡 일어났다. 그런 토카를, 요시노와 코토리가 걱정스러운 눈빛으로 쳐다보았다.

"저, 저기, 토카 씨……."

"저기, 토카. 세인트 버나드라는 건—"

"자아, 이걸로 토카 양은 해결됐군요! 그럼 다음 분으로 넘어가죠~!"

코토리의 말을 막듯, 쿠루미가 힘찬 목소리로 외쳤다.

"그럼 다음은…… 요시노 양 차례군요."

"……윽!"

쿠루미에게 이름을 불린 요시노는 어깨를 부르르 떨었다. 그런 그녀와는 대조적으로, 왼손에 장착한 토끼 퍼핏 인형 『요시농』은 경쾌하게 손을 들면서 입을 뻐끔거렸다.

『이야~, 살살 부탁해~.』

"우후후, 글쎄요. 한번 생각해보죠"

『요시농』이 코미컬한 어조로 그렇게 말하자, 쿠루미는 어깨를 으쓱하면서 말을 이었다. 의외로 이 두 사람은 상성이 나쁘지 않은 것 같았다.

"자아, 요시노 양은 토카 양 다음으로 등장했던 정령이죠. ―뭐, 코토리 양이나 오리가미 양 같은 예외도 있지만요. 아무튼, 마음 착한 정령으로 알려져 있으며, 시도 씨는 당신을 『내 오아시스』라고 부른다면서요?"

"저, 저기……."

요시노는 볼을 붉히면서 고개를 숙였다. 하지만 싫어하고 있다기보다는 매우 부끄러워하고 있는 것처럼 보였다.

"게다가 주목해야 할 점은 불가사의한 색기를 지니고 있다는 거죠. 토카 양보다 어린데도 불구하고 적재적소에서 포인트를 따고 있는 점은 정말 대단해요. 토카 양, 오리가미 양과 벌였던 수영복 대결에서 승리를 거둔 솜씨도 그렇고, 『앙코르』에 수록된 단편에서 비에 젖은 유카타를 걷어올리며 엉덩이를 때려달라고 한 것도 그렇고…… 특히 후자 때는 저도 한 방 먹었다고 생각했어요. 요시노 양은…… 정말 무서운 아이군요."

"으, 으으으……."

요시노는 볼을 더욱 붉히면서 고개를 푹 숙였다.

"음? 나를 불렀느냐?"

참고로, 이름을 불린 토카는 방금 쿠루미의 분신에게 받은 아이스캔디를 연습 삼아 핥아 먹고 있었다. 하지만 쿠루미의 분신이 개목걸이를 채워준 덕분에, 강아지 같은 느낌이 더욱 강렬해졌다.

요시노가 왼손에 낀 『요시농』이 아무 일도 아니라는 듯이 토카를 향해 손을 내저은 후, 쿠루미를 돌아보았다.

『쿠루미도 참~. 요시노를 칭찬해주는 건 좋지만, 너무 괴롭히면 안 된다구~.』

『요시농』이 그렇게 말한 순간, 쿠루미가 『요시농』을 손가락으로 가리켰다.

"바로 그거예요."

『뭐?』

『요시농』은 얼굴 부분을 교묘하게 움직여 표정을 만들었다.

"요시노 양의 결점, 그것은 바로 엄청난 잠재 능력을 지녔으면서도 그것을 어필할 기회를 놓치고 있다는 점이에요."

"……으, 그, 그건……."

『으음~. 하지만 말이야. 너무 어필만 해댔다간 미움받지 않을까? 요시농 생각에 요시노는 지금 정도의 밸런스가 딱 좋다고 생각해~.』

"확실히 그것도 일리는 있어요. 시대가 변했다고 해도, 남성분들은 조신한 여성에게 끌리는 법…… 그 점에서 볼 때도, 요시노 양은 정말 엄청나다고 생각해요. 앞날이 걱정되는 마성의 여자죠."

『꺄아~! 쿠루미는 뭘 좀 아는구나~!』

『요시농』은 양손을 코미컬하게 움직이면서 말했다.

하지만 바로 그때, 쿠루미는 "하지만." 하고 말하면서 말을 덧붙였다.

"잘 생각해보세요. 만약 이 작품의 매체가 만화였다면 그 이론이 들어맞았을 거랍니다. 대화를 나누는 이들 옆에 있기만 해도 독자 여러분에게 귀여움을 어필할 수 있을 거예요. 하지만 『데이트 어 라이브』는 소설. 대화에 참여하지 않으면 그 모습은 묘사조차 되지 않는다고요!"

『뭐, 뭐어~?!』

지극히 당연한 말이지만, 『요시농』은 그 말을 듣고 깜짝 놀랐다는 듯이 양손을 번쩍 들었다.

"요시노 양에게 필요한 것은 『조신함의 어필』, 즉 언뜻 보기에 상반되는 요소를 양립시키는 거랍니다! 그러지 않고서는 이 군웅할거의 히로인 시대에서 살아남을 수 없어요!"

"아, 아우우……."

쿠루미가 힘찬 목소리로 그렇게 말하자, 요시노는 겁먹은 것처럼 눈물을 글썽거리며 온몸을 부르르 떨었다.

그 모습을 본 쿠루미가 휴우 하고 한숨을 내쉬었다.

"—하지만, 방금 말씀드렸다시피 요시노 양이 지닌 잠재 능력은 상당해요. 그것을 버리는 건 아까운 짓이죠. 게다가 얌전하다는 것은 거꾸로 말하자면 남의 이야기를 잘 들어준다는 뜻이기도 하답니다. 개성이 강한 등장인물들 때문에 지친 시도 씨의 마음을 치유해주는 존재도 확실히 필요하죠. 그러나—."

쿠루미는 손가락 하나를 세우면서 말했다.

"요시노 양은 술집 『오아시스』의 마담 요시노가 되어서, 시도 씨의 푸념을 들어주는 건 어떨까요?"

"······마담 요시노?!"

나츠미가 새된 목소리로 고함을 질렀다. 그 단어를 듣고 뭔가가 생각나기라도 했는지, 그녀의 볼을 타고 땀이 흘러내렸다.

『잠깐만, 쿠루미~. 시도 군은 아직 미성년자라 작품 안에서는 술집에 갈 수 없다구~.』

"걱정할 필요 없어요. 매 권마다 등장할 뿐만 아니라, 본편 설정에 속박당하지 않는 자유로운 장소가 존재하잖아요."

"저, 저기, 거긴 설마······."

요시노가 불안 섞인 눈빛으로 쿠루미를 쳐다보았다. 그러자 그녀는 만면에 미소를 지었다.

"예. 후기랍니다."

"""후기?!"""

모두의 목소리가 그림자 속에서 메아리쳤다.

"자아······ 그럼 이제 코토리 양에 관해 이야기를 나눠볼까요."

쿠루미는 서류를 넘기면서 코토리를 쳐다보았다. 그러자

코토리는 해볼 테면 해보라는 듯이 가슴을 폈다.

"흥, 바라는 바야. 나한테 히로인으로서 부족한 점이 있다면 제발 꼭 말해줬으면 좋겠네. 이 트윈 테일! 니삭스! 그리고 의붓여동생이라는 최강 포지션! 흠잡을 곳이 있으면 잡아보란 말이야!"

코토리는 당찬 목소리로 외쳤다. 자신감이 넘치는 그 모습을 본 다른 정령들은 무심코 "오오~." 하고 탄성을 지르며 박수를 쳤다.

"대단……해요."

『응응, 맞아~.』

요시노는 선망 어린 시선으로 코토리를 쳐다보았고, 『요시농』은 팔짱을 끼면서 고개를 끄덕였다. 참고로 현재 요시노는 기모노를, 『요시농』은 바텐더 같은 옷을 입고 있었다. 그 옷차림에서는 밤에만 문을 여는 어른들의 휴식처 느낌이 물씬 나고 있었다.

"흠…… 확실히 히로인 포인트가 정말 많군요. 게다가 리본 체인지를 통해 순진무구한 여동생과 드센 사령관 모드를 오고갈 수 있다니, 속성이 과할 정도로 많은 느낌이에요."

"시, 시끄러워. 부족한 것보다는 낫잖아."

"뭐, 그건 그렇지만…… 저기 코토리 양. 흰색과 검은색 중 어느 쪽이 진짜 당신이죠?"

"뭐?"

쿠루미의 질문을 들은 코토리는 눈을 동그랗게 떴다.

"으음…… 딱히 진짜 나 같은 건 없어. 양쪽 다 나거든."

"흐음, 그럼 질문을 바꾸죠. 흰색, 검은색 외의 다른 색깔 리본을 매면 어떻게 되나요?"

"그, 그걸 내가 어떻게—."

"에잇."

바로 그때, 쿠루미의 분신이 코토리의 등 뒤에 나타나더니 눈에 보이지 않을 속도로 리본을 파란색으로 교체했다.

"갑자기 뭘 하는 것이죠? 정말 비상식적이군요."

그러자 코토리의 눈빛이 날카로워지더니, 쓰지도 않은 안경을 고쳐 쓰는 듯한 시늉을 하면서 그렇게 말했다.

"어머나, 쿨 캐릭터가 됐네요! 그럼 이번에는……."

쿠루미가 손가락을 튕기자, 이번에는 분신이 코토리의 리본을 노란색으로 교체했다.

"쿠루미는~, 뭐랄까, 퐁당쇼콜라 양이네~. 후후, 달콤쌉싸름해~."

"어머, 사차원 아가씨가 됐어요! 그럼……."

쿠루미가 신호를 보내자, 이번에는 핑크색 리본으로 바뀌었다.

"아앙…… 오빠아…… 코토리, 더는 못 참겠어~. 잠깐, 무슨 짓을 하는 거야아아아아앗!"

분신의 목덜미를 잡은 코토리는 검은색 리본을 되찾은 후, 고함을 질렀다. 그 모습을 본 쿠루미가 깔깔 웃었다.

"우후후, 장난을 받아줄 줄 아는 분이군요. 역시 히로인 포인트는 충분한 것 같아요."

"……정말이지."

 검은색 리본을 맨 코토리는 한숨을 내쉬었다.

 하지만 쿠루미는 낮은 신음을 흘리면서 서류를 쳐다보더니, 어깨를 으쓱하면서 중얼거렸다.

"하지만 코토리 양. 유감스럽게도…… 코토리 양이 자랑하는 『최강의 포지션』이 당신의 발목을 잡고 있어요."

"뭐…… 뭐엇?!"

 이런 말을 들을 거라고는 꿈에도 상상 못 한 코토리는 눈을 치켜떴다.

"무, 무슨 소리를 하는 거야! 의붓여동생은, 필수불가결한 히로인 멤버잖아! 남매지만, 피가 이어지지 않았다! 피가 이어지지 않았지만, 남매! 이 배덕적인 느낌이 끝내주잖아! 오랫동안 명맥이 이어져온 단골 속성이라구! 그걸—"

"도쿄 도(都) 청소년 건전 육성 조례라는 건 아시나요?"

"뭐……?!"

 쿠루미의 말을 들은 순간, 코토리는 온몸을 부르르 떨었다.

"알고 계실 거라 생각하지만, 그 조례는 근친 간의 관계를 엄격하게 규제하고 있어요. 그렇기 때문에 시도 씨의 여동생인 코토리 양은 히로인의 자리에 올라선 안 되—."

"자, 자, 잠깐만 있어봐! 그러니까 나는 의붓여동생이라구! 법률상 결혼도 가능하단 말이야! 그 조례는 혼인이 허락되지 않는 근친 간의 행위 묘사를 금하고 있을 뿐이잖아!"

"어머, 잘 아시는군요. 혹시 이미 조사해보신 건가요?"

"…………윽!"

코토리는 쿠루미의 말을 듣고 볼을 붉혔다.

하지만 코토리는 헛기침을 몇 번 한 후, 테이블을 힘차게 내려치며 입을 열었다.

"아, 아무튼, 이의를 제시하겠어! 여동생이라는 것만으로 히로인의 자격이 없다는 걸 인정할 수 없다구!"

"하지만 지금은 몸을 사려야 하는 시기랍니다. 작품 안에 불씨를 남겨두는 건, 코토리 양도 원치 않을 것 같습니다만?"

"그건……."

"아무튼, 코토리 양은 선택을 해주셔야겠어요. 시도 씨의 여동생이라는 포지션, 그리고 히로인으로서의 자신 중 하나를 선택해주세요."

"크, 으, 으으으윽……!"

고개를 숙인 코토리는 고통에 찬 신음을 흘리면서 머리

카락을 쥐어뜯었다.

그리고 잠시 동안 침묵한 후, 코토리는 고개를 들었다.

"……헛소리하지 마."

"예?"

쿠루미는 턱에 손가락을 댄 채 고개를 갸웃거렸다. 그러자 코토리는 테이블을 주먹으로 쾅! 소리 나게 내려쳤다.

"멋대로 정하지 말라구! 여동생과 히로인 중 하나를 선택하라구……? 헛소리하지 마. 나는 이츠카 코토리. 오빠의 여동생이자 히로인이야! 불만 있는 녀석은 전부 재로 만들어주겠어!"

그렇게 외친 코토리는 방송에는 나올 수 없는 손 모양을 취하면서 쿠루미를 노려보았다.

쿠루미는 얼이 빠진 것처럼 잠시 동안 눈을 동그랗게 떴다. 하지만 곧 입가에 미소를 머금더니 박수를 치기 시작했다.

"대단하세요."

"뭐……?"

뜻밖의 말을 들은 코토리는 눈썹을 찌푸렸다. 그러자 쿠루미는 코토리를 향해 걸음을 옮기더니 그녀의 손을 잡았다.

"말 한번 잘하셨어요. 그래야 코토리 양이죠. 만약 당신이 제 말에 따라 여동생과 히로인 중 하나를 선택했다면 저는 코토리 양을 경멸했을 거랍니다."

쿠루미는 감격한 듯한 목소리로 말했다.

"하지만 코토리 양은 그러지 않았죠. 여동생이면서도 히로인을 관철하겠다고 단호하게 선언하셨어요. 당신의 그 고귀한 결의에 찬사를 보내겠어요."

"쿠루미……."

코토리는 작은 목소리로 쿠루미의 이름을 불렀다. 분노에 물들어 있던 얼굴에서 독기가 사라졌다.

하지만.

"─그럼 코토리 양은 도쿄 도 정치권에 당당히 도전해, 사상 첫 여성 도지사가 되어주세요."

"좋아! 나만 믿어…… 뭣?!"

코토리는 쿠루미가 별것 아니라는 듯이 한 말을 듣고 또 언성을 높였다.

"자, 잠깐만! 뜬금없이 무슨 소리를 하는 거야?! 왜 내가 그래야 되는 건데!"

"어쩔 수 없잖아요. 코토리 양은 시도 씨의 여동생으로 있고 싶다. 하지만 히로인이고 싶다. 그 상반되는 두 포지션을 양립시키기 위해서는 룰 그 자체를 바꿀 수밖에 없어요."

"아무리 그래도 그렇지, 발상이 너무 비약되는 거 아냐?! 게다가, 도지사 선거에 입후보하려면 만 30세가 넘어야─."

"저희 모두, 코토리 양의 당선을 진심으로 빌겠어요~."

"내 말 좀 들어어어어어어어엇!!"

코토리는 비명에 가까운 고함을 질렀지만, 쿠루미는 들은 척도 하지 않았다.

"그럼 다음으로, 카구야 양과 유즈루 양에 관해 이야기하도록 하죠."

여전히 분노를 터뜨리고 있는 코토리를 무시한 쿠루미는 나란히 앉아 있는 야마이 자매를 쳐다보았다.

그러자 카구야는 자신만만한 미소를 지으며 유연한 태도를 취했다.

"우리 차례인가. 크큭…… 구풍(颶風)의 왕녀라 불리는 우리 야마이를 시험하려 들다니, 하늘을 향해 침을 뱉는 것이나 다름없는 우행이니라. 그 만용이 너 자신을 나락으로 떨어뜨리지 않기를 비마."

"카구야 양은 그 귀찮은 말투가 문제예요."

"귀, 귀찮은 말투?!"

시작하자마자 한 방 먹은 카구야는 엉뚱한 목소리를 냈다.

"크, 크큭…… 무슨 소리를 하는 게냐. 과인의—"

"그러니까 무리하지 않아도 돼요. 특이한 1인칭으로 차별화를 꾀하고 있기는 하지만, 고풍스러운 말투를 쓰는 건 토카 양만으로도 충분하니까요."

"내 차례에만 너무 신랄한 거 아냐?! 다른 애들 때는 일단 칭찬부터 했었잖아!"

카구야는 더는 못 참겠다는 듯이 고함을 질렀다.

"거 봐요. 평범하게 이야기할 수 있잖아요. 왜 일부러 그런 말투를 억지로 쓰는 거죠?"

"내, 내 맘이야!"

이 점을 지적당할 거라고는 꿈에도 생각하지 못한 듯 카구야는 볼을 붉히면서 고함을 질렀다.

그러자 쿠루미는 얼굴에서 웃음기를 싹 지우더니, 진지한 표정을 지었다.

"잘 들으세요, 카구야 양. 사람은 성장에 따라 각양각색의 말과 사상(事象)을 배워요. 그 과정에서 어려운 말을 쓰는 게 멋지다고 착각하거나, 자신이 주위 사람들과는 다른 특별한 존재라고 생각하며 이상한 행동을 취할 때도 있죠. 하지만 냉정하게 생각해보세요. 몇 년 후에 지금의 자신을 떠올리며 수치심을 느낄 사람은 바로 카구야 양 자신이에요."

쿠루미는 차분하게, 그리고 말대꾸를 용납하지 않는 듯한 어조로 카구야를 몰아세웠다. 쿠루미의 태도가 너무 진지했기에, 카구야는 압도당하고 말았다.

"뭐, 뭐야……. 마치 자기 경험담을 말하는 것처럼……."

"그렇지 않아요. 말도 안 되는 소리 하지 마세요. 저는 어디까지나 일반론을 말했을 뿐이랍니다."

쿠루미는 억양 없는 목소리로 그렇게 말했다. 그 말을 들은 카구야의 볼을 타고 땀 한 방울이 흘러내렸다.

그런 두 사람의 대화를 카구야의 옆에 앉아 듣고 있던 유즈루가 재미있다는 듯이 작게 웃음을 흘렸다.

"미소. 카구야가 완전히 설득당하고 있군요. 쿡쿡쿡."

"윽! 유, 유즈루! 너……"

카구야는 입술을 삐죽 내밀었다. 그러자 뭔가가 생각난 것처럼 쿠루미의 눈썹이 희미하게 떨렸다.

"아, 유즈루 양. 유즈루 양에게도 말투 관련으로 할 말이 있답니다."

"의문. 뭐죠?"

"왜 항상 대사 앞에 두 자로 된 단어를 붙이는 거죠?"

"설명. 그건…… 버릇 같은 거예요."

유즈루가 그렇게 대답하자, 쿠루미는 표정을 굳히면서 턱에 손을 댔다.

"흠…… 그렇군요. 실은 유즈루 양에 관한 것 중에서 전부터 신경 쓰였던 게 있답니다."

"질문. 그게 뭔가요?"

"카구야 양의 거만한 말투는 연기예요. 그래서 본성이 들어날 때는 평범한 말투를 쓰죠."

"여, 연기 아냐! 내 안에서 끓어오르는 위용이 그대로 흘러나오는 것뿐이라구!"

카구야는 항의하듯 고함을 질렀다. 적어도 그 말에서는 위용 같은 것이 전혀 느껴지지 않았다. 쿠루미는 카구야의 말을 깔끔하게 무시하면서 말을 이었다.

"하지만 유즈루 양은 어떤 상황에서도 대사 앞에 단어를 붙여요. 야마이 자매는 기본적으로 중2병인 카구야 양과 텐션이 낮은 유즈루 양으로 구성되어 밸런스를 이루고 있다고 생각하기 쉽지만, 중2병에 더 심각하게 걸린 건 어쩌면 유즈루 양이 아닐까요? 카구야 양이 양식이라면, 유즈루 양은 자연산이라고나 할까요."

"부정. 그럴 리가……."

"게다가 기본적으로 두 사람의 말투를 생각하는 게 조금 귀찮아요. 시간도 걸리고, 분량을 쓸데없이 압박할 때도 있죠. 게다가, 그런 캐릭터가 둘이라 고생도 곱절이 되죠. 게다가 교묘한 스핀을 가미하게 되면서 거기서 또 배가 될 때가 있답니다."

"새, 생각하는 게 귀찮다니…… 우리가 뭐라고 지껄이든 너랑 상관없지 않아? 그리고 스핀은 또 뭐야……?"

카구야는 식은땀을 흘리면서 눈썹을 찌푸렸다.

"카구야 양은 수박 겉핥기 수준이니 괜찮다고 쳐도……."

"수, 수박 겉핥기 수준 같은 소리 하지 마!"

"유즈루 양은 대사를 넣을 때마다 적당한 단어를 넣어야 하니, 이대로 가다간 머지않아 파탄 나버릴 가능성이 있어요."

"○○. 무슨 말을 하는 건지 모르겠— 앗."

말을 잇던 유즈루가 갑자기 숨을 삼켰다.

"○○. 이『○○』이란 건 뭐죠?"

"유, 유즈루. 좀 전부터 네가 방송 금지 용어를 쓰는 것처럼 들리는데……."

카구야는 당혹스러운 표정을 지으면서 말했다. 그러자 쿠루미는 가운뎃손가락으로 안경의 가운데 부분을 치켜 올리면서 말했다.

"드디어 눈치채셨군요. —이건『마감이 임박했을 때의 초벌 원고 버전』이에요."

"○○. 무슨 말인지 모르겠어요."

"말 그대로예요. 유즈루 양의 말 앞에 붙일 단어를 생각하는 게 귀찮아서, 바쁠 때는『○○』으로 표기해두죠."

쿠루미가 그렇게 말한 순간, 유즈루의 볼을 타고 식은땀이 흘렀다.

"이처럼 안 그래도 귀찮은 말투를 쓰는 히로인이 둘인데, 그 두 명이 대화를 나누는 상황이 빈번하게 발생한다…… 이것은 매우 큰 부담이 된답니다."

누구에게 부담이 되는지는 말하지 않았지만, 그 점에 관해서는 깊이 물어보지 않는 편이 좋을 것 같았다.

"긴장. ……그럼 어떻게 하라는 거죠?"

유즈루가 심각한 표정을 지으며 물었다. 대사 앞에 단어도 제대로 붙었다.

"제 생각에는 카구야 양과 유즈루 양이 하나가 되어준다면 만사 오케이—."

"이의 있습니다! 조사 위원의 제안은 대상자의 인권을 심각하게 침해하고 있어!"

바로 그때, 코토리가 손을 치켜들면서 고함을 질렀다. 도지사 선거 후보답게 『이츠카 코토리』라고 적힌 띠를 차고 있지만, 그녀의 행동거지는 도지사보다 변호사에 가까웠다.

"동의. 그래요. 확실히 예전의 유즈루와 카구야는 하나가 되기 위해 싸웠어요. 하지만……."

"맞아! 우리는 시도에게 구원받은 후, 둘이서 함께 살아가기로 결심했어! 그러니 이제 와서 하나가 되라니—."

"진정하세요. 딱히 한쪽이 희생되라는 말은 아니랍니다."

쿠루미가 고개를 저으면서 그렇게 말하자, 카구야와 유즈루는 눈을 동그랗게 떴다.

"뭐……?"

"의문. 그럼 어떻게 하라는 거죠?"

"오른쪽은 카구야 양, 왼쪽은 유즈루 양인 정의의 히어로 『야마이더』가 되는 거예요."

"야마이더?!"

"전율. 몸을 반 토막 내면 죽어버릴 거예요……!"

"방법을 생각해둘 테니 걱정하지 마세요."

쿠루미는 경악을 금치 못하는 두 사람을 향해 빙긋 미소 지었다.

"자아, 그럼 다음 차례는 미쿠 양이군요."

"아, 제 차례인가요~?"

쿠루미의 말을 들은 미쿠는 멍한 소리를 냈다. 다른 정령 들과는 달리, 그녀는 딱히 긴장하지 않은 것 같았다.

"우후후, 차분하시군요. 연장자의 여유라는 건가요?"

"딱히 그런 건 아니에요~. 뭐, 여러분보다 선택당하는 처 지에 익숙한 덕분일지도 모르지만요."

미쿠는 그렇게 말하면서 손을 가볍게 내저었다. 미쿠는 현재 잘나가는 톱 아이돌이다.

그러니 오디션 등에서의 긴장감에 익숙한 것일지도 몰 랐다.

"자, 그럼 미쿠 양에 대한 평가를 시작하겠어요. 정령이면 서도 절대적인 인기를 자랑하는 아이돌. 그리고 정령 중 가 장 키가 크고, 가슴 또한 가장 크며, 유일한 시도의 상급 생. 게다가 혼자서 다른 학교에 다니고 있죠. 그야말로 여 타 히로인과의 밸런스도 생각한 우수한 캐릭터예요. 그야말로 가려운 곳을 긁어주고 있다고나 할까요. 완벽한 포지셔닝이군요."

"아하하. 그렇게 칭찬해주시면 부끄럽다고요~."

미쿠는 표정을 풀면서 뒤통수를 긁적였다.

"―하지만."

그러나 쿠루미는 클립보드에 꽂힌 서류를 넘기면서 눈썹을 찌푸렸다.

"신경 쓰이는 점은 바로 미쿠 양의 성적 취향이군요. 남자를 싫어한다는 점은 점점 극복하고 있고, 시도 씨는 예외이니 괜찮다고 치더라도…… 여자애를 좋아하는 백합 속성은 어떻게 좀 고칠 수 없는 건가요?"

"무리예요."

미쿠는 단호하기 그지없는 목소리로 그렇게 말했다. 방금까지의 느긋한 태도가 전부 연기였던 것 같은 느낌마저 들정도였다. 그렇게 확연하게 태도가 바뀌자, 다른 멤버들뿐만 아니라 쿠루미의 이마에도 식은땀이 맺혔다.

"그런가요. 하지만 이대로 있다간 히로인이라기보다 여자애를 두고 시도 씨와 다투는 라이벌이 되고 말 거랍니다. 최근에 나온 책들의 삽화를 보세요. 미쿠 양이 여자애를 보면서 눈을 반짝이고 있는 장면이 대부분이에요."

쿠루미의 말을 들은 미쿠는 "NO, NO, NO." 하고 말하면서 손가락을 좌우로 까딱거렸다.

"아무래도 쿠루미 양은 착각을 하고 있는 것 같네요~."

"착각……이라고요?"

쿠루미는 고개를 갸웃거렸다. 미쿠는 고개를 끄덕인 후, 양손을 펼치면서 그 자리에서 벌떡 일어났다.

"예! 저는 귀여운 여자애를 좋아해요! 하지만 그렇다고 해서 달링과 적대 관계가 될 거라고는 눈곱만큼도 생각하지 않아요! 왜냐하면! 달링 또한 저의 히로인이니까요!"

주먹을 말아 쥔 미쿠는 정치가가 연설을 하듯 힘찬 목소리로 외쳤다.

그녀가 하는 말 자체는 어이가 없었지만, 왠지 묘하게 설득력이 있었다. 코토리 때처럼, 이곳에 모인 소녀들은 박수를 쳤다.

"……저렇게까지 확고하니 왠지 보기가 좋네."

"수긍. 왠지 사나이다워요."

그렇게 말한 야마이 자매는 자리에서 일어나 변신 포즈를 연습하고 있었다. 『야마이더』는 물리적으로 무리이기에, 쿠루미는 대안으로서 USB메모리 두 개를 꽂을 수 있는 변신 벨트를 그녀들에게 줬다. 그 변신 벨트가 그녀들의 마음에 불을 지핀 것 같았다. 좀 전부터 "크크…… 자아, 너의 죄를.", "호응. 세어주세요." 하고 대사까지 연습하고 있었다. 참고로 그 대사를 들을 때마다, 나츠미가 자기 이름이 불렸다고 착각하면서 몸을 움찔거렸다.[5]

"고마워요! 고마워요!"

선거 차량에서 손을 흔드는 정치가처럼, 미쿠는 그녀들을 향해 미소를 지었다.

하지만, 유일하게 볼을 긁적이고 있는 이가 있었다. —바로 쿠루미였다.

"으음…… 그럼 미쿠 양은 필연적으로 히로인일 필요가 없다는 거군요. 그럼 미쿠 양의 포지션은 이제부터—."

바로 그때, 미쿠가 쿠루미의 말을 막듯이 손을 번쩍 들었다.

"잠깐만요!"

"어머 어머."

미쿠의 반응을 본 쿠루미가 유쾌한 미소를 입가에 머금었다.

"말은 그렇게 했지만, 역시 히로인의 포지션을 내려놓을 수가 없는 건가요? 우후후, 탓하지는—."

"제가 히로인 역할을 내려놓게 된다면, 그 대신 해보고 싶은 게 있어요! 제가 하고 싶은 포지션을 제안해도 되는 거죠?!"

"예……?"

미쿠의 말이 뜻밖이었는지, 쿠루미는 눈을 동그랗게 떴다.

#5 "너의 죄를(おまえの罪を)."은 「오마에노 츠미오」라고 발음하기 때문에, 나츠미가 노츠미를 듣고 착각했다.

"저, 달링을 포함한 여러분을 프로듀스 할게요! 사복 코디네이트부터 모에 시추에이션까지, 전부 저에게 맡겨주세요!"

"저기, 미쿠 양."

"아, 물론 상세한 데이터를 알기 위해 여러분의 신체 사이즈를 꼼꼼하게 재볼 거예요~!"

"아니, 잠깐만요, 미쿠 양……."

"그리고 밤에는 여러분 전용 다키마쿠라의 내용물로서, 함께 잠자리에 들겠어요! 아앗, 완벽해요! 낙원은 여기에 있었군요! 여기야말로 저의 유토피아!"

미쿠는 뭔가에 도취된 것처럼 그렇게 외친 후, 쿠루미를 향해 고개를 돌렸다.

"자아! 어떤가요, 쿠루미 양!"

"예? 아…… 으음……."

미쿠의 기세에 밀린 쿠루미는 당혹스럽다는 듯이 머리를 긁적였다.

"……그, 그렇게 하죠."

"꺄아~! 고마워요, 쿠루미 양!"

미쿠는 감격한 표정으로 쿠루미의 손을 잡더니, 위아래로 흔들었다. 쿠루미는 왠지 지친 듯한 표정을 지은 채 가만히 있었다.

"그, 그럼…… 약간 예정이 어긋나기는 했지만, 계속 진행하도록 하죠. 다음은 나츠미 양이군요."

"…………윽!"

쿠루미에게 이름을 불린 나츠미는 어깨를 움찔했다.

눈썹을 찌푸린 그녀는 사팔뜨기 같은 눈길로 쿠루미를 쳐다보면서(시선을 맞추는 게 무서운지, 쿠루미의 목덜미를 쳐다보고 있었다) 원망이나 저주를 뱉는 듯한 목소리로 뭔가를 계속 중얼거리고 있었다.

"드, 드디어 내 차례가 됐네……. 흐, 흥…… 나도 알아. 안다구. 히로인 인원 정리라는 건 어차피 나를 쫓아낼 방편이지?! 이런 번거로운 짓까지 벌이다니…… 내가 성가시면 성가시다고 딱 잘라 말하면 되잖아! 왜 다른 애들한테까지 피해를 주는 거냐구!"

"저기, 나츠미 씨?"

쿠루미가 볼을 긁적이면서 나츠미를 불렀지만, 그녀는 말을 멈추지 않았다. 아니, 더욱 언성을 높이며 말을 쏟아냈다.

"대, 대체 어떤 이유로 나를 자를 건데?! 푸석푸석하고 곱슬곱슬한 이 머리카락이 히로인에게는 어울리지 않는 거야?! 말라비틀어진 체형을 더는 봐줄 수 없는 거야?! 한여름 하수구에 들어갔다 나온 듯한 체취를 더는 못 참겠다는 거야?! 아니면—"

"나, 나츠미 씨⋯⋯."

요시노는 더욱 열을 올리고 있는 나츠미를 달래려는 것처럼 그녀의 이름을 불렀다.

"자신을 너무 비하하지 마세요, 나츠미 양. 나츠미 양에게도 장점이 잔뜩 있으니까요."

"마, 마음에도 없는 소리 하지 마! 이미 네 수법은 알고 있다구! 처음에 띄워준 후, 마지막에 단숨에 나락으로 떨어뜨릴 생각이지?! 바보 취급하지 마! 바보 취급하지 말라구! 토카가 세인트 버나드이고, 요시노가 술집 마담, 코토리가 도지사 후보, 카구야와 유즈루가 야마이데, 미쿠가 프로듀스 담당이라면, 나는 대체 뭘 시킬 건데?! 화장실 청소부?! 배경용 나무?! 아니면—."

"그러니까 좀 진정해주세요."

쿠루미가 한숨을 내쉬면서 손가락을 튕기자, 나츠미의 그림자에서 나온 쿠루미의 분신이 그녀의 입을 막았다.

"으, 읍! 읍~! 읍~!"

그렇게 세게 입을 막고 있는 것 같지는 않았지만 나츠미의 말을 막기에는 충분했다.

"아앙~! 그냥 저한테 시키지 그러셨어요~!"

미쿠는 어찌 된 영문인지 부러움으로 가득 찬 목소리로 그렇게 말했다. 참고로 현재 그녀는 다키마쿠라 커버 안에 들어가서 얼굴을 쏙 내밀고 있는 상태였다. 그녀의 팬이 봤다면 졸도하고도 남을 광경이었다. 뭐, 본인은 만족하고 있는 것 같지만 말이다.

나츠미는 잠시 동안 저항을 시도했지만, 결국 포기했는지 얌전해졌다. 그 모습을 확인한 후, 쿠루미의 분신은 다시 그림자 안으로 들어갔다.

"나츠미 씨, 괘, 괜찮으세요……?"

"하아…… 하아…… 으, 응…….."

나츠미는 자신을 걱정해주는 요시노에게 그렇게 말했다. 그 모습을 만족스럽다는 듯이 바라보고 있던 쿠루미가 말을 이었다.

"그럼 계속하죠. ―확실히 나츠미 양은 방금 자기 입으로 말했다시피 꽤 개성적인 특징을 다수 소유하고 있어요. 하지만 단점이라고 생각하는 포인트야말로 장점으로 바뀔 수 있는 가능성을 지니고 있지 않을까요?"

"그런 입바른 소리를 해봤자, 나는 안 속……."

"어머나. 나츠미는 여러분의 도움으로 변신한 적이 있을 텐데요?"

"윽……."

말문이 막힌 나츠미는 테이블에 둘러앉은 소녀들을 둘러보았다.

"그렇기는…… 하지만…… 그래도 그건 모두가 노력해준 결과지, 나와는 딱히 상관……."

"어머 어머. 여러분이 노력할 마음이 든 건, 그 대상이 나츠미 양이라서가 아닐까요? 스스로에게 자신감을 가지세요. 나츠미 양의 마이너스 포인트는 바로 그 부정적인 사고방식이에요. 그것만 개선하면 나츠미 양은 어디에 내놔도 부끄럽지 않은 멋진 히로인이 될 거예요."

"으, 윽……."

"나츠미 양을 필요로 하는 분은 얼마든지 있어요. 여기 있는 여러분은 물론이고, 시도 씨도, 다른 분들도— 그리고, 저도 당신을 필요로 한답니다."

나츠미는 쿠루미의 말을 듣고 깜짝 놀랐는지 눈을 치켜떴다.

"거, 거짓말. 네가 나를 필요로 할 리가……."

"농담을 하는 건 아니랍니다. 저는 진심으로 나츠미 양의 힘을 필요로 해요."

"쿠루미……."

"—자아."

감동 무드가 극에 도달한 순간, 쿠루미는 손뼉을 치며 말했다.

"나츠미 양은 제 도우미가 되어서, 토카 양을 세인트 버나드로, 카구야 양과 유즈루 양을 좌우 합체 야마이더로 만든다는 중요한 임무를—"

""""그게 목적이었던 거냐아아아아아아아아아앗!!""""

쿠루미가 이런저런 것들을 말짱 꽝으로 만드는 발언을 입에 담자, 나츠미를 비롯한 정령들의 고함 소리가 울려 퍼졌다.

　"—자아."

　조사 발표 및 총평을 얼추 끝낸 쿠루미는 펼쳐보던 서류를 덮었다.

　참고로 방금 쿠루미의 도우미로 발탁된 나츠미는 텔레비전 방송국의 소도구 담당자 같은 옷차림으로, 한 손에 빗자루형 천사 〈위조마녀〉를 쥐고 있었다.

　"조사 발표는 여기까지예요. 그럼 이제부터 히로인으로 남을 분과, 유감스럽게도 다른 포지션으로 변경될 분을 발표할까—."

　"토키사키 쿠루미."

　쿠루미가 발표를 하려고 한 순간, 테이블 구석에 앉아 있던 소녀가 입을 열었다. 어깨 근처까지 기른 머리카락과 인형 같은 외모를 지닌 그녀는— 전직 AST 대원인 토비이치 오리가미다.

　쿠루미는 미묘한 표정을 지으면서 그녀를 쳐다보았다.

　"……어머, 오리가미 양. 무슨 일이죠?"

　"아직 나를 평가하지 않았어. 발표하기에는 아직 일러."

"아……."

오리가미의 말을 들은 쿠루미는 난처한 표정을 지으며 볼을 긁적였다.

"오리가미 양. 정말 말씀드리기 힘들지만……."

"뭐야?"

"저희가 조사해본 결과, 오리가미 양은 히로인이 아니지 않을까……라는 의견이 태반을 차지했답니다."

"……!"

오리가미는 눈을 치켜떴다.

하지만 경악에 찬 그 표정은 오래 지속되지 않았다. 그녀는 뭔가를 당연시하는 듯한 표정을 지으며 입을 열었다.

"이해했어. 시도의 반려자인 내가 히로인이 아니라 가족으로 분류되는 건 어쩔 수 없는 일이야."

"아니, 저기, 오리가미 양?"

"그런 판단을 내린 당신을 탓할 생각은 없어. 하지만 나는 일부러 히로인이라는 스테이지로 되돌아가겠어. 왜냐면 나는 결혼한 후에도 연인 같은 부부 관계를 유지하고 싶으니까."

"오리가미…… 너 말이야……."

볼에 땀방울이 맺힌 채 눈썹을 찌푸린 사람은 쿠루미가 아니라 코토리였다. 오리가미가 너무나도 자신만만하게 그렇게 말하자, 질려버린 것 같았다.

하지만 그런데도 오리가미는 초연한 태도를 무너뜨리지 않았다. 쿠루미는 이윽고 체념 섞인 한숨을 내쉬면서 다시 서류를 넘겼다.

　"……일단 조사 보고서는 작성해뒀어요. ―우선 첫 번째. 오리가미 양, 시도 씨를 대상으로 한 당신의 스토킹 행위는 지나치게 과격하다고 생각해요. 그걸 관두지 않는 한, 당신은 히로인 후보에 들어갈 수 없답니다."

　"뭐?"

　쿠루미의 말을 들은 오리가미는 영문을 모르겠다는 표정을 지으면서 고개를 갸웃거렸다.

　"네가 무슨 말을 하는 건지 모르겠어."

　"아, 아무튼 오리가미 양. 당신에게는 압도적으로 히로인력이 부족해요. 자신을 더욱 갈고닦은 후, 재도전하도록 하세요."

　쿠루미는 단호한 어조로 말했다. 방금까지 쿠루미는 오리가미의 마음에 상처를 주지 않으려 했지만, 당사자가 불굴의 정신을 소유한 탓에, 다소 잔인한 소리를 할 수밖에 없다고 판단한 것이리라.

　"…………."

　그 말을 들은 오리가미는 잠시 동안 침묵을 지킨 후, 휴우 하고 한숨을 내쉬었다.

　그리고―.

"……저기, 저는 그렇게 문제가 많은 건가요?"

쿠루미를 애절한 눈빛으로 올려다보면서 그렇게 말했다.

""""…………윽?!""""

그 순간, 이 자리에 있는 이들 모두의 얼굴에 전율이 흘렀다.

몇 초 전과 뭔가가 달라진 것은 아니다. 지금 이 자리에 있는 사람은 토비이치 오리가미 본인이 틀림없다. 하지만, 그 『인형 같던』 얼굴에 명확한 표정이 맺히더니, 억양 없던 목소리도 마치 생명을 불어넣은 것처럼 선명한 색상을 띠었다.

마치 『오리가미』라는 인물의 내용물이 순식간에 바뀌고만 것 같았다. 겉모습은 전혀 바뀌지 않았지만, 왠지 아까보다 머리카락이 길어진 것 같은 느낌마저 들었다.

"오, 오리가미…… 양?"

"예. 왜 그러시죠?"

오리가미는 귀엽게 고개를 갸웃거렸다.

"으음, 혹시나 해서 질문을 몇 개 드리겠어요……. 당신은 시도 씨를 어떻게 생각하죠?"

"예……?"

쿠루미의 질문을 들은 오리가미는 볼을 붉혔다.

"이, 이츠카 군을 어떻게 생각하느냐니…… 저, 저기, 그런 질문은 곤란해요. 이츠카 군은 평범한 클래스메이트이고, 제가 이상한 소리를 했다간 그에게 폐가 될지도 모르니까⋯⋯."

그 반응을 본 쿠루미는 "큭." 하고 낮은 신음을 흘리며 주춤했다.

"어, 엄청난 히로인력이에요⋯⋯. 아까까지의 오리가미 양과 동일 인물로 보이지 않을 정도예요⋯⋯! 혹시나 했지만, 역시⋯⋯!"

"뭐, 뭐가 어떻게 된 것이냐, 쿠루미!"

토카가 묻자, 쿠루미는 괴로운 듯한 표정을 지으며 대답했다.

"이 아우라⋯⋯ 11권의, 시도 씨가 세계를 바꾸는 데 성공한 후의 오리가미 양이에요!"

"뭐⋯⋯ 뭐라고?!"

토카는 경악했다. 그러고 보니 세계를 바꾼 후의 오리가미는 예전의 오리가미와 다른 성격을 지녔다. 하지만 인격이 통합된 후부터는, 분위기가 부드러워지기는 했지만 원래의 오리가미에게 가까운 인격이 되었다고 생각하고 있었다.

다른 이들이 어떤 생각을 하고 있는지 눈치챈 오리가미는 머뭇거리면서 입을 열었다.

"저기⋯⋯ 죄송해요. 제가 폐를 끼친 것 같네요. 하지만 지금의 저한테라면 이츠카 군도 한눈에 반할 거예요. 그러니 여러분은 마음 놓고 히로인 자리에서 물러나 주세요. 그리고 걱정하지 마세요. 이츠카 군은 제가 반드시 행복하게 해줄게요."

"""……어?!"""

하지만. 다른 소녀들은 오리가미가 한 말을 듣고 눈을 치켜떴다. 온화한 어조로 불온한 대사를 입에 담은 듯한 느낌이 들었기 때문이다.

그런 그녀들을 본 오리가미는 화들짝 놀랐다.

"어, 어? 저 방금, 이상한 소리를 했나요……?"

그리고 방금 자신이 무슨 말을 했는지 모르겠다는 듯이 당황했다.

"""…………"""

잠시 동안 침묵한 후, 쿠루미는 헛기침을 했다.

"역시 오리가미 양은 평가 대상에서 제외하겠어요."

"""이의 없음."""

쿠루미가 그렇게 말하자, 다들 일제히 손을 들면서 그녀의 말에 동의했다.

"……자, 그럼 이번에야말로 평결을 시작하겠어요."

전원에 대한 평가 발표를 끝낸 후, 쿠루미는 천천히 테이블을 둘러보았다. 그녀들은 일제히(일부 예외도 있지만) 숨을 삼켰다.

"이 결정은 매우 큰 의미를 지닌답니다. 구체적으로 말씀드리자면 본편 12권부터의 여러분의 포지션이 결정되는 거죠. 히로인으로 잔류하게 된 분은 지금까지와 동일해요. 하지만 인원 정리 대상이 된 분은 아까 제가 제시한 포지션에서 최선을 다해주세요."

쿠루미는 구두 소리를 내면서 다른 이들 앞을 천천히 걸었다.

정령들은 기도하듯 양손을 모았다.

"으음…… 세인트 버나드라……."

"술집『오아시스』……."

"도지사 선거는 싫다구……."

"솔직히 야마이더는 좀 그래……."

"동의. 하지만 유즈루와 카구야가 인원 정리 대상일 리가 없어요."

"저는 아무래도 상관없어요~."

"……나는 됐으니까, 요시노만은 남기를……."

"내가 평가 대상에서 제외된 게 이해가 안 돼."

정령들의 중얼거림을 들으면서 걸음을 옮기던 쿠루미는 말발굽형 테이블의 한가운데에서 멈춰 서더니, 그녀들을 향해 돌아섰다.

"—그럼 발표하겠어요. 앞으로의『데이트 어 라이브』에, 그리고 시도 씨에게 필요하다고 판단된 히로인은— 세 명이에요!"

"""…………아!"""

그 말을 들은 순간, 그녀들의 얼굴이 긴장감으로 가득 찼다.

세 명. 지금 이 자리에 있는 이는 쿠루미를 제외하면 총 여덟 명이다. 즉, 그중 다섯 명은 탈락인 것이다.

토카는 눈을 꼭 감았다. ―히로인이 어떤 것이며 어떤 것이어야 하는지, 사실 토카는 잘 알지 못했다. 하지만 시도와 함께 있고 싶다. 그것만은 한 점의 거짓도 섞이지 않은 진심이었다.

하지만 히로인으로 남을 수 있는 것은 단 세 명뿐. 너무 적었다.

설령 자신이 남게 되더라도, 그것은 동시에 이 중 누군가가 탈락된다는 것을 뜻했다. 거기까지 생각한 토카는 심장이 옥죄어드는 듯한 느낌이 들었다.

히로인으로 남고 싶다. 하지만― 그러기 위해 다른 이를 밀어내고 싶지는 않다. 게다가 상냥한 시도는 이 안에서 누구 한 명이라도 빠지게 된다면 슬퍼하지 않을까?

대체 어쩌면 좋을까. 그 이전에, 어쩌다 이런 일이 벌어지고 만 것일까. 토카는 차례차례 밀려드는 생각 때문에 눈물이 북받쳐 올랐다.

―하지만, 시간은 속절없이 흘러갔다.

쿠루미는 잔류 결정 히로인을 발표하기 시작했다.

"우선 첫 번째는―."

정령들이 숨을 삼키는 소리가 주위에 울려 퍼졌다.

"―바로 저, 토키사키 쿠루미랍니다~!"

"""……뭐?"""

쿠루미가 유난히 활기찬 목소리로 그렇게 외치자, 정령들은 얼빠진 표정을 지었다.

하지만 쿠루미는 그런 그녀들의 반응을 눈치채지 못했는지, 발표를 계속했다.

"두 번째는― 저(분신A)!"

쿠루미가 그렇게 외친 순간, 그림자 안에서 쿠루미의 분신이 나왔다. 방금 쿠루미와 토카에게 아이스캔디를 줬던 그 분신이었다.

"그리고 마지막 세 번째는― 저(분신B)예요!"

또 그림자에서 분신이 나왔다. 아무래도 이쪽은 나츠미의 입을 막았던 분신 같았다.

"""…………."""

정령들은 아무 말 없이 한숨을 내쉬었다.

하지만 똑같은 얼굴을 지닌 세 소녀는 그 사실을 눈치채지 못한 채 꺄아꺄아거리며 기뻐하고 있었다.

"우후후. 역시 저는 대단해요."

"어머 어머, 그러는 저야말로 정말 최고예요."

"자아, 그럼 이제부터는 저희가 『데이트』의 히로인으로서—."

바로 그때, 쿠루미 중 한 명이 갑자기 입을 다물었다.

아무래도 그제야 눈치챈 것 같았다.

—테이블에 둘러앉은 정령들의 주위에서, 농밀한 영력으로 된 아우라가 넘실대고 있다는 사실을……

"어머~……?"

"여러분, 왜 그러시죠?"

"귀여운 얼굴이 잔뜩 구겨지셨잖아요."

"""—헛, 소, 리, 하, 지, 마!"""

정령들의 입에서 분노에 찬 고함이 터져 나왔다.

그와 동시에 그녀들의 몸을 감싸고 있던 농밀한 영력이 몇 겹으로 포개지더니, 서서히 실체를 띄기 시작했다.

갑옷, 외투, 기모노— 전혀 다른 형태로 변한 그 영력의 응집체들이 정령들의 몸을 감쌌다.

영장. 정령을 지키는 절대 방패이자, 성. 게다가 한정적인 영장이 아니라, 풀 파워 버전이었다.

그리고 영장을 현현시키고도 사그라지지 않은 영력이 최강의 천사를 현현시켰다.

"노, 농담한 거랍니다. 여러분, 진정—."

"〈오살공(鏖殺公)〉—【최후의 검】!"
<small>산달폰</small> <small>할반 헤레브</small>

"〈빙결괴뢰(氷結傀儡)〉—【동개(凍鎧)】……!"

"〈작란섬귀(灼爛殲鬼)〉—【포(砲)】!"

"〈구풍기사(颶風騎士)〉—."

"호응.【하늘을 달리는 자】!"

"〈파군가희(破軍歌姬)〉—【행진곡】!"

"〈위조마녀〉—【천변만화경(千變萬化鏡)】!"

"〈절멸천사(絕滅天使)〉—【포관(砲冠)】."

"꺄, 꺄아아아아아아아아아앗?!"

천사의 집중포화에 의해 눈부신 빛에 휩싸인 그림자 안
에서, 쿠루미의 비명이 메아리쳤다.

초출(初出)

April9
4월 9일
「히로인들을 반하게 만들어라?!」 캠페인 문고 0권

NURSE A LIVE
너스 어 라이브
「선물로 반하게 만든다?!」 캠페인 소책자

Bathtime RINNE
린네 배스 타임
「데이트 어 라이브 린네 유토피아」 한정판 특전 스페셜북

Conference SPIRIT
정령 컨퍼런스
신작 단편 소설

DATE A LIVE MATERIAL

■ 역자 후기

　안녕하십니까. 근로청년 번역가 이승원입니다.

　『데이트 어 라이브 머테리얼』을 구매해주셔서 진심으로 감사드립니다.

　『데어라』 시리즈의 재미있는 정보가 잔뜩 들어 있는 이번 『머테리얼』을 독자 여러분께서는 재미있게 보셨는지요.

　저는 『데어라』의 팬으로서, 그리고 이 작품의 담당 역자로서 정말 즐거웠습니다.^^

　각 히로인의 스테이터스를 보면서 데굴데굴 굴렀고(토카와 블랙 토카의 지력 수치가, 지력 수치가……!), 스리 사이즈 수치를 보면서 광분했으며(역시 우리 요시노는 꿈과 희망으로 가득해! 로리 담당인데도 거기 크기가 꼴찌가 아냐!), 쿠루미의 설정을 보면서 눈물을 흘렸습니다(정말 오래간만에 보는 웨딩 쿠루미!).

　그리고 수록 소설 중에는 리, 리, 리, 린네 배스 타임이이 이이이잇!

　이쯤에서 한 번 더 외쳐야겠습니다.

"린네에에에에에에에에에에에에 에에에에에에에에에에에에에!!!"

데어라 정히로인 못지않게 좋아하는 린네 양이 나오는 소설! 이번은 11권에서 나왔던 린네의 탈(?)을 쓴 팬텀이 아니에요! 진짜배기 린네! PS3로 발매된 『데이트 어 라이브 린네 유토피아』 한정판에 들어간 특별 단편 소설이라고요!

흑흑, 저는 저거 구하려고 발매일에 일본까지 날아가 나름 거금을 들여 매장 특전 포함 한정판을 사 왔습니다. 하지만 지나간 일을 후회해봤자 의미 없죠! 독자 여러분에게 이렇게 소개해드릴 수 있게 되어 진심으로 기쁘게 생각합니다!

시도의 『소꿉친구』이자, 그 무엇보다도 그의 행복만을 바란 시도바라기. 그러면서 시도 천국 보내기 횟수(응?)는 단독 1위인 소노가미 린네 양을 잘 부탁드립니다!

그럼 이만 줄이겠습니다.

『데어라』를 저에게 맡겨주신 삐야 님과 L노벨 편집부 여러분. 정말 감사합니다.

김치냉장고 안에서 발견한 3년산 묵은지로 돼지김치찜을 만들었다는 소리를 하자마자, 차를 몰고 불원천리 달려온 악우여. 직접 담근 매실주를 지참했으니 이번만은 용서해주마.

마지막으로 언제나 제게 버팀목이 되어주시는 어머니와

『데이트 어 라이브』를 읽어주신 모든 분들에게 진심으로 감사드립니다.

　시도의 요상야릇한 폭주를 구경할 수 있는(^^;) 데어라 12권 역자 후기에서 다시 뵙겠습니다!

2015년 7월 초
역자 이승원 올림

데이트 어 라이브 머테리얼

1판 1쇄 발행 2015년 8월 10일
1판 4쇄 발행 2019년 4월 12일

지은이_ Koushi Tachibana
일러스트_ Tsunako
옮긴이_ 이승원

발행인_ 신현호
편집국장_ 김은주
편집진행_ 최은진 · 김기준 · 김승신 · 원현선 · 권세라
편집디자인_ 양우연
국제업무_ 정아라
관리 · 영업_ 김민원 · 조인희

펴낸곳_ (주)디앤씨미디어
등록_ 2002년 4월 25일 제20-260호
주소_ 서울시 구로구 디지털로 26길 111 JnK디지털타워 503호
전화_ 02-333-2513(대표)
팩시밀리_ 02-333-2514
이메일_ lnovelpiya@naver.com
L노벨 공식 카페_ http://cafe.naver.com/lnovel11

원제 DATE A LIVE MATERIAL Vol.1
ⓒ Koushi Tachibana, Tsunako 2015
Edited by FUJIMISHOBO
First published in Japan in 2015 by KADOKAWA CORPORATION, Tokyo.
Korean translation rights arranged with KADOKAWA CORPORATION, Tokyo.

ISBN 978-89-267-9954-3 03830

값 6,800원

한계돌파 모에로 크로니클

하사마 지음 | 히라노 카츠유키 일러스트 | 김덕진 옮김

문지르고 잡아서 팬티를 입히는 RPG.
「한계돌파 모에로 크로니클」이 소설이 되어 등장!

몬스터걸과 인간이 공존하던 세계.
어느 날을 기점으로 세계에 이변이 일어나, 몬스터걸이 인간을 적대시하게 된다.
원인을 찾기 위해 건장한 남자들이 몬스터걸이 사는 영역
【몬스토피아】로 떠났지만, 누구 하나 되돌아오지 않았다.
인간이 사는 영역【로이티움】과 몬스토피아의 사이에 존재하는 마을
세크렌드에 사는 소년 이오는 마을 장로의 명령을 받고 이변을 밝히기 위한
여행을 떠나게 된다. 소꿉친구인 몬스터걸 리리아와 함께
어쩔 수 없이 모험에 떠나는 이오였다!